현대시의 정신과 미학

송기한

송기한 宋起漢

충남 논산에서 태어나 서울대학교 국어국문학과 및 같은 대학원에서 문학박사 학위를 받았다. 저서로『한국 전후시와 시간의식』『문학비평의 욕망과 절제』『한국 현대시의 서정적 기반』『고은: 민족문학에의 길』『한국 현대시사 탐구』『시의 형식과 의미의 유희』『1960년대 시인연구』『21세기 한국시의 현장』『한국 현대시와 근대성 비판』『한국 현대시와 시정신의 행방』『현대문학 속의 성과 사랑』『한국 개화기 시가 사전』『한국 시의 근대성과 반근대성』『문학비평의 경계』『서정주 연구』『현대시의 유형과 의식의 지평』『인식과 비평』『정지용과 그의 세계』, 역서로『마르크스주의와 언어철학』『프로이트주의』가 있다.

문학평론가, UC Berkeley 객원교수를 거쳐. 현재 대전대학교 인문예술대학 교수로 있다.

현대시의 정신과 미학

인쇄 · 2015년 7월 15일 | 발행 · 2015년 7월 23일

지은이 · 송기한
펴낸이 · 한봉숙
펴낸곳 · 푸른사상사
주간 · 맹문재 | 편집 · 지순이, 김선도 | 교정 · 김수란

등록 · 1999년 7월 8일 제2-2876호
주소 · 서울시 중구 충무로 29(초동) 아시아미디어타워 502호
대표전화 · 02) 2268-8706(7) | 팩시밀리 · 02) 2268-8708
이메일 · prun21c@hanmail.net
홈페이지 · http://www.prun21c.com

ⓒ 송기한, 2015

ISBN 979-11-308-0412-5   03810

값 22,000원

푸른사상
평론선

25

The Soul and Esthetics of Modern poetry

현대시의
정신과 미학

송기한

푸른사상
PRUNSASANG

국립중앙도서관 출판예정도서목록(CIP)

현대시의 정신과 미학 / 지은이: 송기한. -- 서울 :
푸른사상사, 2015
    p. ;   cm. --

ISBN 979-11-308-0412-5 03810 : ₩22000

한국 현대시[韓國現代詩]
시 평론[詩評論]

811.09-KDC6
895.71009-DDC23   CIP2015018106

문학이 하나의 생명체임은 당연한 일인데, 요즈음처럼 이 말의 참뜻을 실감할 때도 없었던 것 같다. 과거에는 어느 특정 장르는 다른 양식과 달리 주변의 상황들과 절연된 채 혼자만의 독자적인 영역을 구축하는 것이 가능하다 했고, 또 실제로 그런 것처럼 보이기도 했다. 그리하여 그 장르는 이 논리로 모든 것을 도외시하고 사회의 책무에서 배타적인 역할을 해왔다.

어느 면에서 보면 그런 사유와 논리가 근거가 없다거나 잘못된 것이라고는 할 수 없을 것이다. 그러나 앞에서도 말한 것처럼 문학은 죽어 있는 것이 아니라 살아 있는 실체이다. 뿐만 아니라 어떤 고정된 문학관이나 세계관이 존재하는 것도 아니다. 지금 여기의 상황과 조건이 바뀌면 문학은 달라지는 것이고, 이를 응시하는 세계관 또한 달라질 것이기 때문이다.

민주화의 추억을 떠올릴 만큼 그것에 대한 사건과 역사는 아득히 멀어져 있는 것이 현재의 시점이다. 그동안 세상은 많이 변했고, 그 아래에서 살고 있는 존재들 또한 많은 변화를 겪어왔다. 그리하여 과거에 갈급되었던 관심의 영역들이 현재의 상황에도 유효하다고는 볼 수 없을 것이다. 그럼에도 지난 시절 어떤 정해진 목표를 향해 나아가던 가열찬 열정이 언뜻언뜻 떠오르는 것은 어떤 이유에서일까. 현재의 상황과 과거의 그것들은 많은 면에서 변했고 달라졌다. 만약 그러하다면 현재의 상황과 과거의 그것은 어떻게 전변했고, 또 그 상황 속에서 문학과 개인은 어떤 자의식과 임무로 뒤바뀌어 있는 것일까.

그리고 현재의 여기는 과거와 어떻게 달라졌고, 또 진보 내지는 발전, 개선이라는 이름으로 어떻게 새로운 변신을 해왔는가. 이 물음에 대해 자신 있게 대답하는 것은 사실상 불가능하거니와 어떤 수학적인 결론에 도달하는 것도 불가능한 일일 것이다. 그럼에도 대부분의 경우는 현재가 과거와 별반 다를 것이 없다는 인식을 하고 있지 않은가. 상황과 인식이 그러하다면 문학 또한 어제의 그것과 동일해야 하는 것이 아닌가.

요즈음 문학 자체나 문학인 스스로가 너무 고립이라는 갇힌 공간을 만들고 거기에 쉽게 안주해버리는 것 같다. 그러는 한편으로는 이로부터 나와서 현실의 어떤 자장에 대해 감각하거나 이를 헤쳐 나가려는 의식조차 갖지 않는 거 같다. 그러니 집단이나 리얼리즘과 같은 영역이 더 이상 언급되지도 않고 또 유의미하게 취급되지도 않는 거 같다는 느낌이 든다.

그러나 아무리 시대가 변하고 과거의 가치가 현재의 상황에 맞지 않는다 해도 새로운 삶의 질을 향한 욕망들을 멈추게 할 수는 없을 것이다. 요즈음에 들어 리얼리즘이나 집단의 영역들에 대해서 다른 어느 때보다도 더 큰 관심을 가져야 할 때가 아닌가 생각하는 것은 이 때문이라 할 수 있을 것이다. 집단은 한 개인의 영역을 초월해서 보편적으로 존재하는 인간들의 음성이 모이는 곳이다. 사회가 아무리 변하고 개인의 가치가 승한다고 해서 집단의 이념과 가치를 능가할 수는 없을 것이다. 집단이란 개인성을 초월하는 곳에 위치하는 것이며, 경우에 따라서 그것은 사회를 이끌어가는 선구자 역할을 할 수 있기 때문이다. 모든 것이 공허해지고 무력해지는 요즈음에 집단의 활력이 요구되는 새로운 담론의 발견이야말로 문학이 존재해야 할 진정한 이유가 아닐까 한다.

2015년 여름의 초입에
송 기 한

제1부 현대시와 리얼리즘 정신

제2부 현대시의 성찰

제3부 수평의 시학

제1부

현대시와 리얼리즘 정신

비판성 없는 사회가 희망이 없는 것처럼, 리얼리즘 없는 순수문학이란 공허한 외침에 불과할 뿐이다. 비판성이 있어야 리리시즘 또한 의미가 있고, 그 역도 가능하다. 적어도 사회를 견제하고 민중의 입장에 서 있는 울곤은 필요하다. 그것이 지금 이 사회가 요구하는 당면과제이다. 그러할 때 사회는 발전할 것이고 삶은 건강하게 될 것이다.

서정시와 집단 주체의 문제

— 소월의 경우

1. 서정시와 자아의 문제

서정시가 일인칭에 의해서 쓰여진다는 것은 잘 알려진 일이다. 그런 자질이 산문과 구별되는 서정시 고유의 영역일 것이다. 서정시를 자기고백체, 내면의 목소리, 자기독백의 음성이라고 규정하는 것은 모두 서정시가 갖는 그러한 속성에서 기인하는 것이다. 이는 시를 단일 음성성으로 규정한 바흐친의 경우에도 똑같이 적용되는 문제이며, 서정시 속에 등장하는 인물을 배역시의 범주로 이해한 카이저의 경우에도 마찬가지로 적용되는 것이라 할 수 있다. 서정시에 대한 이러한 정의에서 알 수 있는 것처럼, 시는 일인칭의 단일 음성성으로 규정되는 장르이다.

서정시가 일인칭으로 그 장르적 특성이 규정됨에도 불구하고 이런 방식으로 서정시를 규정한 역사는 그리 길지 못하다. 특히 근대 이전에는 서정 양식을 포함한 모든 장르가 일인칭의 음성으로 이해되었기에 더욱 그러했다. 소설을 비롯한 산문의 영역이 여러 음성이 울리는 다성악적 화음으로 정의되었다고 하더라도 사회적 음역에서는 모두 단일 음성의 양식으로 읽혀져왔다. 비록 많은 인물이 산문의 영역에서 다양한 소리를 내고 점유하고 있어도 그 궁극에 있어서는 단일한 음성으로 치부되어온 것이다.

산문 속의 인물이 단일한 음성이나 단일한 성격으로 이해된 것에 대해 사회적, 계층적 질서와 분리해서 논의하기는 어려울 것이다. 등장인물이 모두 동일한 사회적 질서, 신분적 질서에 의해서 일반화되었던 까닭에 거기서 새로운 사회적, 계층적 차이를 발견하는 것은 쉽지 않았기 때문이다. 사회적, 경제적으로 차질되지 않는 성격을 단일한 영역으로 묶어버리는 것은 결정론의 오류를 피하기 어려울 것이다. 그럼에도 역사의 객관적 필연성이나 합법칙성, 혹은 사회의 발전 법칙에 기댈 경우 이런 분류가 전혀 근거 없는 것이라고 할 수는 없을 것이다. 위계질서상 근대 이전의 신분 질서란 결국 이분법적인 사고에 의해서 구별되어왔기 때문이다.

그러한 신분의 일원화가 붕괴되기 시작한 것은 근대 이후의 일이다. 근대를 특징짓는 의식이나 담론들이 매우 많은 것은 사실이지만, 그 가운데서도 개성이라든가 자아를 강조하는 경우가 다른 어느 시기보다 근대적 질서를 대변하는 좋은 판단 기준이 되었다. 특히 "나는 생각한다 고로 존재한다"는 코기토가 그 단적인 사례가 아닐 수 없다. 어떻든 근대를 특징짓는 것이 자아와 개성의 문제였기에 그러한 영역과 가장 유사한 혹은 가장 근접한 양식이 바로 서정시였다. 산문 속에 등장하는 인물들은 경제적, 사회적 토대 위에서 자신들만의 고유한 성격을 창조해왔고, 이를 바탕으로 소설 속에서 여러 층위의 음성을 발언해왔다. 그것이 인물의 성격화이자 개성화 양상이다. 이를 토대로 산문 양식은 그 나름의 독특한 양식적 특징을 발전시켜왔다.

반면 서정시의 영역은 오히려 과거의 속성에서 벗어나지 못하고, 경우에 따라서는 이를 강화하는 양상을 보이기까지 했다. 그 대표적인 양상이 바로 일인칭이라는 영역과 한계 속에서 이루어져왔다. 근대 이전의 일인칭과 근대 이후의 일인칭이란 실상 구분하기 어려운 속성을 갖고 있었으며, 차이가 있다면 근대를 매개로 한 자아의 성숙, 팽창, 혹은 축소와 같은 개인성의 영역들이었다. 개인성의 영역이 강화되면 강화될수록 봉건적 속성으로부터 일탈되어왔고, 이를 토대로 고립자라는 근대적 속성을 더욱더 적극적으로 받아들이는 계기로 만들어나갔다.

이런 맥락에서 보면, 서정 양식은 산문 양식과 더불어 근대 이후에 새롭게 탄생한 양식이라는 전제가 가능해진다. 비슷한 것이 있다면 그것이 단일 음성성을 구현한 장르였다는 점뿐일 것이다. 어떻든 서정시는 근대를 기점으로 개인성에 바탕을 둔 새로운 양식으로 거듭 태어나게 된다. 그것이 개인의 정서를 강화한, 근대적 정서로의 이행이라 할 수 있을 것이다. 개성이나 자율성, 생리와 같은 비집단적 영역들이 근대 이후 형성된, 서정시가 담아내는 새로운 내용일 것이다. 그리고 그러한 개성을 담보해주는 것이 자유율이라는 운율상의 장치이다. 익히 알려진 대로 정형률은 집단의 이념과 정서를 대변해주는 의장이다. 그것은 개인의 생리적인 리듬에서 반응하는 것이 아닌 집단의 영역에서 생산되는 형식이다. 근대 이전의 시가 형태들이 이 정형적 속성으로부터 자유롭지 않았던 것은 여기에 그 원인이 있었다. 그러나 근대가 표방하는 것은 집단적인 속성의 것이 아니다. 근대는 원심적인 힘들이 지배하는 세계이고 개인의 자율적 영역들이 부챗살처럼 뻗어나가는 사회이다. 이런 공간에서 필요한 것은 집단의 음성이나 정서가 아니라 개인의 음성이나 정서이다. 그 가운데 자유의 정서는 그 정점에 서 있는 것이다. 그러한 자유 감각이 길러낸 것이 바로 자유율이다. 이는 개인의 생리적 반응의 결과이며, 다른 동일성을 거의 공유하지 않는다.

2. 집단성과 개인성의 대립

서정시가 개인의 음성에 국한될 수밖에 없는 것임은 앞서 지적한 바 있다. 무목적인 합목적성이라는 자율적 예술 체계가 근대의 대표적인 예술관이다. 그러한 시대적 배경이 서정적인 영역과 서사적인 영역을 더욱 구분시키는 계기로 작용해왔다. 서사적인 것과 서정적인 것, 개인적인 것과 집단적인 것의 구분이 근대에 이르러 이전보다 확연히 이루어진 것이다.

그러나 이러한 구분이 예외 없이 동일한 모양으로 구현되는 것은 아니다. 개인적인 영역이 승화되는 시기가 있고, 집단적인 것이 또 이를 앞서는 시기가 있을 수 있는 것이다. 집단이 승화되는 때가 중앙 권력의 강화와 불가분의 관계에 놓여 있음은 당연한 일이거니와 이러한 시기가 봉건 시대임은 잘 알려진 일이다. 뿐만 아니라 근대 이후 다양한 형태의 정치 권력과 함수 관계를 이루고 있음도 부정하기 어려울 것이다. 전제 권력이 강화된 사회주의 국가와 군부 체제가 강고히 지배하는 사회에서 집단의 음성이 보다 강화되는 것은 일반화된 일이기 때문이다. 이때에는 시의 음성이 자율성을 잃고 중앙집권적 힘에 의해 통제되기 시작한다. 여기서는 시의 자율성이나 무목적인 합목적성이라는 근대 미학의 특성은 찾아보기 어려운 것이 사실이다.

그리고 이런 집단의 음성이 강조되는 시기는 계몽주의가 강화되는 사회에서도 찾아볼 수 있다. 가령, 우리 시사에서 매우 두드러지게 나타났던 개화기가 바로 그러한 때이다. 이때 시의 음성들이 현저하게 집단의 음역에서 발화되었던바, 여기서는 개인의 사소한 음성을 듣는 것이 불가능했다. 나의 음성이 나 자신의 체험과 영역에서 국한되는 것이 아니라 집단의 음성과 겹쳐지면서 나만의 고유한 음성은 잃어버리게 되었다.

서정시에 드러나는 개인의 음성들이 사회와 정치, 권력의 영역에서 쉽게 자유로운 것이 아니라는 사실을 승인할 경우, 그것의 사회적 대응력이랄까 정치성을 읽어낼 수 있는 좋은 계기가 될 수 있을 것이다. 이는 서정시와 사회적 영역이 명쾌하게 분리될 수 있다는, 문학 내재적 접근 태도나 형식주의적 문학관을 극복할 수 있는 방법적 의장이 될 수 있는 것이라 할 수 있다. 실제로 많은 시인들의 경우, 시와 사회의 영역은 엄격히 분리되는 것이라는, 그리하여 시의 순수성을 올곧이 내세우는 부류가 대부분을 차지하고 있었던 때가 있었다. 산문과 달리 시는 리얼리즘의 자장으로부터 떨어져 있다는 것이 이들의 논리이다. 이를 계기로 시인의 사회적 임무라든가 역사적 실천, 행동하는 양심과 같은 정치적 선언이나 자장으로부터 회피하고자 하는 이론적, 방법적 수단으로 받아들이기 시작했다.

사회가 혼돈스러울수록 시인의 사회적 임무가 커지는 것은 당연한 이치이다. 그럼에도 객관적 상황이 열악해도 시와 시인은 애써 이러한 아우라로부터 벗어나려고 애를 써왔다. 행동하는 양심이 아니라 잠자는 순수, 외면하는 순수로써 사회의 부조리를 회피하려 했던 것이다. 그러나 시에서도 집단의 음성이 가능하다는 사실을 받아들이게 된다면, 시와 사회 사이에 놓여 있는 리얼리즘의 가능 여부는 논란의 소지가 거의 없음을 알게 될 것이다. 이때 리얼리즘의 의미를 너무 세세하고 실천적인 의미로 받아들이거나 해석할 필요는 없을 것이다. 다만 시의 사회적 실천 내지는 의무 정도로 이해하면 그만일 것이다.

3. 「진달래꽃」과 집단 음성의 세계

시는 일인칭 음성임에도 불구하고 언제나 그 테두리에 갇혀 있는 것은 아니다. 인접한 사회적 상황과 정치적 논리에 따라 그 음성들은 개인의 차원에서 한정되지 않고 집단의 영역으로 확대될 수 있기 때문이다. 불변하는 상수가 아니라 시대에 따라 가변하는 경우의 수는 언제나 존재하기 마련이다. 이런 태도를 기회주의라고 비난할 필요는 없다고 본다. 예외 없는 법칙이 존재하는 것도 아니고 그 반대 역시 똑같이 참이기 때문이다. 어떻든 시도 사회적 가능성을 충분히 보일 수 있다. 그러한 한 가지 사례를 식민지 시대의 대표적 시인이었던 소월의 작품을 통해서 확인할 수 있기 때문이다.

소월이 우리 시단에 등장한 것이 1920년대 중반이다. 이 시기는 사회적으로는 3·1운동의 실패와 그 여파가 강력한 자장을 형성하던 때이고, 또 사상적으로는 사회주의의 물결이 본격적으로 유입되던 시기이다. 이 가운데 가장 정서적 영향력이 큰 것은 무엇보다 3·1운동과 그 실패에서 찾을 수 있을 것이다. 일제강점기 이후 10년 뒤에 일어난 이 운동은 비록 그것이 실패로 끝났다고 해도 우리 사회에 남긴 영향은 실로 적지 않은 것이었다. 그것의 실패가 가져온 비극, 독립에 대한 난망 등이 외적으로 주어진 상처였다면, 전망 부재와 전통의 단절은 내적으로 제기된 또 다른 상처였다.

그런데 이런 내외적인 비극과 정서의 단절은 다른 어느 시기보다 집단의 음성을 필연적으로 요구하게끔 만들었다. 그러한 전망부재가 시사적으로 여성콤플렉스를 낳게 했고, 문학적 실천을 강력하게 요구하게끔 했던 것은 익히 잘 알려진 바다. 전자의 경우가 율문 양식에서 특히 두드러지게 나타났고, 후자의 경우가 산문 양식의 흐름을 지배하게끔 만들었다. 물론 이에 대한 비판의 목소리가 전혀 없었던 것은 아니다. 특히 서정시가 개인의 자율적 정서에 기반하고 쓰여지는 양식이기에 여성의 목소리가 집단화되어 나타나는 것이 어불성설이라는 이야기이다. 시와 사회의 영역을 탈피하면 이 같은 목소리가 전혀 근거 없는 것은 아니라 하겠다. 서정적 황홀의 순간에 대상의 절대적 통합을 전제로 쓰여지는 것이 서정시이기 때문이다. 이런 서정 양식에 사회와 같은 집단의 속성을 덧씌우는 것이야말로 서정시 본연의 영역으로부터의 일탈이라고 말할 수는 있을 것이다. 그러나 언어가 그러하듯 서정시도 인접한 사회적 상황과 분리하여 논의하는 것은 불가능하다. 인간은 사회적 동물이라는 그 흔한 도식을 인유하지 않더라도 사회를 떠나서는 인간의 생활도 정서 형성도 불가능한 일이기 때문이다.

물론 이 글의 주제가 여성콤플렉스를 둘러싼 시 방법상의 문제에 놓여 있는 것은 아니다. 시가 사회와 분리하기 어렵게 결합되어 있다는 것, 그리고 그러한 관계가 사회의 변동에 따라 어느 때는 보다 강력하게 또 어느 때는 보다 느슨하게 구현될 수 있다는 사실을 말하고자 할 따름이다. 3·1운동은 사회적 합의에 따른 집단의 반응에서 나온 저항이었다. 따라서 그 시작 동기와 실패 동기는 밀접하게 결합되어 있는 것이고, 그 결과 또한 이로부터 자유롭지 않다는 사실이다.

3·1운동 이후 시운동에 있어 가장 큰 변화는 전망의 부재와 전통의 필요성으로 요약될 수 있을 것이다. 그런데 이 둘의 영역은 따로이면서 결국은 동일한 문제로 귀결된다. 이 모두 새로운 조선심이나 조선주의를 향한 일원화된 계획에서 시도될 수밖에 없는 문제이기 때문이다. 그러한 전제하에서 만들어진, 이 시기의 대표적인 시의 소재들이 님과 한의 정서였음은 지극히 당연한 귀결이었다고 할 수 있을 것이다. 이 둘의 소재가 맞물려서 민요시가 만들어진 것이다. 그리고 이 주제들이 전통적 율조와 정서가 만나서 새로운 조선심을 만들어가는 과정 속에 놓이게 했다. 시가 개인의 정서를 버릴 때, 집단의 영역으로 틈입하는 것은 자유로운 일이거니와 1920년대의 민요시들은 바로 그러한 집단의 음성이 표명된 대표적 양식이라고 하겠다. 특히 소월의 작품들은 이 시기에 그러한 음성과 정서를 대변하는 표본이 된다고 할 수 있다.

> 나 보기가 역겨워
> 가실 때에는
> 말없이 고이 보내 드리우리다
>
> 영변(寧邊)에 약산(藥山)
> 진달래꽃,
> 아름 따다 가실 길에 뿌리우리다

가시는 걸음걸음
놓인 그 꽃을
사뿐히 즈려 밟고 가시옵소서

나 보기가 역겨워
가실 때에는
죽어도 아니 눈물 흘리우리다

— 「진달래꽃」 전문

　인용시는 잘 알려진 소월의 대표작 「진달래꽃」이다. 이 작품을 지배하
는 기본 음성은 일인칭이다. 서정시의 본질이 무엇이다라는 사실을 떠나
"나 보기가 역겨워"에서 "나"라는 인칭을 굳이 표면으로까지 내세우고 있
기 때문이다. 그러나 이 시의 표면에 나타난 시의 음성을 받아들여 이 작
품의 목소리를 일인칭, 곧 시인 개인의 음성으로 쉽게 간주할 수는 없을
것이다. 시의 주체는 분명하게 "나"이긴 해도 그 이면에 깔려 있는 집단의
음성을 간과하기 어렵기 때문이다.

　작품 속의 화자가 "나"임에도 불구하고 왜 이는 "나"로 한정되지 못하는
것일까. 앞서 언급한 대로 1920년대의 화두는 전망 부재와 전통에의 복귀
가 필요한 시기라 했다. 3 · 1운동의 실패가 미래로 나아가고자 하는 통로
를 막아버린 것은 사실이며, 그러한 차단이 가져온 것이 "한"과 같은 부정
적 정서였다. "한"이란 잘 알려진 바와 같이 우리 민족 속에 내재해 있는
심연이며, 부재할 수 없는 지속의 정서이다. 따라서 그것은 어느 한 개인
의 정서 속에 고양될지언정 이를 개인의 정서로 국한시키는 것은 불가능
한 일일 것이다. 그런 정서가 개인의 생리적 반응을 초월해서 등장할 수

있다는 것 자체가 집단의 심연이나 혼을 자연스럽게 받아들인 경우라 할 수 있을 것이다.

이런 정서의 도피는 이미지즘의 미학을 정초한 엘리엇의 전통론과도 일맥상통하는 것이다. 낭만적 정서와 몽환적 세계를 극복하기 위해 시의 방법상의 의장으로 도입한 것이 엘리엇의 전통론이었다. 현재의 사물과 실질을 올바르게 인식하고 그 본질에 접근하고자 한 것이 이미지즘의 수법이었던바, 이는 낭만주의의 몽환적 세계가 가져올 수 있는 직관의 혼란을 최대한 극복하기 위한 것이었다. 그는 감정의 무절제한 흐름을 제어하기 위해 전통이라는 객관적 정서를 작품 속에 도입하고자 했다.

그러한 맥락에서 1920년대 시인들이 도입했던 "한"과 "그리움"의 정서는 엘리엇이 도입하고자 했던 전통의 정서와 동일한 것이었다. 그러나 동일한 방식에 의해 도입되었다고 해도 그 추구하는 정신은 전연 다른 것이었다. 엘리엇의 경우는 사회성이 배제된 것임에 반해 1920년대 시인들이 도입했던 전통의 정서는 사회적 상황과 분리하기 어려운 것이었기 때문이다. 그것은 전망의 부재에 따른 것이었고, 사회가 요구한 필연적 결과에 의한 것이었다. 뿐만 아니라 객관적 현실의 열악성이 준, 동시대 사람들의 공통적 이해관계 속에서 형성된 정서였다. 소월의 그러한 음성성은 보다 사회화되고 정치화된 다음의 시에서도 동일하게 나타난다.

> 나는 꿈 꾸었노라, 동무들과 내가 가지런히
> 벌 가의 하루 일을 다 마치고
> 석양에 마을로 돌아오는 꿈을,
> 즐거이, 꿈 가운데.

그러나 집 잃은 내 몸이여,
바라건대는 우리에게 우리의 보습 대일 땅이 있었더면!
이처럼 떠들으랴, 아침에 저물 손에
새라 새로운 탄식을 얻으면서.

동이랴, 남북이랴,
내 몸은 떠 가나니, 볼지어다,
희망의 반짝임은, 별빛의 아득임은,
물결뿐 떠올라라, 가슴에 팔 다리에.

그러나 어쩌면 황송한 이 심정을!
날로 나날이 내 앞에는
자칫 가느른 길이 이어가라.
나는 나아가리라
한 걸음, 또 한 걸음.
보이는 산비탈엔 온 새벽 동무들
저 저 혼자… 산경(山耕)을 김매이는.

　　　— 「바라건대는 우리에게 우리의 보습 대일 땅이 있었더면」 전문

　인용 시는 소월 시 가운데 현실 인식의 정서가 가장 강하게 담겨 있는
작품이다. 사회적 상황을 담아낸 시들을 집단의 음성과 따로 떼어놓는 것
은 불가능한 일이지만, 이 작품은 그것이 더욱 배가된 경우이다. 그것은
다음 두 가지 이유 때문이다. 우선, 이 작품의 방향이 사회적인 부분으로
보다 직접적으로 향하고 있다는 점이다. 식민지하에서 공동체가 거주할
수 있는 공간에 대한 부재 의식만큼 집단의 음성이 강력하게 표출되는 경
우도 없을 것이다. 뿌리 뽑힌 공간에 대한 떠돌이 의식이야말로 식민지

체제에서의 가장 강력한 공동체의 음성이기 때문이다.

그리고 현실의 불온성을 타개하려는 시적 자아의 의지이다. 이는 그의 시들에서 흔히 드러나는 여성콤플렉스 의식과는 상반되는 것이 아닐 수 없다. 여기서의 화자의 목소리는 현저히 여성화된 것이 아니라 오히려 남성적인 톤에 가깝다. 이는 그의 시들이 과거지향적이고, 여성편향적이 아니라는 사실을 말해주는 증좌가 아닐 수 없다. 소월은 여기서 자신이 나아갈 길에 대해 어떤 항구성을 부여하고자 했다. 이는 좌절과 우울의 정서와는 상관없는 적극적 의지의 표명이었는데, 이 길을 시적 자아는 "나아가리라"라고 발언함으로써 미래에 대한 밝은 전망을 보이고 있다. 이는 좌절에 대한 안티테제이면서 미래에 대한 자신 있는 표현, 승리에 대한 낙관적 전망의 표현인 것이다. 어떻든 이 작품에서 소월의 음성은 시인 자신의 음역에서 국한되는 것이 아니라 공동체의 음성을 대변하는 집단적 성격을 띠고 있다. 이 소리는 그 자신의 내적 울림이 아니라 모두를 대표하는 '우리의 울림'인 것이다.

4. 서정시에서의 집단 주체, 혹은 리얼리즘의 가능성

서정시는 일인칭 고백체의 장르이다. 서정시의 그러한 특징을 두고 단일 음성의 문학이라고도 하고 서정적 순간의 양식이라고도 부른다. 이런 양식적 특징들은 산문의 양식에는 드러나지 않는 것들이다. 따라서 산문과 견주어 서정 양식은 리얼리즘이나 집단의 영역에서 다루기가 쉽지 않은 양식으로 알려져 있다. 여러 다양한 음성들이 이질적으로 들려오지 않는 한, 사회의 계층적 관계나 사회적 갈등을 서정시 속에 담아내는 것은 쉬운 일이 아니었다. 특히 80년대에 풍미했던 리얼리즘의 전성시대에 서정시가 갖는 그러한 장르적 한계를 뛰어넘기 위한 많은 논의들이 있어왔다. 문학의 사회적 임무가 다른 어느 때보다 강렬하게 일었기 때문이다. 그리하여 시의 서사화 경향에 대해서 논의하기도 하고, 리얼리즘의 가능성에 대해서도 논의했다. 그러나 서정시에서의 리얼리즘의 가능성 여부에 대해 어느 하나 뚜렷하게 해결의 실마리를 제공해준 것은 없었다.

그러나 미메시스의 영역, 곧 반영의 영역은 작품 속에 투영되는 집단의 의미를 좀 더 넓게 적용하면 쉽게 해결될 수 있는 것이 아닐까 한다. 이런 결론에 도달하게 된 것은 리얼리즘 하면 미래의 전망이라든가 전형과 같은 것만을 고집할 필요는 없다는 판단에서이다. 그것은 산문의 영역에서나 가능한 것이고 시의 특성상 그러한 방법적 장치들은 불가능하다는 것이 대체적인 상식이다. 산문 양식과 엄격히 구분되는 율문 양식에서 산문의 영역에서나 가능한 리얼리즘의 요소들을 곧이곧대로 들이대는 것은 맞지 않는 일이기 때문이다. 중요한 것은 시대의 요구를 얼마나 받아들이고 있는가, 그리고 그것이 대다수 민중의 정서와 어떻게 일치하는가를 따져 물으면 될 것으로 보인다.

리얼리즘의 의미를 이렇게 확대시킬 경우, 서정시의 영역에서 그것의 가능 여부를 탐색할 때, 집단 주체의 문제는 많은 시사점을 줄 것으로 생각된다. 어찌 보면, 리얼리즘의 영역이란 집단의 영역에서 이루어지는 것이기 때문이다. 대다수의 민중이 요구하는 경우, 그것이 어떤 이데올로기에 의해서 견인되고 지도되었는가를 굳이 문제 삼을 필요는 없다고 생각한다. 여기서 리얼리즘의 다양한 갈래에 대해 논의하는 것은 의미 없는 일이다. 필요한 것은 서정시의 영역에서도 집단의 정서와 이념을 무리 없이 반영해낼 수 있다는 것, 그리하여 시의 이념화랄까 대중화가 가능하다면 충분히 이 목표는 달성되는 것이기 때문이다.

이런 맥락에서 소월의 작품들은 시 속에 구현된 집단 주체의 의미를 새롭게 환기시켜주는 좋은 사례라 할 수 있을 것이다. 그의 시들은 시인 고유의 목소리이기도 하지만 1920년대의 민중적 정서를 반영해주는 전형적인 목소리라는 점에서 그러하다. 그의 목소리는 개인의 목소리에 집단의 목소리가 오버랩된 경우이면서 그 역 또한 성립할 수 있는 경우이다.

단일화된 음성, 집중화된 음성이 요구되는 시대에 시의 목소리가 개인의 생리적 차원을 뛰어넘는 것은 어쩌면 자연스러운 일이라 할 수 있다. 이는 좌절의 정서나 전망의 부재 여부와는 상관없이 이루어지는 내적 작용이다. 역사의 전망이 닫혀 있기에 시의 음성이 여성화될 수 있는 것도 아니고 또 역사의 전망이 열려 있다고 해서 남성화되는 것도 아니다. 전망의 개폐 여부와 상관없이 시대의 필연적 요구가 시의 음성을 다중화시킨다고 할 수 있다. 3·1운동의 실패는 미래의 전망을 닫히게 했으나 "한"의 정서나 "님"을 강력히 부르짖게 만들었다. 그것은 시인 개인의 목소리가 아니라 대다수 민중의 요구에 의한 것이었다. 그렇기에 그것은 어느 특정 시인만의 고유한 음성으로 그치지 않고 집단 주체의 음성에서 운위될 수 있는 문제라 할 수 있다. 인간의 모든 활동이 사회적 영역을 벗어날 수 없는 것처럼, 서정시 역시 그러한 틀을 벗어나지 못하는 것이다. 서정시가 이렇게 집단 음성의 영역으로 들어갈 때, 가장 훌륭한 리얼리즘의 시가 탄생한다. 서정시에서 리얼리즘이 가능한가의 여부는 이 기준에 의해 탐색되어야 한다. 단일화된 집단의 요구를 벗어나는 것은 리얼리즘의 본질과도 상위되는 것이기 때문이다. 소월의 시가 1920년대 민중의 음성을 가장 잘 담아내는, 그리하여 리얼리즘의 음역을 가장 잘 실현한 작품이라는 것은 이런 맥락에서이다.

근대성과 제도, 그리고 시

1. 이성과 제도

인간에게 의식과 무의식의 존재라든가 그것의 지속적 길항 관계에 대해 체계적으로 입론을 세운 사람은 익히 알려진 것처럼 프로이트이다. 특히 무의식의 기능적 원리와 그것이 의식과 끝없는 대립 관계에 놓여 있다는 것을 밝혀낸 것은 그의 업적 가운데 단연 최고의 것이라 해도 지나치지 않을 것이다. 무의식이란 순일한 것이고 소위 이성의 때가 묻지 않은 무정형의 상태의 것이다. 따라서 그것은 규격이나 도덕, 법 등을 초월해서 존재하는 선험적인 어떤 것으로 현상한다. 그런 절대성이야말로 인류의 시원을 지시하는 에덴동산의 그것과 비교되는 가치 체계로 인정받아 왔다.

문제는 그러한 무의식이 왜 근대 사회에 들어서 전일적 가치를 갖게 되었나 하는 것이고, 또 그것에로의 귀환이나 발견이 이 시대에 있어 어떤 함의를 갖고 있느냐에 있을 것이다. 근대는 이성 전능 사회이다. 도덕이나 법과 같은 어느 특정의 잣대를 만들어놓고 이것에의 정합성 여부를 묻는 것이 이성의 규율이나 가치이다. 이런 힘이 근대사회를 지탱한 근본 동인이었고, 또 시대를 이끌어가는 힘이 되었음은 두말할 필요가 없다. 말하자면 이성은 중세 시대의 신의 영원성을 대신한 것이고, 한국적 특수성에 비춰보면, 성리학의 지배 원리에 대응된 것이라 해도 지나치지 않을 것이다. 따라서 시대의 패러다임을 바꾼 것이 이성이었다고 할 수 있다.

이성이 무엇이고, 그것이 각각의 사회마다 어떤 기능과 가치 체계를 갖는가 하는 것은 지역마다의 지방성이나 특수성에 의해 결정될 문제이긴 하나 그 바탕에는 엄격한 실증주의가 깔려 있음을 보게 된다. 막연한 추상성이나 모호성이야말로 합리주의가 피해가야 할 최대의 걸림돌이었다. 객관성 없는 합리성은 불가능한 일이었고 그 역도 참이 되었다. 백문이 불여일견이듯 지금 여기의 눈에서 실현되지 않는 것은 단지 근거 없는 주장 내지는 주관성에 불과했다.

실증주의는 합리주의를 태동시켰다. 그런데, 합리주의의 정신이 더욱 그 가치랄까 힘을 발현할 수 있는 토양은 또 다른 틀을 요구하게 되었다. 바로 제도로 특징지어지는, 근대사회를 이끌어가는 새로운 인식성이었다. 신의 영원성을 대신한 합리주의의 정신은 인간의 정신세계를 모두 아우르는 것이 불가능했다. 단순한 사상의 전파만으로 그것의 정당성을 실험하기에는 그 폭과 깊이가 너무 크고 깊었기 때문이다. 따라서 이를 보다 체계적으로 유포시키고 대중의 교양 속으로 깊이 파고들어가기 위해서는 조직적인 메커니즘이 요구되었던 것이다. 그 필연적 계기에 의해 만들어진 것이 근대사회의 여러 제도들이다.

제도란 합리주의를 고양시키고 이성적 인간형을 만들어내는 장치 역할을 했다. 가령, 이성을 교육시킬 학교가 필요했고, 비이성적 행위를 제어할 감옥 또한 필요했다. 뿐만 아니라 광기를 다스릴 병원 역시 필요했다. 합리주의의 전파를 위해서는 신의 영원성을 대신할 만한 인간적 노력들이 이렇듯 제도라는 인식성으로 발현되었던 것이다. 결국 이성의 요구에 의해 제도가 만들어졌고, 제도에 의해 다시 이성이 길들여지는, 이성만능주의 시대가 도래하게 되었다. 그러한 전능성이야말로 근대 사회의 기본 틀이었고, 시대를 이끌어가는 근본 패러다임이 된 것이다. 그러한 까닭에 근대적 의미의 이성은 중세의 신과 같은 전능성을 담지하게 되었다.

과학에 기반한 근대가 이전의 시기에 비하여 많은 가능성을 준 것은 사실이다. 물론 인간의 제반 조건이 근대 이전에 비해서 월등히 개선되었다고 하는 것은 현대적 편견에 불과한 것이긴 하지만 질적인 측면과 양적인 측면에서 한 단계 업그레이드된 것은 명백한 사실이다. 그러나 이러한 조건이 현재진행형으로 다가오고 있는 근대인들의 실존의 제반 문제점들을 모두 해소시켜준 것은 아니다. 근대에 대한 반성적 과제들이 계속 제출되는 것은 그 대항 담론의 필요성을 여전히 요구받고 있었기 때문이다. 이를 요구하는 온도차랄까 함량이 깊어질수록 현실의 위기는 현재진행형으로 더욱 깊어지고 있는 것이다.

2. 계몽의 초과 현상과 실존의 문제

합리주의의 그물망이 처음으로 펼쳐질 때, 계몽의 전능 현상이 현현하는 것은 당연한 이치이다. '탈미신화'라는 계몽의 이념이 말해주듯 인과론의 범주에서 벗어나는 모든 것들은 현실의 지배 조건에서 점차 배태되기 시작했다. 이른바 모호성에 대한 불신 시대가 시작된 것이다. 그러한 신뢰 조건을 만들기 위해 제도들은 서서히 그 수면 위로 올라오기 시작했다. 제도에 의해 길들여진 선각자들, 우등생들이 시대의 리더가 되어 소위 미몽의 것들을 타파해 들어가기 시작한 것이다.

계몽이 절대 미덕으로 되어 있는 사회에서 합리주의라든가 이성은 전연 의심받지 않는 절대의 중심이 된다. 뿐만 아니라 그러한 이념을 실현하는 제반 제도들은 가속적인 힘을 받으면서 더욱 상승하게 된다. 근대에 대한 막연한 동경과 찬양의 미덕이 등장하는 것은 이런 이유 때문이며, 1930년대 김기림이 말했던 과학의 명랑성은 이 범주와 똑같이 일치하는 것이라 하겠다.

계몽이 초과하는 시대의 예술들은 모두 독자의 귀로 방향지어진다. 시인은 선각자이고 그 건너편에 있는 독자는 야만의 상태라는 이분법이 놓여 있기 때문이다. 그런 야만을 일깨우는 것은 오직 계몽의 종소리뿐이었다. 이 소리가 힘차게 울려 퍼질수록 그 사회는 역동성이 있는 사회가 되는 것이고, 미래로 나아가는 힘이 추동하는 사회인 것이다. 독자는 단지 수동적으로 이 소리가 안내하는 대로 따라가면 그만이었다.

이때의 계몽은 잘 알려진 대로 비판성이 따로 전제되지 않는다. 모든 것이 최고의 가치로 승인받은 만큼 그대로 전파되거나 확산되면 그만이었다. 이러한 우월주의를 가능케 했던 것은 무엇일까. 몇 가지 원인을 꼽을 수 있지만, 다음 두 가지가 대표적인 사례가 아닌가 한다. 하나는 비판받지 않은 근대의 이념이고, 다른 하나는 사회의 인식 수준이랄까 교양의 수준에서 찾을 수 있을 것이다. 과학은 창조를 대신했고, 게다가 신과 똑같은 능력을 갖기도 했다. 그것은 모호한 영원주의가 아니라 확실한 현실주의에 그 토대를 두고 있었다. 분명하다는 것은 지금 여기의 현실과 미래에 대해 예측 가능한 계기를 마련해주었다. 뿐만 아니라 인간들로 하여금 인과론의 긍정적 가치에 대해서 절대적인 믿음을 갖도록 했다. 멀지 않은 시기에 다가올 그것의 결함이랄까 비극에 대해서는 거의 감각하지 못한 것이다.

다른 하나는 교양의 수준이다. 지식이라든가 앎의 의지는 특권층의 전유물이었고, 보편 다수에게는 용인되지 않았던 것이 근대 이전의 생활수준이었다. 그러나 그러한 이분법적인 구도는 계몽의 확산과 더불어 붕괴되기 시작했다. 이 두 층 사이에 내재된 간극 좁히기는 독자층이 갖고 있는 앎의 의지에 대해서 서서히 붕괴되기 시작했다. 모호한 신비주의의 덫 속에 갇혀서 그것이 전파하는 사유에 세뇌되어 있는 인식 주체들은 현실 속에서 펼쳐지는 인과론의 전망 앞에 환호하지 않을 수 없었다. 자신의 삶과 미래는 자율적으로 개척할 수 있다는 전유 의지에 달린 문제에 불과했다. 그러한 가능성이 계몽에 대한 절대 믿음으로 나타난 것이다.

미몽과 계몽이라는 이분법이 존재하는 사회에서 계몽의 가치는 절대적 힘을 갖는다. 계몽이 펼쳐지는 곳에서 삶의 긍정적 가치가 존재했고, 공동체의 이상이 실현될 수 있었다. 이런 사회에서 수평적 가치관이라든가 반성적 사유는 비집고 들어올 틈을 잃게 되었다. 계몽의 가치를 태운 비행선만이 아무런 장애 없이 미래로 거듭 나아가기만 하면 그만이었다. 적어도 이런 사회에서 합리주의의 정신과 이성의 전능 현상에 대해서 불신의 장은 마련될 소지가 없었다. 근대식 학교와 병원, 감옥 등등에서 보듯 근대의 이성을 실현할 수 있는 제도들이 마련되면 그뿐이었고, 거기서 합리주의를 실현할 사유들을 배양하면 그만이었다.

근대 초기 최남선과 이광수가 취한 포즈들이란 모두 여기에 기반을 둔 것이었다. 그리고 그러한 계몽의 정신을 철저히 이어받은 1930년 초반의 김기림의 경우도 예외는 아니었다. 김기림은 근대적 삶의 이상적 형태를 과학의 정신에서 찾고자 했다. 과학의 정신들이 의심받기 시작한 2차 대전 이후에도 그의 그러한 사유들은 쉽게 변화되지 않았다. 이를 두고 그를 근대 정신과 그 본질에 대해 무감각한 인물로 치부해버리기도 했지만, 그러나 이는 사회의 구조성과 상동성, 예술의 발생론에 대해 무지한 경우에서 오는 것이라 할 수 있다. 김기림에게 조선 사회는 아직도 미몽의 상태에 갇혀 있는, 다시 말해 계몽의 정신을 필연적으로 요구하고 있는 사회로 인식되었다. 그러므로 그는 조선 사회에서 계몽의 기획은 여전히 유효하다고 본 것이다. 그러한 기획을 만들고 실현하는 제도야말로 최상의 가치 체계라 인식한 것이다.

3. 계몽의 미달 현상과 반성적 테제

근대는 양면적인 것이었다. 탈미신화의 기치 아래 진행되었던 계몽의 정신들은 세계대전을 치르면서 점차 의심을 받기 시작했다. 이른바 근대성에 대한 반성적 과제가 제출되기 시작했는데, 그 첫 번째에 놓인 의문은 계몽의 기획이란 여전히 유효한가에 모아졌다. 이런 회의들이 근대성 논쟁을 유발시켰음은 잘 알려진 일이거니와 그 연장선에서 이성을 훈육하던 제도들 또한 반성의 대상으로 부각되었다. 계몽은 더 이상 초과적인 것으로 수용될 수 없었고, 미달 현상으로만 유효한 어떤 것이 되기 시작했다. 신의 영원성을 대신한 계몽의 정신이 더 이상 항해할 수 없을 때, 인식주체들에게 다가온 혼돈의 늪이란 실로 다대한 것이었다.

이런 불확실성들은 곧바로 합리성이라든가 이성과 같은, 근대를 추동했던 사유들에 대해 회의하는 계기로 작용했다. 그 당연한 절차로 합리주의나 이성 저편에 가려졌던 것들이 새삼스레 조명을 받는 계기가 된 것이다. 단순한 이분법이 허용된다면, 근대는 이성의 전능과 문명으로 특징지어진다고 할 수 있다. 근대에 대한 회의는 곧 이들에 대한 불신으로 연결된다. 소위 반이성과 반문명이 계몽을 대신하여 시대를 이끌어갈 근대의 새로운 패러다임으로 자리 잡게 된 것이다.

이성 저편에 놓인 것이란 새삼스레 말할 것도 없이 무의식이나 본능의 영역이다. 이성이 불신받게 되었으니 그 상대적인 자리에 놓인 이 음역들이 새로운 조명을 받게 된 것은 자명한 이치일 것이다. 무의식이란 이성이 통제하거나 감독할 수 있는 것이 아니다. 그것은 어찌 보면 체계적이지 못해서 자연 그대로의 상태, 곧 순수 무정형의 것이라 할 수 있다. 태초에 무의식이 있었다는 말이 가능할 정도로 그것은 이성 밖의 영역에 존재하면서 그것의 규율을 끊임없이 탈출하고자 했다. 당연한 귀결이지만 이성의 불신은 그러한 시도 동기 자체를 매우 긍정적인 것으로 받아들이게 했다.

문자 행위란 이성적인 행위에 의해 작동된다. 그것의 최종 목표는 의미의 전달이고 상호 매개하는 소통에 있다고 할 수 있다. 그러나 이성을 추방한 문자 행위는 오직 감성의 영역만을 고양시키게 된다. 그것은 비의미이고 비전달이라는 독특한 형태의 문자 행위를 낳게 된다. 시인들이 시의 내부에서 의미를 기각하려는 것은 의미야말로 이성의 왜곡된 결과로 사유하기 때문이다. 의미의 고통으로부터 해방되는 것, 그것은 곧 무의식의 전능과 같은 어떤 것으로 인식되는데, 다다와 초현실주의를 비롯한 아방가르드의 예술학이 바로 그러하다. 뿐만 아니라 1950년대 말 김춘수가 시도한 무의미 시나 이승훈의 비대상 시들, 오규원의 날이미지 시학 등은 그 연장선에 놓인 예술학이라 할 수 있다.

둘째는 문명 저편에 놓인 것들에 대한 관심이다. 문명을 이야기할 때, 새삼스럽게 떠오르는 것이 자연이다. 근대는 진행이고 발전이고 파괴로 인식된다. 그런데 그것의 주된 희생양이 된 것은 시원이자 근원으로 받아들여지던 자연이었다. 문명의 진행은 자연의 몰락과 정비례의 관계에 놓여 있었다. 따라서 근대에 대한 반성적 사유들이 자연의 복원으로 방향지어지는 것은 지극히 자연스러운 수순일 것이다. 자연이, 그리고 우주의 이법이나 섭리라는 형이상학적 가치들이 근대의 진행과 더불어 더욱 소중한 인식 체계로 자리 잡게 된 것이다. 자연이 가치 있는 것은 문명이 안티테제로 있을 경우에만 가능한 인식이다. 근대 시사에서 그러한 자연의 가치를 가장 먼저 인식한 시인은 정지용이다. 그는 자연을 발견한 시인일 뿐만 아니라 그것의 기능적 의미를 체계적으로 시화한 시인이다. 인식의 완결을 추구하는 모더니스트들이 나아가야 할 궁극적 목적 가운데 하나가 자연이라는 것, 그것을 시학의 장으로 이끌어낸 것이 정지용이었던 것이다.

근대 사회에 들어 자연으로 돌아가는 길은 멀고도 험난했다. 서구적 의미의 유토피아가 부재한 한국의 현실에서 시인들이 찾아내야 할 근대의 가치들은 지극히 협소한 것이 아닐 수 없었다. 지정학적 위치에서 오는 한반도의 혼란과, 그에 따른 유토피아의 부재는 시인들로 하여금 역사를 망각하게 했다. 그들은 예술 속에 유토피아적 역사를 불러들이지 못하고, 오히려 추방시키는 데 주저하지 않았다. 오직 서정주에 의해 새롭게 발견된 '선덕여왕의 말씀'만이 외로운 음성으로 남아 있었다. 그 빈약한 역사를 대신한 것이 근대적 의미의 자연의 발견이었다. 문명이나 계몽, 그것에 의해 파생된 제도들은 자연의 이법 속에 소멸되었다. 자연의 위대성 속에 문명의 순간적 가치들은 더 이상 숨을 쉴 수 없게 된 것이다.

4. 새로운 가치 체계로서의 제도

자연을 운위하면서 시학은 다시 계몽의 교훈자 신세가 되었다. 물론 여기서의 계몽은 근대의 시작을 알리는 탈미신적 계몽과는 전연 그 성격이 다른 경우이다. 자연이란 우주이고 섭리이기에 그것의 기능적 가치를 알리는 교술적 기능을, 지금의 자연시들은 활발하게 유포하고 있다. 이런 유형의 시들은 시인 자신들만이 보지하는 단일 음성성의 시들이라기보다는 독자를 의식하는 다중 음성성의 시에 가깝다.

그러나 자연시들을 이런 영역에 한정시키면, 우리는 다시 앞서 제기한 의문들에 직면하게 되는데, 바로 계몽이라든가 제도의 힘들에 대한 부정적 기류들이다. 곧 시라는 예술의 제도, 혹은 도덕과 법이라는 제도를 통해서 문명이 뿌려놓은 회의적 가치들을 초월할 수 있을까 하는 의문이 바로 그것이다. 근대 초기의 대중들은 미몽의 상태에 놓여 있기 때문에 어떤 사유가 긍정성만 담지하고 있으면, 그것을 유포시키는 데 큰 문제가 없었다. 그러나 문명의 위기를 겪은 현재의 상황은 똑같은 계몽을 필요로 하더라도 과거의 그것과는 현저히 다른 무게로 다가오게 된다. 무엇보다 크게 차질되는 것은 현재의 상태는 과거처럼 미몽의 상태도 아니고, 당시 사회를 지배했던 교양의 수준도 아니라는 데 있다. 이들은 현재의 위기에 대해서 어느 정도 감각하고 있다. 그런 지각성이야말로 현재와 과거를 구분 짓는 중요한 잣대가 아닐 수 없을 것이다. 그러한 인식적 차이를 극복하고 현재의 위기를 극복하는 것이 시학의 근본 과제로 대두되었다.

시라는 제도를 통해서 우리는 무엇을 할 수 있는 것일까. 근대 이후 인간은 제도에 의해 길들여져왔다. 그러한 제도의 힘들에 대해 어느 누구도 부정하지 않고 자연스럽게 받아들여왔던 것이다. 그러나 그러한 수용이 모든 것들을 긍정적 가치로 생산해내지 못했다. 그런 비생산성들이 우리에게 제법 많은 과제를 부여하고 또 실천을 요구하고 있는 것이 현재의 실정이다. 특히 문명의 대안으로 떠오른 거대 자연에 대해서 던져진 질문들에 우리는 명확한 답을 제시하지 못하고 있는 것이다.

정지용이 「백록담」에서 제시했던 것처럼, 인간의 경계를 버리고 자연과 하나가 되면 그만인가. 그러면 현재 진행되고 있는 문명의 위기를 극복하고 태초부터 꿈꾸어왔던 인간의 유토피아가 진정 실현되는 것인가. 그것이 가능하기 위해서는 다음 두 가지 질문이랄까 해법이 전제되어야 한다. 하나는 제도에 관한 것과 다른 하나는 실천에 관한 것이다. 제도는 어찌 보면 강제이고 규칙이다. 따라서 그것은 실천을 요구한다. 근대 초기에 그러했던 것처럼 인간은 제도에 의해 구원받고 문명의 위기로부터 탈출할 수 있는지에 대해 적지 않은 의구심을 갖고 있는 것이 사실이다. 그럼에도 앞선 문명을 향유했던 곳에서 그러한 제도들은 유토피아를 실현하는 작은 수단으로나마 기능하고 있었다. 다양성을 하나로 통일하는 데 있어 제도만큼 좋은 수단도 없을 것이다. 그런 면에서 제도는 인간의 심연에 흐르는 유토피아적 본능과 겹쳐지는 것은 아닐까.

두 번째는 실천의 문제이다. 이는 지극히 난해하면서도 규정하기 힘든 부분이다. 뿐만 아니라 제도와의 밀접한 길항 관계에 놓여 있는 것이기도 하다. 실천은 자발성에서 오는 것이기도 하고 강제성에서 오는 것이기도 하다. 어떤 것에서 오든 궁극에는 자아 속에 갇히게 된다. 그러한 고립을 초월해서 일체성을 이룰 수가 있다면 더할 수 없는 준거틀이 될 것이다. 근대성의 위기도, 그 대항 담론에 대한 제시도 실천이 없으면 더 이상 불가능하다. 현대시가 처한 시정신의 궁극적 과제는 바로 여기에 놓여 있다.

우리 시대의 시정신이란 무엇인가

　새로운 시대의 시정신이란 특집 주제로 『시와 정신』이 출발한 지도 어언 10여 년의 세월과 50호의 발간을 맞이하게 되었다. 새로운 문학잡지의 탄생이란 적절한 자본과 탄탄한 편집진의 준비만으로 되는 것은 아니다. 적어도 그 잡지가 지향해야 할 최소한도의 이념이랄까 방향이란 것이 갖추어져야 잡지로서의 품격이 지켜진다고 하겠다. 기왕에 창간되었던 많은 문학지들이 더러는 성공의 길을 가기도 하고 실패의 길을 가기도 했지만, 그 어느 경우라도 그 문학지가 추구했던 이념의 방향성만은 뚜렷한 족적을 남긴 것도 이런 이유 때문이었다. 그만큼 문학지의 성공 여부는 그것이 지향하는 방향성과 불가분의 관계에 놓인 것이라 하지 않을 수 없을 것이다.

　그러한 측면에서 『시와 정신』이 모토로 내세웠던 새로운 시정신에 대한 탐구와 모색은 문단의 주목을 끌기에 충분한 것이었다고 하겠다. 『시와 정신』은 새로운 시정신의 모색을 이념으로 택했다. 이념 없는 이념이『시와 정신』의 기본 정신이 되었던 것인데, 이는 문단사에서 매우 특이한 일이 아닐 수 없었다. 어째서 그러한 요구가 필요한가에 대해서는 『시와 정신』 창간사에서 다음과 같이 밝힌 바 있다.

현대 사회는 인간의 관계조차 도구적으로 전락시켰다. 또한 자본주의는 인간을 생명과 사랑의 가치가 아니라 도구적 실용성과 경제성의 차원에서 평가하고 판단한다. 현대 사회의 제반 문제들은 현실적 이해관계에서가 아니라, 무엇보다도 정신의 빈곤으로부터 발생하는 것이다. 무기력해져 가는 이 시대의 정신 앞에 우리는 새로운 시정신을 수립하고 그 정신의 발휘를 통한 새로운 시의 도래에 대해 고민하지 않을 수 없다. 우리에게는 21세기에 걸맞는 시정신의 모색이 필요하다.

이런 전제하에서 『시와 정신』을 창간했고, 그 창간의 목적이 새로운 시정신의 모색과 불가분의 관계에 있다고 했다. "시는 한 시대의 정신과 표정, 그 문화적 흐름을 가장 예리하게 보여주는 문학 장르이고, 또한 시는 그 시대 언어의 속살이며 심장"이기에 더욱 그러하다고 했다.

2000년대는 새로운 세기의 시작, 곧 새로운 밀레니엄이 시작되는 시기이다. 시작은 늘 그러한 것처럼, 신선함과 기대를 주기도 하지만, 그러한 기대치의 상위(相違)에서 오는 실망 또한 있을 수 있을 것이고, 개척자의 위치에 선 선구자의 부담 또한 안겨지게 마련이다.

20세기는 격변의 시기였다. 전 지구상을 휩쓸었던 거대 담론이 서서히 물러가면서 지구촌의 군상들은 자신들을 이끌어줄 조타수를 상실한 입장이 되었다. 특히 베를린 장벽의 붕괴 이후 가속화되기 시작한, 자본주의와 사회주의라는 거대한 물줄기는 더 이상 이 지구를 이끌어갈 만한 힘이 되지 못했다. 그러한 거대 서사 혹은 큰 이념의 상실이 남긴 것은 거대한 공터뿐이었고, 그러한 공백을 메워줄 새로운 힘의 존재 또한 보이지 않았다. 안개처럼 어두운 터널 속에서 무언가 새로운 길은 모색되어야 했고, 이를 대신할 여러 담론들이 제기되었다. 이른바 대안 담론에 대한 활발한 논쟁이 그것이다.

대안 담론, 혹은 대항 담론으로 일컬어지고 있는 새로운 도정의 모색은 거대 서사의 붕괴에 따른 자연스러운 결과이긴 하지만, 그러한 공백을 메워줄 담론 역시 이전에 존재했던 거대 서사라는 점에서는 하등 다를 것이 없어 보였다. 어쩌면 근대를 열어젖힌 계몽의 시대로 다시 되돌아간 느낌이 들 정도로 과학의 서사, 계몽의 서사가 여전히 유효한가에 논란이 있었으며, 어쩌면 부활하는 듯한 징조마저 보여주었다. 인간의 삶이 유토피아적 의미망으로부터 분리될 수 없는 것이라면, 과학의 역할이 부여한 이 시대의 임무 또한 계몽의 시대와 똑같은 함량으로 이 시대를 지배하는 것도 가능해 보였다. 실상 자본주의와 사회주의를 양분했던 거대 서사의 뿌리도 따지고 보면 계몽의 결과에 의한 것이다. 뿐만 아니라 이러한 거대 서사의 뒤안길에서 다시 생성되어 지금 이 시대의 주류로 자리 잡은 생태 환경에 대한 문제 역시 계몽과 전연 동떨어진 것이 아니다. 어찌 보면 한 뿌리에서 자라난 이질적인 두 축에 불과할 따름이다.

그럼에도 불구하고 자본주의와 사회주의로 대표되는 거대 담론의 붕괴는 많은 가능성을 가져다주었다. 그 결과 두 대립 진영이 만들어낸 냉전을 대신할 새로운 패러다임에 대한 요구가 있어왔다. 이 요구야야말로 새로운 시대와 인간 조건을 충족시켜줄 시대적 사명이 아닐까 한다. 그러나 그러한 다양한 흐름들이 하나의 큰 물줄기로 통합되지 못한 것이 작금의 현실이었다. 새로운 시대란 늘 신선한 흐름 속에서 성장해야 하는 것이 당연한 이치이다. 문학이 그러한 시대적 기대에 부응하는 것은 지극히 자연스러운 일이다. 따라서 『시와 정신』이 창간되고 그 주된 모토를 '우리 시대의 시정신 찾기'로 설정한 것은 매우 시의적절한 것이었다고 할 수 있다.

새로운 천년과 새로운 시정신에의 모색으로 출발한 『시와 정신』은 이전의 문학지들이 해왔던 방식과는 전연 다른 길을 걸어왔다. '우리 시대의 시정신'이라는 기획 특집이 한두 해의 짧은 시간으로 종료된 것도 아니고, 그 방향 또한 여러 갈래로 모색되었기 때문이다. 그 의의는 크게 두 가지 측면에서 찾을 수 있을 것인데, 하나는 이 시대의 시정신에 대한 집요한 모색이고, 다른 하나는 그러한 과정의 항구적 속성에서 찾을 수 있을 것이다.

『시와 정신』이 출발하게 된 동기이자 문학 정신이었던 새로운 시정신의 모색은 단순한 일회성의 모멘트에서 그친 것이 아니었다는 점에서 그 의의가 있는 경우였다. 잡지가 적고 또 추구하는 지향성이 지극히 단선화되던 시대에는 문학 이념의 지속성 여부를 따지는 것은 큰 의미가 없었다. 이거 아니면 저거라는 단순한 도식이 지배하던 시기에 '우리의 문학지가 추구하는 이면은 이것이다'라고 선언한 다음, 그에 걸맞은 작품이나 비평을 꾸준히 게재하게 되면, 그 문학지가 추구하는 방향이 마련되었다. 따라서 이 시기의 문학지 성격을 굳이 특정해서 그것이 추구하는 이념이나 방향성에 대해 진단하거나 재단할 필요성은 없어 보였다.

그러나 『시와 정신』이 태동하던 2000년대는 단순한 이분법이나 흑백논리가 지배하던 시기가 아니었다. 이 시기는 1960년대나 70년대, 그리고 80년대의 경우처럼, 진보나 보수, 당파적 결속과 해체적 분산과 같은 이분법의 시대와는 무관한 시기였다는 의미이다. 중심은 깨졌고, 거기서 뻗어나온 다양한 지류들이 본류를 만들어보려고 아우성치던 시기가 지금 여기의 현실이 된 것이다.

다양하게 번식하던 흐름들 속에서 무엇이 이 시대를 이끌어가는 중심 흐름일까를 탐색하는 것은 매우 어려운 일이었다. 그 다기한 갈래들에 대해서 거칠게나마 하나의 주류를 찾거나 만들어갈 수 있다면 비교적 성공의 월계관을 쓸 수도 있을 것이다. 『시와 정신』이 추구한 것은 그 월계관이었다. 그 정상이 무엇인지에 대해 끊임없는 모색을 해왔던 것이다. 어느 특정 이념에 국한되지 않고 활발하게 활동하고 있는 작가나 비평가들의 머리와 펜을 통해서 시정신의 본질에 대해 접근해온 이런 저변의 시각 때문이다.

둘째, 『시와 정신』은 이 시대의 시정신에 대해 단말마적인 어떤 진단을 내리고 거기서 종료를 선언하는 마침표를 찍지 않았다는 것이다. 그것이야말로 이 잡지가 추구하는 특이성이랄까 장점이라 해도 과언이 아닐 것이다. 대개의 문학지들이 한두 번의 특집을 통해서 이 시대의 좌표나 그 잡지의 성격을 드러내는 경우가 대부분이고 또 그럼으로써 그 문학지가 추구하는 목표를 모두 드러냈다고 단언했다. 이런 일회성에야말로 어느 특정 이념이나 문학의 조류를 쉽게 왜곡해버릴 위험이 상존하기 마련이다.

이데올로기는 연기와 같은 것이어서 다른 것들과 쉽게 혼종되기도 하고 그 과정에서 전연 다른 형태의 새로운 이데올로기를 만들어내기도 한다. 따라서 하나의 중심은 곧바로 또 다른 중심에 밀려나거나 변방의 것으로 떨어지기도 한다. 그러한 전변의 과정이 순간에 이루어지도 하고 보다 많은 시일을 통해 이루어지기도 한다. 그러나 중요한 것은 그것의 가변적 속성에 있는 것이 아니다. 어쩌면 그러한 휘발적 속성들을 쉽게 견고화시켜버리려는 마음의 성급함에 있을 것이다. 조급한 결론이 가져온 오류에 대해서 일일이 지적하는 것은 쉬운 일이 아니지만, 그러한 선입견이 가져온 문예 미학상의 혼란은 가볍게 넘길 일이 아니다.

어쨌든 이런 거대한 기획 속에 출발한 『시와 정신』은 다양한 기록을 남긴 채 현재의 상황을 맞이하게 되었다. 창간 이후 무려 10여 년의 시간 동안 '우리 시대의 시정신'을 모색해왔고, 그 결과 또한 상당하다. 여기에 필진으로 참여한 문인들도 120여 명에 이른다. 그리고 그 주요한 글들을 모아서 2012년 『한국 현대 시정신』으로 상재하기도 했다.

그렇다면 많은 시인과 비평가들이 참가한 '우리 시대 시정신'의 방향이랄까 주요한 테마는 무엇일까가 궁금해지지 않을 수 없을 것이다. 실상 방대한 문인들과 다양한 영역에 걸쳐 있는 이 모든 글들에 대해 어떤 갈래를 구획한다는 것은 매우 어려운 일일 뿐만 아니라 또 가능한 일도 아니다. 시인이나 비평가들마다 가지고 있는 세계관이나 문학관, 개성 등등이 저마다 모두 다른 까닭이다. 수많은 대중의 감성 속에서 길어 올려진 수많은 문학관들을 한두 마디의 말이나 줄기로 계선화할 수 있는 것이 가능한 일이겠는가. 뿐만 아니라 21세기는 거대 담론의 붕괴와 그에 따른 다양한 개성들이 자유롭게 분출되는 장이다. 개성이 많고 조류가 많다는 것은 중심이나 거대 담론의 상실과 불가분의 관계에 놓여 있는 것이고, 그러한 까닭에 세상을 보는 방식이나 문학관 또한 매우 다양한 것이 사실이다.

그러나 수많은 갈래와 조류가 문학판을 흔들고 사람들의 의식을 혼란하게 하더라도 그러한 것들이 결국은 인간의 존재라는 선험적 조건을 문제 삼을 경우, 그 흐름들이 의외로 단선화될 수도 있다. 인간이란 무엇이고, 또 그러한 인간의 실존 조건이 무엇일까 하는 물음 앞에 선다면, 그 해답은 지극히 뻔한 결론에 이를 것이기 때문이다. 지금 우리가 살아가고 있는 이 시대는 근대성이라는 제반 조건이나 의식이 기능적으로 작용하고 있다. 뿐만 아니라 인간은 선험적 고향을 생태적으로 그리워하는 결핍의 존재이기도 하다. 인간의 삶을 어떻게 개선할 것인가가 근대성이 제기한 주요한 과제라면, 인간의 선험적 조건 또한 그 연장선에 놓인 문제이다. 이 두 가지 조건 앞에 서게 될 때, 인간 앞에 다가오는 주된 과제는 곧 유토피아의 문제로부터 자유롭지 않게 된다.

근대는 계몽이 주는 가능성에도 불구하고 많은 부정성을 뿌려놓았다. 그러한 부정성들은 크게 두 가지 갈래로 생각해볼 수 있는데, 우선 영원성의 상실, 곧 자아와 세계의 화해할 수 없는 불화가 그 하나이고, 인간은 자기 스스로 조정해나갈 수밖에 없는 자율적 존재로의 피투가 그 다른 하나이다. 꿈을 상실한 존재, 그러하기에 그러한 꿈을 찾아서 저 멀리 희망의 별을 쏘아놓고, 그것에 다가가려는 인간의 지난한 노력이 근대의 슬픈 자화상처럼 비춰진 것이다.

서정적 동일성을 상실한 이 시대의 특성에 주목하여 대부분의 문인들은 '우리 시대의 시정신'을 일차적으로 자아와 대상의 불화에서 찾고 있다. 이른바 동일성의 감각 상실이 가져온 이 시대를 서정시가 존재할 수밖에 없는 유일한 구비 조건으로 삼고 있는 것이다. 그것을 문인들은 미세한 감각의 세계에서 찾기도 하고, 대상과의 거리감에서 찾기도 했다. 감각의 느낌과 대상과의 격리감이야말로 서정시의 근본 요건이 된다는 뜻이다. 그리하여 서정 정신의 상실과 그 회복이야말로 서정시가 존재해야할 유일한 의의로 이들은 판단하고 있는 것이다.

두 번째는 미시 담론의 유효성이다. 근대를 구획했던 것은 자본주의와 사회주의 같은 거대 담론의 확장이었다. 그러나 오늘날 지구촌에서 벌어지는 온갖 폐해들은 더 이상 거대 담론이 유효성을 운위하지 못할 정도로 많은 불신을 받아왔다. 신뢰할 수 있는 있는 것은 오직 자기 자신과 자신의 의식뿐이라는 사유만이 믿음성 있는 전제 조건이 되었다. 거대한 사유 체계로 모두를 견인하는 것은 가능하지 않을뿐더러 만약 그러한 것이 가능하다면 근대적 의미의 거대 담론, 곧 거대한 제국주의나 획일주의가 판치는 사회의 도래를 용인할 수도 있을 것이다. 따라서 오직 현재의 이곳을 지배하는 미시 담론만이 자유와 행복을 보장하는 지렛대가 될 수 있다는 것이 이들의 논리이다. 전체를 규율하는 것이 아니라 개인의 자유가 보장되어야 한다는 것이다. 80년대를 이끌었던 중심의 해체, 패러디 문학이 여전히 유효하다는 시정신이 그러하다. 패러디의 정신은 계몽과는 상반되는 위치에 있는 것이고, 만약 그러한 정신이 가치 있는 것이라면 계몽을 대신할 수 있는, 계몽을 통과해서 이를 능가하는 기능적 사회가 되어야 할 것이다. 그럴 경우에만 패러디의 정신은 이 사회의 존재 가치로서 의의를 갖게 될 것이다.

세 번째는 거대 담론의 유효성이다. 거대 담론은 현재를 미완성으로 인식하는 데서 출발한다. 실상 인간이 추구하는 최후의 여정, 곧 유토피아야말로 이런 거대 담론과의 통섭 없이는 불가능하다는 것이 이들의 근본 사유인 듯 생각된다. 이는 크게 두 가지 측면에서 설명할 수 있는데, 하나는 리얼리즘의 관점이고 다른 하나는 생태론적 관점이다. 아우슈비츠의 감옥 이후 유토피아의 실현은 더 이상 가능하지 않다는 사유가 만들어낸 것은 패배주의가 아니다. 오히려 보다 강력한 세계관과 힘에 의해 견인된 사유들만이 현재의 악조건을 극복할 수 있다는, 강력한 실천주의가 필요하다는 인식이 더 힘을 얻게 된다는 것이다.

이는 지금 여기의 현실에 대해서도 똑같이 물을 수 있다고 본다. 가령, 세월호 참사를 목도하면서 계몽의 정신은 더 이상 유효하지 않다는 생각이 드는 것도 무리는 아니다. 이 사회는 아직도 미몽의 상태에 놓여 있다는 것이 이 사건이 주는 교훈일 것이다. 그러하기에 그러한 미몽을 깨기 위해서는 리얼리즘의 정신은 더욱 필요하다는 것이다. 이 시대에 리얼리즘의 시 정신이 부재하다는 호소에 귀 기울여야 하는 것은 여기에 그 원인이 있을 것이다. 지금은 개화기의 경우처럼 수용 미학에 관심을 가질 때는 아니다. "사해가 일가이고" 그렇기에 "꿈을 깨야" 하는 시대는 지나갔기 때문이다. 그럼에도 인간이 최고의 가치로 인정되는 시대는 도래하지 않았다. 생명이 다른 어느 것보다도 고귀하게 앞서 있다는 인식의 확산이야말로 이 시대가 요구하는 또 다른 계몽의 담론이 될 것이다. 이 시대의 계몽의 정신이란 인간이 무엇보다 우선시되어야 하는 정신이다.

마지막으로 생태론적 관심의 확장이다. 자본주의와 사회주의라는 거대 담론은 베를린 장벽 이후 무너졌지만, 자본주의는 여전히 이 지구상에 위력을 지니고 있다. 자본의 확장이란 욕망의 확장이고 생존 조건의 파괴와 밀접한 상관관계를 갖고 있다. 오늘날 지구상의 인간들은 전쟁과 환경의 공포뿐만 아니라 인간 내적인 욕망의 확산으로부터 고통받고 있다. 전자의 것이 인간 외부의 것이라면 후자는 인간 내부와 관련되어 있다. 그러나 이들의 뿌리는 모두 인간의 욕망에서 비롯된 것이다. 욕망의 무한한 팽창이 전쟁과 환경의 공포를 야기했다. 그러한 조건들에 대한 심각한 인식이 21세기에 생태 담론이라는 거대 서사를 만들어내게 된 동인이 되었다. 오늘날 대부분의 문인들이 생태 담론에 알게 모르게 연관되어 있고, 관심 역시 갖고 있다. 실제로 우리 시대의 시정신 속에 표방된 담론들이 이 문제에 집중된 느낌이 든다. 그만큼 생태 담론은 이 시대를 이끌어가는 중심으로 자리 잡고 있다. 생태 담론이 중심 화두가 된 것은 그것이 근대성의 제반 문제와 분리될 수 없는 것이라는 점과 인간의 선험적 목표인 유토피아 의식과 밀접하게 연관된 것이라는 점에서 찾을 수 있다. 따라서 이 담론에의 관심 표명이야말로 우리 시대의 중심 시정신 가운데 하나라고 할 수 있다.

『시와 정신』이 50호에 이르면서 이 시대를 대표하는 많은 시정신들이 발표되었다. 이 시대를 대표할 만한 시의적절한 것도 있었고, 지난 시대의 것들에서 유효한 것도 있었다. 또 근대 초기의 시정신에서 시사받은 것들도 있었다. 그리고 개인의 시론에 국한되는 경우도 있었고 시사적 맥락에서 고찰된 것도 있었다. 경우에 따라서는 이데올로기나 문학 환경과 같은 거대 담론의 형태에서 도출된 경우도 있었다. 그러나 분명한 것은 그것이 어떤 동기와 맥락에서 온 것이든 간에 이 모두는 우리 시대를 대표하는 시정신일 뿐만 아니라 훌륭한 문학 유산으로 남게 될 것이라는 점이다.

『시와 정신』에서 모색되고 있는 우리 시대의 시정신은 이 순간에서 멈추는 것이 아니라 앞으로도 계속 진행될 것이다. 시대가 바뀌면 전형기가 오고 그러한 전형기 속에서 새로운 담론은 또다시 모색될 것이다. 따라서 시정신은 하나의 거대한 유기체처럼 과거에도 살았고, 현재에도 살아 있으며, 앞으로도 계속 살아 있을 것이다. 우리 시대의 시정신이 현재 진행형이면서 미래진행형인 것은 이런 이유 때문일 것이다.

우리 시대 리얼리즘 정신은 왜 필요한가

얼마 전 부정선거를 이슈로 사회가 혼란한 적이 있었다. 일부 언론이 문제를 제기한 바 있고, 일부 정치인들 또한 이 상황들을 계속 문제 삼고 있었다. 뿐만 아니라 과거 같으면 이슈가 될 만한 사건들이 줄줄이 일어 났건만 사회도 조용했고, 대학 역시 여전히 침묵했다. 그러던 차에 어느 학생이 학교 게시판에 "안녕들 하십니까"라는 대자보를 붙여서 큰 반향을 불러일으켰다. 사회의 제반 문제들에도 불구하고 너무 조용한 상황에 대해 안부 인사 격으로 이 글을 올린 것이다. 그런데 이 글은 예상치 못한 반향을 가져왔다. 여러 곳에서 응답의 메시지가 있었고, 소셜 네트워크 등 개인이 할 수 있는 표현의 공간에서도 많은 메아리들이 울려 퍼진 것이다. 그러나 그 이후론 잠잠해졌고, 더 이상 이 전언은 유효성을 갖지 못했다. 큰 반향에 비하면 그 생명력은 의외로 짧았던 것이다.

그럼에도 이 사건이 우리에게 시사하는 바는 매우 크다고 할 수 있다. 첫째, 이것은 우리 사회에 비판적인 의견을 개진할 수 있는 주체들이 여전히 건재하고 있다는 사실을 일러주었다. 사회가 민주화되면서 비판의 목소리는 점점 줄어들게 되어 있다. 현재 우리 사회가 보여주고 있는 정중동의 모습은 우리 사회의 안정성을 말해주는 것이 아닐 수 없다. 그러나 이 사건은 그 이면에 존재하는 우리 사회의 무관심을 보여주는 좋은 사례가 되기도 했다. 그 이유는 그것이 과거의 경우처럼 어떤 조직력을 갖고 지속적으로 이루어지지 않았다는 점에서 그러하다. 이는 그만큼 사회를 짓누르고 있는 여러 부정성들에 대해 대항할 수 있는 담론들이 부재함을 말해주는 것이라 할 수 있다. 대항 담론의 부재는 사회의 건강성과 정비례한다. 과거의 떠들썩했던 사건이나 일들에 비하면, 지금 펼쳐지고 있는 이러한 모습은 매우 예외적인 상황이라 할 수 있다. 이렇게 저항이나 도전이 부재할 만큼 우리 사회가 안정화되어 있고, 민주화되어 있다는 말인가.

사회를 이끌어가는 중심축은 진보와 보수의 정서일 것이다. 너무 교과서적인 이야기 같지만, 전자의 경우는 자본층, 사회 지도층 등등 돈과 권력을 가진 부류들을 지칭할 수 있겠고 후자의 경우는 전자와 대립되는 위치에 서 있는 층이 그 중심을 이룰 것이다. 과거 어느 시기를 되돌아보더라도 하나의 사회, 혹은 국가가 건강성을 유지하려면, 이 둘의 관계는 필수불가결한 존재 요건이었다. 그리고 어느 한쪽으로 기울어지지 않는 평형의 관계야말로 건전한 사회를 위한 전제 조건이었다. 그것은 국가나 사회와 같은 커다란 조직에서만 적용되는 문제는 아니다. 소규모의 집단에서도 똑같이 유효하다. 가령, 비판적 의견이 존재하지 않는 곳에서는 어느 의견이나 방향이 한쪽으로만 흐르게 되어 있다. 비판과 견제가 없으니 방향이란 이미 정해져 있는 것이 아닌가. 그리고 그렇게 편중되게 흐른 방향이나 견해가 결국은 오류로 귀결될 것이란 사실은 너무도 자명한 일이 될 것이다.

나는 여기서 진보와 보수의 본질과 성격, 혹은 그 군상들이 지향하는 이념이나 방향을 이 글에서 말하고자 하는 것은 아니다. 그것은 내 능력 밖의 일이고, 지금 여기의 현실이나 문학의 당면 과제를 이야기하고자 하는 데 있어 전혀 도움이 되지 않기 때문이다. 다만 보수적인 것과 진보적인 것들이 갖추어야 할 임무랄까 과제에 대해서만 언급하고자 할 따름이다. 특히 문학의 경우에서만 한정하여 말하고자 할 뿐이다.

지금 우리 문학계에서 진보적인 부류나 비평적 글을 찾아보기가 쉽지 않다. 어느 사회운동가가 지적한 대로, "그 많던 민중문학가들은 다 어디 갔는가"라는 탄식에서 보듯 비판적 시인, 소설가를 비롯한 문인들을 대면하기가 쉽지 않은 것이다. 이런 사례는 비단 문인들만의 문제에서 국한되는 것은 아니다. 사회 전체가 모두 그러하지 않은가 보여지기 때문이다. 한국 민주화의 산실이었던 대학가에서 사회의 어느 특정 부면이나 이슈에 대해서 집단 의견을 표출했다는 혹은 하고 있다는 소식을 거의 접할 수 없다. 어쩌면 이런 적막함은 지난날 그렇게 외쳐대던 민주화의 결과에 의한 것인지도 모르겠다. 사회가 조용하고, 또 비판 세력의 음성이 수면 위로 나오지 못할 정도로 민주화가 진행된 면도 전혀 없는 것은 아니다.

지난날, 아니 보다 정확하게 말하면 1980년대는 민중문학이 절대 우세를 보였던 시기이다. 1960년대 이후 성장하기 시작한 민중민주문학은 80년대 광주항쟁을 겪으면서 더욱 성장하게 된 것이다. 이때의 민중문학은 민중들의 삶에 대한 문제뿐만 아니라 이들과 관계된 모든 유기적인 상황들에 대해서도 다루기 시작했는데, 가령 보편사에 대한 인식의 확장 현상은 그 대표적인 경우였다. 그리고 그런 외연의 확대 속에서 민중문학의 본질에 육박해 들어갔고 그 나머지 요소들에 대해서는 비본질적인 것으로 치부해버렸다. 이 시기에 거론된 담론의 형태들은 분단 문제라든가 민족해방, 군부독재 타도, 계급 타파와 같은 굵직굵직한 문제들이었다. 광주 사건을 계기로 한국 사회의 모순과 불온성이 통째로 드러났으니 거기에 대한 비판의 폭과 깊이가 광범위하게 퍼져나간 것은 당연한 일이었다.

그리고 1980년대 민중문학의 특색은 민중들의 삶의 조건에만 국한된 것이 아니라 이론적인 분화로까지 나아갔다는 점에서 찾을 수 있다. 가령, 민족해방파와 민중민주파로의 분립이 그러한데, 이를 두고 민중 운동권의 성장으로 인식되었거니와 이는 한국 사회가 처한 상황인 그만큼 복잡하다는 것을 보여준 근거들이 되었다. 이렇듯 이 시기는 운동의 상황과 이론의 논리가 만개한 시대를 맞이했다. 민중권의 성장이라는 측면에서 보면, 이론적 분화 현상은 대단히 의미 있는 일이라 할 수 있을 것이다.

그러나 이렇게 승승장구할 것 같았던 민중권의 성장과 이론적 토대의 탄탄함은 80년대 말을 맞이하면서 새로운 국면을 맞이하게 된다. 베를린 장벽으로 상징되던 냉전 체제의 붕괴는 민중문학권의 지형도를 완전히 바꾸어놓았기 때문이다. 물론 그 이전에 한국 사회 내부에서의 변화도 서서히 시도되고 있었던 터였다. 군부 통치와 독재의 상징으로 인식되었던 대통령 선거가 체육관 선거에서 직선제 선거로 바뀌면서 민주화운동의 한 분수령을 맞이하고 있었기 때문이다. 그런 사회적 흐름에 기름을 부은 격으로 베를린 장벽으로 상징되던 동서의 냉전 체제가 붕괴되기에 이른다. 이는 곧 사회주의와 자본주의라는 이분법적 대립의 붕괴에서 그치지 않았다. 전망과 미래의 낙관적 혁명에 기대를 걸고 성장하던, 한국과 같은 제3세계권의 민중 세력에게 큰 좌절의 계기가 되었기 때문이다.

운동 논리에 추동되는 것이 민중문학이고 리얼리즘 문학이다. 전망(perspective)이나 혁명적 로맨티시즘과 같은 미래에의 희망을 성장의 동력으로 갖고 있는 것이 리얼리즘의 문학의 존립 근거이다. 그런데, 그 희망의 빛, 나아갈 목표가 상실되었으니 그곳으로 진군하던 발걸음이 멈출 수밖에 없는 것은 당연한 이치가 아니었겠는가.

지난 시기를 풍미했던 문예사조가 나아갈 길을 잃고 새로운 국면을 맞이하는 시기를 흔히 전형기라 부른다. 하나의 패러다임이 다하고 새로운 패러다임을 접해야 하는 시기가 되었으니, 전형기가 되는 것은 당연한 이치이다. 80년대 후반기가 전형기의 대표적 아이콘이 되는 것은 여기에 그 원인이 있다. 동일한 전형기라 하더라도 그 폭과 질은 매우 다를 터인데, 실상 냉전 체제의 붕괴만큼 역사적으로 큰 전형기는 없기 때문이다. 그러니 혼란 현상은 당연한 일이 아니겠는가.

냉전 체제의 붕괴는 많은 변화를 가져왔다. 이론과 운동 부면에서뿐만 아니라 문학 자체에도 변혁이 일었다. 현실과 끈끈한 조응 관계에서 생산되는 것이 문학이니 이는 당연한 결과가 아닐 수 없을 것이다. 그러한 변화의 가장 앞머리에 선 양식은 서정시였다. 서정시 본래의 모습으로 되돌아가자는 신서정(新抒情) 운동이 그러했다. 이는 전형기의 관점에서 충분히 논의할 수 있는 것이지만, 냉전 체제의 붕괴와도 분리할 수 없는 것이었다.

신서정이란 글자 그대로 새로운 서정이란 뜻을 담고 있지만, 실질적으로는 서정시 본래의 영역으로 되돌아가자는 취지에서 시작되었다. 자아와 대상이 회감하는 절대 순간에 서정시는 탄생한다. 그러나 80년대의 상황은 회감의 순간을 불가능하게 했다. 곧 대상과 자아 사이의 완전한 합일이란 이루어질 수 없었던 것이다. 하나는 내용 위주의 시학이, 다른 하나는 형식 위주의 시학이 압도한 까닭이다. 이른바 편내용주의와 편형식주의의 30년대식 복제판이 1990년대 초에 재현된 것이다.

서정시가 이 두 가지 요인에 편향된다는 것 자체가 서정시 본연의 리리시즘과는 거리가 있는 것이다. 중요한 것은 그러한 거리감의 원인은 무엇인가 하는 것이다. 이는 앞에서 지적한 것처럼 민중민주권의 문학적 논리와 거의 일치하고 있었다. 실천과 이념이 중시되는 민중시에서 이데올로기로의 무장은 지극히 당연한 일이었기 때문이다. 이것이 편내용주의가 가져온 서정시의 일탈이라면 형식 위주의 문학에도 같은 논리가 적용된다. 그 대표적인 사례가 해체주의의 경우이다. 이 사조는 포스트모더니즘의 연장선에 놓인 것이지만, 그 긍정적 함의를 찾으라면 이 시대의 사회적 조건으로부터 자유로운 양식이 아니었다는 점이다. 한편으로는 후기 자본주의의 범람과 그에 따른 중심 해체의 논리를 여기에 결부시킬 수 있지만, 다른 한편으로는 그러한 해체 현상이 곧 군부 통치로 상징되는 권력의 문제와도 분리하기 어려운 것이었기 때문이다. 민중시가 집단에 의한 중심의 해체에 그 목표가 있었다면 해체시는 개인에 의한 중심의 해체와 결부되어 있다고 보는 것이다. 그렇기에 80년대에는 민중시든 혹은 해체시든 간에 그것이 민주화 운동과 운동권의 논리와 상호 불가분의 관계에 놓여 있었다는 점에서 찾을 수 있는 경우였다.

견강부회된 감이 없진 않지만, 민중시나 해체시가 한국 사회의 민주화 운동과 어느 정도 관계를 맺고 있었고, 또 전 지구상에서 펼쳐졌던 냉전 체제의 논리와도 관련이 있었다는 점이다. 그런데 냉전 체제의 붕괴와 한국 사회의 민주화 운동은 중심이나 권력과 같은 개념이 더 이상 설득력을 갖지 못하는 상황을 만들어버렸다. 따라서 90년대 초부터 밀려오기 시작한 서정으로의 복귀 운동은 여기서 그 의의를 찾아야 할 것이다.

시에서부터 시작된 이 운동은 문예운동 전반에 걸쳐 퍼져나가기 시작했다. 시와 더불어 문학의 중심 장르 가운데 하나인 소설의 영역에서 특히 두드러지게 나타났다. 고전적 의미의 사랑을 탐색한 소설이나 모천회귀를 다룬 일련의 소설들, 그리고 과거의 아련한 추억이나 어머니와 같은 근원의 문제를 다룬 소설들이 이에 해당한다고 할 수 있다. 산문 양식의 이러한 변화들은 투쟁 일변도의 문학, 노동 중심 문학과 같은 소위 기계주의적 성향의 문학을 벗어나는 계기가 되었다.

신서정과 근원에 바탕을 둔 문학성으로 복귀는 문학판에 많은 변화를 가져왔다. 이는 시대의 흐름을 반영하는 자연스런 결과였지만, 그러나 적게는 몇 년, 많게는 몇십 년 동안 진보주의 문학에 발을 담그고 있던 주체들에게 준 충격은 자못 큰 것이었다. 마치 1930년대 중반 카프가 해산되었을 때, 카프 구성원들에게 요구되었던 이념 선택의 문제보다도 더욱 심각하게 이들을 압박한 듯이 보였다. 신념과 열정을 다해서 변혁의 작은 도구, 혹은 실천의 작은 매개가 되고자 했던 이들은 나아갈 방향을 상실하고만 것이다.

그러나 이들의 모습은 카프 구성원들이 보여주었던 자기 노력보다도 더욱 실망스런 모습이었다고 감히 말할 수 있다. 카프 구성원들과 같은 최소한의 고민도 없이 이들은 더러는 전향된 모습으로, 더러는 그들이 그토록 비판해 마지않았던 제도권으로 거침없이 밀려 들어가고 만 것이다. 간단한 전향 선언을 마치고 정치권으로 혹은 제도권으로 무매개적으로

투입해 들어갔다. 포기 못한 문학에의 열정을 가지고 러시아 형식주의로 가는가 하면 구조주의와 같은 형식미학에 아무런 여과장치 없이 스스로를 노출시켜버리기까지 했다. 단지 외부 환경이 변했다고 해서 그들이 맹신해왔던 이념을 이토록 허무하게 버릴 수 있었단 말인가. 이런 상실감이 스스로에 대해 조율하지 못한 정서의 혼돈으로 이끌게 한 것은 정상참작할 수 있는 일이지만 너무도 쉽게 자기 무장을 하는 이들의 모습을 보면서 그들이 가졌던 운동 논리가 이토록 허약했던 것인 줄은 애시당초 알지 못했다.

불철저했던 이들의 모습은 비판받아 마땅할 것이다. 이들의 견고한 논리를 믿고 순수하게 투쟁의 현장으로 뛰어든 노동자들의 희생은 무엇으로 보상한단 말인가. 또한 민중의 고통을 자기화하고 이를 실천에 옮기면서 사라져간 수많은 사람들의 희생은 또 무엇으로 갚아준단 말인가. 이들의 허약한 모습을 보면서 이들에게 적어도 다음과 같은 문제점이 애초부터 배태되어 있었지 않았나 하는 느낌을 지울 수가 없다. 하나는 소영웅주의에의 미망이다. 이 의식을 이끄는 것은 자기기만이고, 사상의 허약성일 뿐이다. 경우에 따라서는 감춰진 소부르주아성의 또 다른 이름일 뿐이다. 어찌 보면 이들에게는 태생적으로 이중적 성격이랄까 대중 기만 의식 같은 것이 내재해 있던 것은 아닐까 한다. 남이 하니까 이들처럼 운동의 현장에 있어야 했고, 배부른 돼지처럼 인식되는 것이 싫어서 스스로를 기만한 것은 아닐까.

둘째는 자기애에 따른 민중에 대한 따뜻한 애정의 부재이다. 의식이 가짜이니 대중에 대한 사랑이 있을 리가 없다. 민중에 대한 사랑 없이 어떻게 진보주의의 이상이 실현될 수 있겠는가. 큰 주의에만 매달릴 뿐 작은 것들에 대한 관심은 이들에게 애초부터 없었다. 물론 큰 것이 해결되면 자연스럽게 작은 것이 해결될 것이라는 기계주의적 사고가 이들의 의식을 붙들어 맨 것은 사실이지만, 그러나 작은 것의 실천 없이 큰 것의 실천이 가능하다고 보는 것은 어불성설이다. 이들은 가족을 소홀히 했고, 동료를 가볍게 여겼고, 주변의 인간들을 전혀 고려의 대상으로 생각하지 않았다. 자기 자신에만 관심이 있었고, 이데올로기와 같은 거대 서사에만 관심을 주었을 뿐이다. 그러나 큰 것도 해결되지 않았고, 그 당연한 결과로 작은 것 또한 해결되지 않은 것이다. 남은 것은 아무것도 없고, 황폐화된 이념만이 형해화되어 사막 속의 낙엽처럼 굴러다니고 있을 뿐이다. 그 결과 상황이 급변하니 자기 자신의 보신에만 신경 쓰는 안일주의로 나아간 것이 아닌가.

그런 껍데기, 깡통만 남은 흔적을 물려받은 탓인지 2000년대 지금 여기의 비판 의식 또한 허약하기 짝이 없다. 그 여파는 여전히 현재진행형이다. 누구도 민중에 대해 고민하지 않고 리얼리즘에 대해 말하고 있지 않다. 민중민주를 외치던 함성의 목소리는 반향되지 않고 있고, 전망이라든가 낭만주의와 같은 미래에의 열정 또한 사라진 지 오래되었다. 모두다 너무들 안녕하게 잘 지내고 있는 탓에 그러한 것일까.

그러는 와중에 세월호 참사로 300명 가까운 어린 생명이 꽃도 피우지 못하고 수장되었다. 추모의 목소리는 있으나 그 원인에 대한 비판의 목소리는 없다. 이 또한 모두 다 안녕한 탓이란 말인가. 지금은, 아니 과거에도 마찬가지였듯이 혁명의 시대가 아니다. 또한 어떤 계급이나 계층이 타계층을 압도하거나 지배하는 시대 역시 아니다. 가끔 사회의 한 켠을 차지하고 있는 '갑'과 '을'의 주체는 있을지언정 위계에 의한 과도한 억압의 시대는 사라진 것처럼 생각되기 때문이다. 그렇다면 현실과 언제나 긴장 관계에 놓여 있는 문학이란 더 이상 필요하지 않단 말인가. 반영론의 미학은 더 이상 유효하지 않게 되었는가.

한 사회가 건강성을 유지하려면 균형의 추나 긴장의 추가 있어야 한다. 보수가 있으면 진보가 있어야 하고, 우파가 있으면 좌파 또한 있어야 한다. 민족주의가 있다면 보편주의 역시 존재해야 한다. 이런 균형 감각은 거대 서사에만 필요한 것이 아니다. 작은 일상의 단위에서도 그러한 감각은 필요하다. 한 가지 의견만 있으면 독선이 판을 치게 된다. 비판이 없으면 부정이 자라나고 독재가 독버섯처럼 피어오르게 된다. 독선이나 독재란 무엇인가. 바로 민중을, 대중을 억압하는 칼날이다. 그것은 누구를 베기 위해 존재하며, 타인을 다치게 하는 매개이다. 그 피해는 일반 대중의 몫이 될 뿐이다. 이를 없앨 수단이 필요하다. 칼날이 있으면 그것을 부러뜨려야 하고 이를 무디게 해야 한다. 이런 맥락에서 독선을 무화시키고 독재를 무너뜨릴 또 다른 비판이 필요하다. 비판이 전제된 리얼리즘의 정신이 필요한 것은 이 때문이다.

허약한 믿음과 이데올로기를 유산으로 물려받은 이 시대에는 보다 견고한 비판이 필요하다. 사회가 일방통행하는 것처럼 문학 또한 일방통행한다. 그러한 일방통행이 만들어내는 것은 독선과 오류이다. 그것의 결과가 무엇일까에 대해서는 굳이 말할 필요가 없다. 사회가 있어야 인간이 살 수 있다. 그러기 위해서는 건강한 사회가 요구된다. 건강성은 비판성이 없으면 구현되지 않는다. 비판이 전제된 리얼리즘에 대한 요구가 더욱 강해지는 이유는 이런 사회적 건강성에 대한 필요 때문이다. 리얼리즘의 정신은 변혁을 위해서도 아니고 혁명을 위해서도 아니다. 리얼리즘의 정신은 건강한 시민사회를 위해서이다. 그러려면 감시의 눈이 필요하고 비판의 목소리가 있어야 한다.

　비판성 없는 사회가 희망이 없는 것처럼, 리얼리즘 없는 순수문학이란 공허한 외침에 불과할 뿐이다. 리얼리즘이 있어야 리리시즘 또한 의미가 있고, 그 역도 가능하다. 적어도 사회를 견제하고 민중의 입장에 서 있는 올곧은 잣대가 필요하다. 그것이 지금 이 사회가 요구하는 당면 과제이다. 그러할 때 사회는 발전할 것이고 삶은 건강하게 될 것이다. 우리는 세월호 앞에 모두 죄인이다. 이런 죄의식을 벗어나는 길은 비판 정신의 함양뿐이다. 이것이야말로 리얼리즘이 포기될 수 없는 영원한 이유이다.

전통의 현재적 가치와 당대적 의의

1. 전통의 등장

문학사에서 전통론의 등장은 전형기의 도래와 밀접한 상관관계를 갖고 있다. 전형기란 비평적 흐름의 상실, 곧 주조의 상실을 의미한다. 비평계와 문학계를 이끌어갈 주도적 담론의 부재는 미래보다는 과거에 보다 큰 주안점을 놓게 된다. 전망의 부재와 그에 따른 방향감각의 상실이 가져올 혼란을 염두에 둔다면, 전통론의 논의가 갖는 긍정성은 이해할 만한 것이라 할 수 있다.

우리 문학사에서 전통에 관한 논의가 뚜렷하게 부각된 것은 여러 차례 있었지만, 광범위하게 등장한 것은 세 번의 경우가 아닌가 한다. 1920년대 초반과 1930년대 말, 그리고 1950년대가 그러하다. 20년대는 민요시와 시조 부흥 운동이 전통론의 중심 의제를 이루었고, 30년대는 고전에 대한 회귀 혹은 탐미가 핵심 사항으로 부상했다. 반면 1950년대에는 민족의 저변에 흐르는 심연에 대한 탐색, 곧 형이상에 대한 주제들이 관심의 대상이 되었다. 여기서 알 수 있는 것처럼, 동일한 전통론이라 해도 시대마다 약간의 편차를 갖고 있었는데, 이는 순전히 그때마다의 시대가 요구하는 사회적 자장에 따른 것이었다.

전통은 연속성에 관한 문제이다. 따라서 그것의 부각은 이 감각의 부재와 불가분의 관계에 놓인 것이라 할 수 있겠다. 20년대의 전통 부활은 3·1운동의 실패와 그에 따른 전망의 상실과 밀접한 관련을 맺고 있었고, 국권 상실에 따른 조선혼의 부활과도 분리하기 어려운 것이었다. 부권의 상실과 단절에 따른 일탈감이 조선적인 것의 부활로 연결된 것인데, 그러한 열정들이 민요라든가 시조와 같은 개별 장르들의 계승과 발전으로 구현되었다. 민족 모순에 따른 조선적인 것의 부활이라는 측면에서 보면, 이때의 전통론이 계몽적 성격을 갖는 것은 불가피한 것이었다고 할 수 있을 것이다. 계몽적 의도나 교술적 감각을 전달하는 데 있어, 개별 장르의 선양만큼 좋은 수단도 없기 때문이다.

반면, 1930년대의 전통 논의는 이전과는 현격히 다른 양상을 보이게 된다. 이때의 전통론은 20년대의 경우처럼, 계몽이나 교술의 전파와 같은 도구적 목적과는 거리가 있었다. 전통의 문제가 집단의 경계를 초월하는 데 그 주된 목표가 있었기 때문이다. 1930년대 말은 객관적 상황이 현저하게 악화된 시기였다. 만주사변과 중일전쟁을 거치면서 제국주의의 망령은 모든 개인들에게조차 전일적인 동일체를 요구하고 있었다. 개인의 정체성에 대한 선택을 일방적으로 강요받고 있었던 시기였다. 따라서 그러한 획일성에 노출된 개인이 선택할 수 있는 경우의 수는 극히 제한적일 수밖에 없었다. 일상으로 들어갈 것인가 아니면 그것을 초월할 것인가 하는 이분법이 요구되었던 것인데, 이때의 전통이란 그러한 이분법 가운데 일상을 초월하기 위한 개인적 수단으로 선택되었다.

전통에 대한 관심이 집중되었던 또 하나의 시기는 1950년대이다. 이때는 이전 시기와는 사뭇 다른 방면에서 전통이 요구되었다. 이런 변별적 특징들은 50년대의 특수성에서 찾아볼 수 있는데, 바로 전쟁이라는 아우라이다. 전쟁의 폐해는 아무리 강조해도 지나치지 않고, 또 그것의 원인이랄까 자장을 읽어내는 것 또한 쉬운 일은 아니다. 전쟁의 원인에 대해서는 괄호를 치더라도 그것이 미친 자장 역시 그 원인 못지않게 매우 큰 것이라 할 수 있다. 따라서 그 대항 담론에 대한 요구도 당연히 수반되었던 바, 전통론은 그 영향하에서 새롭게 의미화되었다.

이 시기의 전통의 부활은 크게 두 가지 국면에서 설명될 수 있는데, 하나는 근대에 대한 대항 담론이고 다른 하나는 전쟁에 따른 연속성의 부재와 그 트라우마에 대한 치유의 미학이다. 근대적 의미의 전쟁은 과학의 꽃 위에서 맹렬히 개화된다. 전쟁의 승패는 근대의 진행 정도에 따라 좌우되고 결정되기 때문이다. 그러나 그러한 승리의 나팔도 그것이 남겨놓은 휴머니티의 상실을 염두에 두게 되면, 한갓 신기루에 불과할 뿐이다. 그러한 허무 의지가 안티과학이라든가 반계몽의 입론을 만들어내는 것은 당연한 일이거니와 소위 반근대적 가치들에 대한 욕구에 대해서는 더욱 추동시키게 된다. 근대 이전의 모든 것들이 부정적 근대에 대한 적절한 대항마로 부상하게 되는 것은 여기에 그 원인이 있다. 특히 유토피아적인 요소가 내재된 것들은 모두 긍정적인 가치 체계를 부여받게 된다.

그리고 50년대 전통론이 등장하게 된 또다른 배경은 연속성의 문제에서 찾을 수 있다. 전쟁은 급격한 단절을 만들어내는 일탈의 행위이다. 가치관의 내적인 파괴와 외적인 요소의 무차별적인 흡입은 연속성의 감각을 필연적으로 요구하게 만드는 것이다. 이때의 전통론이 우리 민족 속에 내재된 공통적 요소에 대한 탐색으로 귀결된 것도 이런 이유 때문이다.

2. 전통의 의미와 현대적 가치

전통이란 지나온 과거의 것, 곧 지금 여기의 시간성과 반대되는 것이다. 그렇다고 과거의 것들이 모두 전통이 되는 것은 아니다. 거기에는 어떤 긍정성이 담보되어야 전통으로서의 가치를 갖기 때문이다. 특히 스스로를 조율해야 하는 현대인들에게 나아갈 방향을 적절하게 지시하는 것이야말로 전통의 진정한 존재 의의가 아닌가 한다.

중세의 영원성이 상실된 이후 현대인들은 스스로에 대한 방향감각을 상실한 채 살아가고 있다. 이런 상황을 자율적 존재로서의 근대인으로 긍정하는 경우도 있고, 영원성을 상실한 불안정한 존재로 부정하는 경우도 있다. 그러나 어떤 경우로 해석되든 현대 사회가 이들 앞에 요구하는 것은 불확실성의 감각뿐이다. 순환적인 시간 의식에 따르면, 미래는 어느 정도 예측 가능하다. 가령, 아침, 점심, 저녁, 밤이라든가 봄, 여름, 가을, 겨울과 같은 주기성을 순수히 받아들이게 되면, 미래의 시간은 예측 가능해지기 때문이다. 그러나 선조적(線條的) 시간이 지배하는 현대사회에서 미래란 전연 예측 불가능한 미지의 영역으로 남게 된다. 미래는 저 멀리 아득한 안개처럼, 그 심연의 깊이를 알 수 없는 것이 되어버린다. 그것은 단지 부정확한 예측에 의해서만 가능할 뿐이다. 즉 알 수 없는 미정형의 상태로 존재할 뿐이다.

근대인은 자율적으로 규율해나가는 존재이기에 현재뿐 아니라 미래로의 길도 스스로 개척해나가야 한다. 그러나 그 미지의 끝은 아득할 뿐 이를 이해하고 규정짓고 개념화하는 것은 쉽지 않은 일이다. 그것이 예측 가능한 어떤 형태로 현상될 수 있다고 한다면, 근대인의 불안은 이토록 증폭되지 않았을 것이다.

그런데 그러한 불안을 다소나마 해소하고 예측 가능한 모양새로 만들어주는 것이 전통이다. 전통의 현대적 의의와 시대적 가치가 가능한 것은 바로 이 지점에서이다. 미래를 이해하는 데에는 지나온 과거가 하나의 모델이 될 수 있을 것이다. 즉 미래에 대한 가능한 모델은 오직 과거의 전통에서밖에 구할 수 없다는 것, 그것이야말로 현대사회가 요구하는 전통의 가치가 될 것이다. 이런 입론에 서게 되면, 전통이란 현재라는 다리를 건너는 매개이면서 미래로 안내하는 길잡이와 같은 것이라 할 수 있다.

미래를 예기하는 전통의 가치는 근대성의 맥락에서도 설명될 수 있다. 근대화가 진행되면 될수록 전통은 상대적으로 평가절하되어왔다. 과거와 현재라는 단순한 이분법은 전자의 가치를 미개의 것, 혹은 비과학적인 것으로 폄하시켜버린 것이다. 이러한 인식 행위가 현대적 편견임에도 불구하고 근대의 미망들은 인식주체들에게 이를 강제해왔다. 그러나 계몽의 이상과 합리주의의 가치가 의심받으면서 전통은 새롭게 평가되기 시작했다. 신비화의 껍질이 벗겨진 전통이 다시 신비의 옷을 입고 원점 회귀 단위가 된 것이다.

요컨대 전통은 현대사회에 들어서서 두 가지 요구에 의해 새롭게 평가받기 시작했다. 예측 가능한 미래에의 예기와 반근대성이라는 역사철학적 맥락이 전통의 문제를 다시 부각시킨 것이다. 그러나 전통의 실제적 의미화에는 어찌 보면 후자의 요소가 더욱 필연적인 것인지도 모르겠다. 미래에 대한 예측 가능성의 수단으로 요구되었던 전통은 계몽의 이상이 유효하던 시기에 가능한 것이었지만 십자로 서 있었던 근대의 자율적 주체들에게 방향감각을 지시해주던 전통의 가치들은 근대에 대한 전반적인 회의와 더불어 그 기능성을 상실해버렸기 때문이다. 따라서 전통의 진정한 가치는 근대의 역사철학적 맥락에서만 요구되는 것으로 한정되어버린 것이 아닐까 한다. 그런데 전통의 현대적 의미가 이런 의미역으로 축소된다면, 그것의 참된 가치랄까 현대적 자장은 무엇일까에 대한 의문이 떠오르지 않을 수 없다.

현대는 분열의 세계이고, 이에 따라 현대인은 영원성을 상실했다. 자율적 인간형이 되었다는 것, 그것이야말로 인식의 완결성을 상실한 대표적 증좌가 아닐 수 없다. 그러나 그것의 상실이 가져온 폭과 깊이는 가늠하기 매우 어려운 것이었다. 인식의 파편성뿐만 아니라 공동으로 추구하는 가치의 상실을 가져왔고, 또한 자연과 인간의 화해할 수 없는 거리감 역시 조성했다. 게다가 집단과 집단을 구분시키는 거대 분열도 유발시켰다. 어느 하나로 수렴될 수 없는 다양성의 확산이야말로 영원의 상실이 가져온 대표적 표징이 아닐 수 없었던 것이다. 다양성이 주는 역동성에도 불구하고 근대의 팽창은 동일한 가치관의 상실과 그에 따른 통합의 질서를 붕괴시키기에 충분했다. 그리하여 분열된 인간은 거리로 나아갔고, 그를 포회할 자연의 힘들은 그 성장 동력을 잃었다. 인간을 이끌어줄 통합의 질서가 사라진 다음 그에게 다가온 것은 개인적 가치의 팽창뿐이었다. 개인성이 고양될수록 공동체의 이상이라든가 가치들은 점차 그 힘을 잃어 버리게 되었다.

전통은 분열을 제어하는 통합의 힘이다. 전통의 가치가 힘을 유지할수록 공동체의 이상은 증가된다. 지금은 현대로 진입해 들어온 계몽의 항해가 아주 깊게 그리고 멀리 전진해온 시기이다. 그런 만큼 중세의 영원성과 이상, 통합의 힘들은 현대의 다양성에 의해 나아갈 방향을 상실하고 있다. 이제는 근대와 양립하고 있는 다양성의 장막들은 거두어내야 한다. 강보에 싸여 있던 통합의 힘들을 다시 불러서 지금 여기로 끌어내야 하는 것이다. 현 시대가 진정한 위기로 진단된다면, 그러한 상황을 초월할 수 있는 것은 통합의 힘, 곧 전통적 가치뿐이다. 위기로 인식되는 현대에 전통이 필요한 것은 바로 이 때문이라 할 수 있을 것이다.

3. 한국적 전통과 그리움의 정서

한국의 근대성은 보편적이면서 특수한 성격을 갖고 있다. 근대라는 측면에서 보면 한국의 근대성은 세계사가 그러하듯 똑같은 질량으로 지금 여기의 현실에서 구조화되고 있다. 영원의 상실과 그에 따른 새로운 제도의 도입, 거기서 펼쳐지는 근대의 다양한 양상들이 체험되고 펼쳐지고 있는 것이다. 한국의 근대성이 보편성 위에 구축되고 있다는 것은 이런 맥락에서이다. 둘째는 한국적 특수성으로서의 근대성이다. 한국의 근대가 초기부터 불구화의 성격을 갖고 있었다는 것은 익히 알려진 일이다. 자본주의 근대화가 성립되기 이전에 그 극단화된 형태의 제국주의적 체험이 강요되었다는 것, 그리하여 그 발생론적 토대부터가 서구의 그것과 차질되었다는 것은 한국적 근대화의 불구성을 보여주는 대표적 사례가 아닐 수 없다.

그런데 그러한 불구성은 일제강점기에 존재했던 일회적 성격에서 그친 것이 아니었다. 해방과 전쟁, 그리고 다시 분단의 과정을 거치면서 한국의 근대화는 왜곡과 파행을 거듭거듭 경험해왔다. 뿐만 아니라 이 시기에 진행된 군부 통치는 왜곡된 근대의 경험들을 더욱 일탈시키는 계기로 작용했다. 그럼에도 근대가 제기한 문제나 위기 등이 해결되지 못한 채 그대로 남아 있었다. 분열은 가속화되었고, 인간의 삶의 조건들은 더욱 열악해진 것이다. 어떻게 살 것인가 하는 시대의 물음들은 여전히 의문부호로 남겨진 채 나아갈 방향을 상실하고 있는 것이다.

근대는 분열을 전제로 한다. 그것이 전제되지 않는 한 과학에 의한 탈미신화의 과정이 명쾌히 설명되지 않는다. 보다 분명해진 객관적 진실은 파편적 현상과 인식을 가져오게 했다. 근대는 우리가 아니라 나를 강조하는 원심적 사회이다. 이러한 개별성의 존중은 공동체의 가치보다는 개인적 욕망을 우선시하게 된다. 따라서 보다 건전한 이성과 욕망의 제어를 위해 필요한 제도와 교육이 전파되기는 하지만 개별성의 확산이라는 거대한 조류를 막아내는 것은 쉬운 일이 아니다.

이런 보편적 진실에 덧붙여져 지금 여기에 우리가 당면하고 있는 현실들은 그런 개별성을 더욱 고양시키는 토대를 갖고 있다. 개인의 드러냄은 그 자체에서 그치지 않고 지역의 분열로 확산되어 있으며, 크게는 남과 북의 분열로 구조화되어 있다. 그러나 개인성의 항존과 지역적 갈등, 그리고 이데올로기적 구별은 엄밀히 따지고 보면, 근대가 파생시킨 추악한 결과물일 뿐이다. 근대로부터 파생된 욕망의 발산이 지역과 국가라는 큰 단위로 팽창하면서 통합에의 이상을 철저하게 부정하고 있는 것이다.

그러나 그러한 부정의 끝에서 생장하고 있는 통합에의 열망 또한 쉽게 무시하기 어려운 것이 현실이다. 지금은 공동체의 질서가 필요한 때이지 욕망의 무한한 발산이나 전통적 가치의 부정이 전능한 시기가 아니다. 우리 사회가 당면한 현실을 염두에 둔다면, 이런 필연성들은 더욱 요구되는 것이라 하겠다.

중요한 것은 분열된 지금 여기의 현실을 통합하는 일이다. 하나의 공동체를 지향하는 욕구가 개인의 이기성과 소규모 집단의 우월성을 뛰어넘을 때 진정한 공동체의 이념은 실현되는 것이 아닐까 한다. 이런 맥락에서 1950년대 이후 수면 아래로 가라앉았던 전통의 논의와 부활은 이 시대가 요구하는 필연적 사명일 것이다.

그렇다면, 근대성의 위기가 감지되고 지금 여기의 분열적 현실을 제어하는 전통이란 무엇일까. 전통은 낡고 과거적인 것이 아니라고 했다. 뿐만 아니라 시대의 음역을 초월하는 형이상학적인 것은 더더욱 아니다. 그것은 민족의 심연 속에서 면면히 흘러내리는 어떤 것이고, 또 현대의 경계 속에서 긍정적 가치를 가져야 한다. 그 가치란 다름 아닌 통합의 질서이다. 분열을 극복하고 새로운 공동체의 이상으로 결합하는 것, 그것이야말로 현재의 위기를 극복하고 새로운 가치 질서에 기반한 공동체의 이상을 실현하는 매개항이 될 것이다.

그러한 이상을 실현해야 할 우리 민족의 고유한 정서를 찾아서 이를 실현할 일이 시급한 과제로 떠오른다. 실상 이 물음에 대해 어느 하나의 정서나 개념으로 말하는 것은 쉬운 일이 아니다. 수많은 시간의 질량과 정서의 폭을 담지한 민족의 여러 자장들을 하나의 계선으로 단선화시키는 것은 가능하지도 않을뿐더러 위험한 일이기도 하기 때문이다. 존재론적 불안에 시달리는 개인조차 하나의 개념으로 의미화시키는 것이 어려운 마당에 집단을 계량화시키는 것은 더더욱 난감한 일이 아닐 수 없기 때문이다. 그러나 이런 어려움에도 불구하고 시대를 넘나드는 동일한 정서란 것은 언제나 내포되기 마련이다. 그것을 이끌어내어 개념화시키고 대상을 설명해낼 수 있다면, 그것 또한 의미 있는 일이 될 것이다. 그러한 의미화가 이 시대가 요구하는 진정한 전통의 개념이 아닐까 한다.

전통이란 일체성을 담보하는 가치이면서 분열을 통합으로 이끌어내는 정서이다. 자아가 아니라 우리를 내세우고 혼란된 현실에 질서를 부여하는 것이 이 시대가 요구하는 진정한 전통의 가치가 될 것이다. 일탈된 정서를 완결시키는, 현재의 혼란과 분열을 하나의 민족 단위로 묶을 수 있는 공통의 정서가 요구되는 것이 지금의 현실이다. 그것은 단순한 시간성과 역사성을 초월하는, 민족의 심연에 면면히 흐르는 그 무엇이어야 할 것이다. 이 시대가 요구하는 전정한 의미의 전통이란 이러한 시대성과 당위성이 담보되어야 할 것으로 이해된다.

그러한 시대적 소명과 요구에 부응할 전통으로서 우리 민족의 내부에서 초역사성으로 존재하는 정서는 그리움의 정서라고 감히 말하고 싶다. 그리움의 정서란 결핍의 감수성에서 발생한다. 나의 정서 속에 충일되지 못한 무엇이 존재할 때, 결핍의 정서를 갖는 것은 당연한 일이다. 결핍은 충족에 대한 욕구를 본능적으로 요구한다. 그러나 어찌 보면 이런 결핍의 정서들은 어느 특정 민족만이 갖는 고유성에 한정되지는 않을 것이다. 세계 속으로 던져진 인간이라면 이러한 감수성에서 자유롭지 않은 까닭이다. 그럼에도 우리 민족에게는 이런 결핍의 정서가 다른 어느 민족보다도 뚜렷하게 심화되어 나타나는 것이 사실이다. 지정학적인 요인에 따라 우리 민족은 다른 민족에 비해 수많은 핍박의 역사를 갖고 있다. 그러한 압제 속에서 자연스럽게 얻어지는 것이 민족 내부에 깊이 뿌리내린 결핍의 정서가 아니었을까. 그런데 이런 정서는 우리만이 처해 있는 지정학적인 요인에서만 오는 것이 아니라 인간의 존재 조건에서도 형성된다. 신의 계율을 어기고 실낙원의 상흔을 갖고 살아가는 인간이야말로 존재의 불구성을 안고 살아갈 수밖에 없는 존재이기 때문이다.

인간의 존재론적 조건이라는 보편성과 지정학적 요인이라는 특수성이 빚어낸 결핍은 우리 민족으로 하여금 이를 보족하는 정서를 산출하게 만들었다. 그 정서가 빚어낸 것이 그리움이다. 그것은 문자 시대 이래로 우리 민족 속에 내포되어 전해 내려온 공통의 정서가 되었다. 태초의 시가 형태가 제시한 것도 이 정서였고, 통일신라, 고려, 조선시대를 거치면서 우리 시의 굳건한 줄기를 이룬 것도 이것이었다. 이런 역사성과 초시대성이야말로 그리움의 정서를 우리 민족의 고유의 전통으로 인식하는 데 주저함이 없도록 했다.

그런데 그러한 그리움의 정서가 더욱 심화되어 등장하게 된 것은 일제 강점기였다. 국권 상실이라는 초유의 사태를 맞이하여 이른바 님을 상실한 시대가 조성된 것이다. 이런 거대화된 님의 실체는 이성적인 님과 절대적인 님을 아우르는 지극히 포괄적인 형태로 나타나게 된 것이 이 시대의 특성이다. 그러한 정서를 대표하는 것이 소월의 작품들이다. 그의 대표작 「가는 길」을 통해서 이를 확인할 수 있다.

그립다
말을 할까
하니 그리워

그냥 갈까
그래도
다시 더 한 번······

저 산(山)에도 까마귀, 들에 까마귀
서산(西山)에는 해 진다고
지저귑니다.

앞 강물 뒷 강물
흐르는 물은
어서 따라오라고 따라가자고
흘러도 연달아 흐릅디다려.

— 김소월, 「가는 길」 전문

님에 대한 그리움과 절실함이 이 작품보다 앞서는 것은 없을 것이다. 대상에 대한 그리움과 그것에 쉽게 육박해 들어갈 수 없는 머뭇거림이 펼쳐내는 정서야말로 당대를 대표하는, 아니 시대를 초월하는 아름다운 가편이 아닐 수 없는 것이다. 거기에다가 망설임의 정서가 빚어내는, 한민족 특유의 수줍음까지 가미됨으로써 그리움의 감각을 더욱 애틋한 것으로 만들어내고 있다.

소월에서 시작된 님에 대한 그리움의 정서는 이 시대의 여러 시인들에게 광범위하게 구현된다. 김동환과 주요한, 김억 등의 민요시인들뿐만 아니라 한용운과 이상화를 비롯한, 이 시기에 활동한 전 시인에게 똑같은 감각으로 나타나고 있는 것이다. 국권 상실을 님에 대한 애타는 그리움으로 보상받을 수 있다는 듯이 이들은 님에 대한 갈증을 거듭거듭 드러내고 있었던 것이다. 님에 대한 이러한 다중화된 목소리들은 전통의 진정한 가치와 그 현대적 맥락이 무엇인지에 대한 해답을 주기에 충분한 것이었다. 이는 어느 시대를 막론하고 이때만큼 그것에 대한 그리움을 집단화시킨 경우는 전무했다는 의미에서 그러하다.

님을 갈급하는 그리움의 정서들은 그 진폭의 차이는 있을지언정 현대 시문학사의 끊임없는 주제가 되어왔다. 지극히 이성적인 님을 겨냥한 것처럼 보이는 청마의 시들도 그 연장선에 놓이는 경우이다.

> 파도야 어쩌란 말이냐
> 파도야 어쩌란 말이냐
> 임은 뭍같이 까딱 않는데
> 파도야 어쩌란 말이냐
> 날 어쩌란 말이냐.
>
> ― 유치환, 「그리움」 전문

그리움은 영속적인 항심(恒心) 없이는 성립하지 않는다. 일회적인 감각이나 단속적인 정서를 그리움이라고 지칭하는 것은 어불성설이다. 그것은 끊임없는 지속성을 요하는 소모적인 특성을 갖고 있다. 따라서 그러한 소모성이 강하면 강할수록 그리움의 정서는 더욱 강렬해지게 된다. 청마는 그러한 지속성을 파도의 파동에서 찾아낸다. 파도는 정지하지 않는 지속성을 생명으로 한다. 따라서 그 파동은 언제나 그리고 영원히 지속된

다. 이런 항구성이 꿈쩍 않는 임과 대비되면서 그리움의 정서들은 더욱
배가된다.

4. 현 시대의 위기와 전통의 필요성

근대는 위기로 진단된다. 위기란 항구성의 상실에서 비롯된 근대적 현
상 가운데 하나이다. 따라서 어느 시대나 사회에서 위기가 감지되었다고
해서 위급성이나 조급성을 가질 필요는 없을 것이다. 그것의 진폭과 울림
의 정도에 따라 응전하는 방식만 달리하면 그만일 것이다.

그럼에도 지금 여기가 처해 있는 현실은 보편이라는 말로 설명하기에
는 부족할 정도로 심각한 위기 상황에 노출되어 있다. 이에 대응할 새로
운 시대를 맞이해야 할 주도적 담론은 수면 위로 떠오르지 않고 있고, 이
사회가 직면한 갈등을 매개할 적절한 담론 또한 보이지 않고 있다. 위기
로 감각되는 현대와 이 시대가 직면한 당면 과제에 대처해야 할 적절한
해법이 제시되지 않고 있는 것이다. 지나온 과거와 앞으로 나아갈 미래를
인도할 담론의 부재, 이른바 전형기의 상황을 맞고 있는 것이 지금 여기
의 현실이다.

전형기가 요구하는 것은 나아갈 방향에 대한 올바른 해법이다. 그것은
현재를 딛고 일어서는, 지금의 현실 위에서 정초된다. 현재를 진단하고
이를 토대로 미래로 나아가는 길은 오직 모범적 현재로 지속되고 있는 전
통의 매개 속에서만 가능하다. 그것은 치유의 길이고 회복의 길이며, 미
래로 향하게 하는 방향타와도 같다. 특히 지정학적 요인들에 의해 분열되

고 파편화된 현재의 상황을 극복하는 데 있어서 공통의 감각만큼 좋은 기제도 없을 것이다.

　나와 너를 하나로 묶어주고, 단일화된 음성을 빚어내게 하는 민족의 동일한 정서야말로 현재의 위기와 갈등을 극복하는 좋은 해법이 되리라 생각한다. 우리 민족에게는 그리움이라는 공통의 정서가 민족의 심연 속에 면면히 흐르고 있다. 상고시대부터 현재에 이르기까지 이 정서는 한국 시의 근본 틀이었을 뿐만 아니라 민족의 단일성을 확보케 하는 주요한 수단으로 기능해왔다. 이 감각 속에서는 다중 음성성이라든가 복합된 음성성이 내재되지 않는다. 나와 너를 하나로 매개하는 단일 음성성만이 존재할 뿐이다. 이런 단일한 감각에 기대게 될 때, 나와 너의 이반이라든가 집단과 집단을 구분시키는 다양성들은 그 힘을 잃게 될 것이다. 또한 그것은 분열된 근대를 초월하는 영원과 통합의 정서이다. 따라서 그것은 근대에 대한 반담론이라 할 수 있을 것이다.

　현재의 위기와 갈등을 극복하기 위한 담론은 꾸준히 제기되어왔다. 그럼에도 어떤 만족할 만한 수단이 전연 제시되지 못했다. 시대가 복잡하고 인식이 분열될 때마다 필연적으로 요구받게 되는 통합의 사유들은 항상 가면을 벗어던지고 등장했다. 전통의 부활과 그 현대적 가치, 그리고 긍정성들은 분명 시대가 요구하는 사명이라 해도 좋을 것이다. 그러한 부활이 근대를 초월하고, 시대의 갈등을 뛰어넘게 할 것이라 판단된다. 그것은 나와 너가 아니고 하나임을 인식시키고 집단을 통어할 것이다. 그러한 전통이란, 또 우리 시대가 요구하는 전통이란 바로 민족의 심연 속에 면면히 흐르고 있는 그리움의 정서이다.

화해와 승화, 그리고 용서

— 다시 읽는 「소지」론

　　이창동의 「소지」를 20여 년 만에 다시 읽었다. 비평을 전공하였으되 주로 시를 대상으로 하다 보니 소설을 읽을 시간을 쉽게 갖지 못한 탓이다. 그런 습관이 굳어져 소설 읽기에 게을러진 것이다. 그런데 관행이란 어차피 한순간의 일탈에 의해 깨지게 마련이다. 그런데 그 틈을 비집고 들어오는 정서는 경우에 따라서 희열에 가깝기도 하고 카타르시스에 가까운 것이기도 하니 이 개운함을 무엇에 비길 수 있을까.

　　시를 집어던지고 어째서 다시 소설 읽기에 들어선 것인가. 이에 대한 물음은 간단치 않지만, 작금의 상황과 분리되어 생각할 수 없다는 것이 일차적인 이유일 것이다. 1980년대 초반을 두고 시의 시대라고 한다면, 중반 이후는 소설의 시대였다고 해도 과언이 아니다. 이에 걸맞은 수많은 산문들이 쏟아져 나왔다. 역사의 객관적 필연성이 그만큼 실현 가능한 것으로 인식한 까닭이 아닐까. 또한 시대에 대한 정서적 열정과 감정적 분노가 다른 어느 때보다 이 시기에 집중적으로 발현된 것이 그 이차적 요인으로 지적될 수도 있을 것이다.

잘 알려진 대로 1980년대를 지배한 것은 민중적 정서이다. 민중이 주인 되는 시대가 이 시기였고, 민중민주적 사고만이 전일적 감수성으로 받아 들여졌던 것도 이 시기이다. 그러나 굳이 따지고 보면 근대 이후 민중이 역사의 전면에 나서지 않은 시기는 없었다. 중세의 봉건 질서가 무너지고 근대적 의미의 시민계급이 형성된 이후 민중들은 비로소 자신이 시대의 주인임을 깨닫게 된 것이다. 이는 인류의 역사가 시작된 이래로 거의 획기적인 사건이라 해도 틀린 말이 아닐 정도로 그 물결은 거대한 것이었다.

그런 시대적 흐름에 부응이라도 하듯 1980년대는 계층적으로나 정서적으로 민중이 최우선시되었다. 물론 이런 시대적 흐름의 도래가 어느 하나의 계기나 사건에 의해서 가능해진 것은 아니다. 역사의 흐름이 특정 사건에 의해서 그 물줄기가 바뀔 정도라면 그것은 단속적 혁명에 의해서만 가능할 뿐이다. 80년대는 그런 혁명의 시대라고 하는 것이 틀린 말이 아닐 정도로 분위기가 무르익은 시대였다. 이 시기에 민중들의 의식은 성장하고 있었고, 그런 기반이 계기가 되어 특정 정치적 사건과 맞물리면서 역사의 수면 위로 떠오르기 시작한 것이다.

80년대를 이끈 중심적 조류는 군부 독재와 민주화 운동, 그리고 통일 문제였다. 그러나 이들 주제가 제각각 독립된 실체로 따라 움직이는 것은 아니었다. 모두 같은 기반을 갖고 있어서 어느 하나를 분리시켜 논의하는 것은 의미가 없을 정도로 톱니바퀴처럼 얽혀 있었다. 그리고 이들 주제들은 그 나름의 중량감을 갖고 있어서 어느 하나를 다른 것 위에 올려놓고 생각하는 것이 불가능할 정도로 각자의 고유성을 지니고 있었다. 그럼에도 문학적 관심이나 대중적 호응도에서 볼 경우 이 가운데 통일의 문제가 가장 뜨거운 주제가 아니었나 생각된다. 사회적 격변기마다 우리 민족에게 가장 아픈 상처인 통일의 문제가 계속 논의의 중심에 서 있었던 것은 맞는 말이다. 가령 4·19 직후가 그러했고 또 80년대가 그러했다. 뿐만 아니라 독재의 망령이 엄습해 들어올 때마다 통일의 문제는 항상 중심에 자리하고 있었다. 특히 후자의 문제는 국민들 정서에 깊숙이 자리하고 있는 레드콤플렉스를 자극하는 것이어서 독재 권력과 함수관계를 만들어오기도 했다.

앞서 지적한 대로 민중의 관점에서 통일 논의가 활발하게 진행된 것은 4·19 직후와 1980년대 중반이다. 그러나 동일한 문제에도 불구하고 그 접근 방식이나 지향하는 바는 매우 상이했다. 우선, 4·19 직후의 통일 논의는 매우 소박하고 감상적인 차원에 그치는 경우였다. "오라 남으로 가자 북으로"라는 구호에서 알 수 있듯이 이때의 통일 논의는 어떤 철학적, 이데올로기적 기반 위에 서 있는 것이 아니었다. 정서적 흥분이 과학적 인식을 갖지 못한 채 센티멘털한 수준에서 한 발자국도 나아가지 못한 것, 그것이 이 시기의 통일 논의가 갖는 한계였다고 하겠다. 그럼에도 이때의 논의는 몇 가지 점에서 의미가 큰 것이었다고 할 수 있다. 첫째는 금기시되었던 남북의 문제가 처음 논의의 중심이 되었다는 점이다. 익히 알려진 바와 같이 50년대는 철저한 반공 정책으로 말미암아 북진통일만이 절대적 가치로 받아들여진 시기여서 북과의 대화라든가 평화적 통일이라는 말 자체가 성립하기 어려운 시기였기 때문이다. 두 번째 의의는 남북의 문제를 거리화할 수 있는 단초를 제공했다는 점에서 찾을 수 있다. 최인훈의 『광장』에서 알 수 있는 것처럼 어느 하나의 이데올로기가 옳다라는 식의 이분법적 사고 태도로는 남북의 문제를 객관적으로 응시하거나 이해할 수 없다는 논리적 근거를 제시했다는 점이다. 그것은 물론 4·19혁명이 가져온 선물이거니와 이때를 계기로 남북의 문제는 처음으로 객관화된 시야에서 응시할 수 있는 나름의 근거를 갖기 시작했다는 점에서 의의가 있는 것이었다.

그러나 남북의 문제는 반공을 국시로 하는 5·16군사 쿠데타를 계기로 다시 수면 아래로 가라앉게 된다. 50년대 못지않은 반공 이데올로기가 다시 한반도를 뒤덮음으로써 통일이라든가 북의 문제는 더 이상 논의의 대상도 관심의 대상도 될 수도 없는 상황을 맞게 된 것이다. 그러한 상황은 70년대 초까지 이어진다.

그러나 그 이후 권력의 연장을 꾀하던 집권 세력은 독재에 대한 저항의 손길을 분산시키고자 한 의도에서 다시 북의 문제를 이용하게 된다. 이른바 1972년 7·4남북공동선언이 그것이다. 그러나 이 선언은 남북문제에 대해 여러 가지 의미 있는 것들을 담아내는 획기적인 것이었음에도 불구하고 독재 정권을 연장하고자 하는, 곧 정치적 관심을 분산시키고자 한 의도에서 비롯된 것이었기에 뚜렷한 성과를 가져오지 못하고 막을 내리게 된다. 이후 매 시기마다 남북한의 문제나 통일에 관한 주제들은 정권적 차원에서 거듭거듭 반복되어 제시되었지만 큰 진전을 보지 못했다.

한동안 지루하게 전개되던 통일 논의는 1980년대에 들어 새로운 계기를 맞이하게 된다. 물론 이때에도 과거의 경우처럼 정권 차원의 쇼 프로그램 수준에서 기획된 것에 불과한 측면이 있긴 했지만, 그러나 이전의 양상과는 사뭇 다른 방향으로 전개되고 있었다. 통일 논의에 대한 가열한 논쟁이 그러했고, 통일 이후의 정체성에 대한 이데올로기적 논의는 이전 시기에는 볼 수 없었던 새로운 양상이었다. 이에 기반한 분단문학, 통일문학이 문학판의 주요 주제로 떠올랐을 뿐만 아니라 이를 형상화하는 작가층 또한 대단히 두터워졌다.

이 가운데 단연 논의의 중심이 되었던 것은 통일문학이었다. 이때의 통일문학은 이전에 진행된 소박한 차원의 논의와는 분명히 구분되는 것이었다. 분단의 상황을 단순히 노래한, 정서적 차원의 분단문학을 넘어서서 통일 이후의 정체성으로까지 그 이념적 자장이 뻗어 있었기 때문이다. 이는 문학사적으로 분명 의미 있는 진전이었고, 80년대 이전에는 한 번도 없었다는 점에서 더욱 가치가 있는 것이었다.

이처럼 통일문학이 이슈가 되었던 것은 민중 의식의 성장과 새롭게 정립된 한국 근현대사 연구에 힘입은 바 크다고 할 수 있다. 특히 80년대의 원체험이었던 광주민주화운동은 이 시기 민중문학, 통일문학의 토대가 되었다. 그러나 현실에 대한 관심이 고조되었다고 해서 그것이 곧 현재의 상황을 타개하고 새로운 질서 체계를 만들어낼 수 있다고 생각하는 것은 매우 소박한 생각이라 할 수 있을 것이다. 문제는 어떤 인식적 기반을 가지고 이에 접근하느냐 하는 것에 모아질 수 있는데, 가령 현재란 과거의 어떤 고리와 연결되는가, 또 그것이 어떤 발전 경로를 거쳐서 이 수준에 이르렀는가에 대한 객관적인 검증 절차가 있어야 했다. 당대의 분단문학이나 통일문학이 가졌던 고민의 일단은 바로 이 지점에 놓여 있었다고 해도 과언이 아닐 것이다.

그리고 또 하나 중요한 것은 분단이나 통일의 문제를 언급할 때, 가장 고려해두어야 할 것이 소위 분단의 기원에 관한 것, 혹은 현재의 상황을 만들어온 기반 등등에 관한 것일 것이다. 그것을 어떻게 과거와 연결시켜 현재의 질곡이나 상황을 이해할 것인가, 그리고 이를 딛고 나아갈 지향점은 무엇이 되어야 할 것인가에 대한 고민이 이어지는 것은 어쩌면 당연한 수순이 아닐까 한다.

분단, 전쟁, 그리고 80년대의 상황을 연결시킬 수 있는 고리는 무엇일까. 어떻게 하면 그 시간적 공백을 극복하고 과거와 현재를 자연스럽게 만나는 장을 마련할 수 있을 것인가에 대한 고민은 지금 이 시대를 살아가는 우리 모두의 몫이 아닐 수 없다. 일찍이 박완서는 「엄마의 말뚝」에서 이를 트라우마로 말한 바 있다. 과거부터 생겨난, 그리하여 현재진행형인 상처를 치유하기 위해서는 과거의 상처를 계속 덧나게 해야 한다는 것이었다. 그리하여 그것이 완벽히 치료될 때까지 그 트리우마를 계속 들춰내서 이를 다시 치유하는 행위를 반복해야 한다고 했다. 이런 피드백 과정을 거쳐야만 비로소 상처가 온전히 회복할 수 있다는 것이 박완서식의 상처 흠내기였다. 물론 그러한 행위가 온당한 해법이 될지도 모른다는 전제에도 불구하고 단순한 심정적 인식이라는 비판을 면하기 어려운 것은 사실이다. 그러나 비판은 또 다른 비판에 의해 정당화될 수 있는 것처럼, 생생하게 움직이는 이데올로기나 이념 등을 어느 하나의 잣대로 규격화할 수 없다는 논리도 가능한 일이다. 그것은 박완서에게만 국한되는 문제는 아니고 분단이나 통일을 주제로 문학적 형상화를 시도하는 모든 작가들에게도 피할 수 없는 과제일 것이다. 그것은 지금 언급하고자 하는 이창동의 「소지」에도 똑같이 적용되는 문제이다.

「소지」는 이창동의 대표작이면서 80년대에 제기되었던 분단문학이나 통일문학에 관한 모색의 흔적들을 다른 어느 작품보다도 아프게 그리고 진정성 있게 그려내었다. 뿐만 아니라 지금 우리가 당면하고 있는 통일에 대한 내포적 의미를 어렴풋이나마 암시받을 수 있다는 점에서도 그 소설사적 의미가 큰 작품이라 하겠다.

「소지」는 전형적인 분단소설의 유형에 속하는 작품이다. 아니 좀더 정확하게 이야기하자면 분단으로 빚어진 이념의 갈등을 다룬 작품이고, 그 영향에서 자유롭지 못한 가족사의 비극을 다룬 작품이다. 그럼에도 이 작품을 이 범주에 넣을 수 있는 것은 그러한 갈등이 분단에서 비롯된 것이고, 그 상황이 지금 여기의 현실에도 곧바로 이어지고 있다는 점 때문이다.

「소지」는 전쟁의 비극과 그 영향을 고스란히 반영하고 있다. 주인공의 아버지는 해방 직후에는 사상 경력이 있었다. 이 때문에 그는 보도연맹에 가입해야만 하는 운명을 맞게 된다. 보도연맹은 잘 알려진 바와 같이 사상 경력이 있는 사람들을 가입시켜 이념을 정화시키고 회유시키겠다는 전략에서 시행된, 남쪽 정부의 사상 통제 정책의 일환으로 시행된 것이었다. 그러나 막상 전쟁이 발발하자 여기에 가입해서 활동한 사람들을 대부분은 처형시켜버리는 만행을 저지르게 된다. 북쪽에 동조할 개연성이 매우 높다는 단순한 이유 하나로 이들은 죽어나갔던 것이다. 이 작품의 주인공인 성국의 아버지도 이때 처형된 것으로 되어 있다. 그러나 보도연맹은 사상 경력이 있는 사람들을 단순히 제거하는 데에서 그치지 않고 이후 많은 파장을 남기며 우리 현대사의 어두운 그림자를 드리우게 되는 계기가 된다. 성국은 연좌제와 그에 따른 가난을 온몸으로 견디며 살아왔을 뿐만 아니라 사관학교조차 낙방하게 되는 비운을 맞보게 된다.

내가 모르는 줄 아세요? 다 알고 있어요. 내가 왜 사관학교에 떨어졌게요. 승진시험에서 왜 번번이 미역국인 줄 아세요? 그 잘난 아버지 때문이죠. 이념과 사상을 위해서 처자식까지도 헌신짝처럼 미련 없이 던져 버릴 수 있었던 그 위대한 아버지 말예요.

성국이 표출하는 이러한 푸념이야말로 이념 갈등, 분단의 상황을 떠나서는 설명하기 어려운 것이다. 또한 이복동생인 성호의 탄생도 그 비극이 뿌려놓은 씨앗이다. 그러나 문제는 그러한 갈등 상황이 과거적인 것에 그치는 것이 아니라 아직도 진행 중인 현재형이라는 데에 문제의 심각성이 있다.

분단의 지속이 상황의 진행이라 한다면, 이념 논쟁 또한 남과 북, 혹은 남과 남 사이에 여전히 현재진행형으로 남아 있는 것이다. 어쩌면 아버지의 사상을 계승한 것처럼 보이는 성호의 사상은 그 단초를 보여주는 유효한 소설적 장치가 아닐까 한다. 성호는 생활 의지가 강한 형과 달리 이상을 추구하는 이념적 인물이다.

이런 면에서 성호는 시대의 모습을 가장 잘 대변하는 인물이기도 하다. 형사가 찾아오고 유인물을 들고 다니는 것만으로도 80년대적 풍경의 한 단면을 볼 수 있거니와 그 중심에 놓인 것이 바로 이 시기 운동권의 모습이었기 때문이다. 80년대를 이끈 운동권이 사상적으로 어떻게 옳고 그른가를 문제 삼기 이전에 이들의 행동이 현실 추수적인 삶의 태도로 해석될 수 없다는 점은 당연할 것이다. 그들에게 현실은 부정성 그 자체였다. 반면, 아버지로부터 알게 모르게 자신의 존재성과 실존성을 억압당한 성국으로서는 현실이란 긍정성 그 자체로만 인식되었다. 따라서 동생 성호가 저지르고 있는 행동과 사상적 지향에 대해서 전연 조화될 수 없는 것이

성국의 입장이었다.

그러나 이러한 풍경들은 비단 이 가족만의 문제에서 그치는 것이 아니라 이 시대의 보편적인 문맥으로 읽혀질 수 있다는 사실이다. 당시에 이러한 모습들은 어느 가정이나 집단에서 쉽게 볼 수 있는 장면이었다는 점에서 그러하다.

과거의 상처와 현재의 갈등이 분단이라는 상황에서 공통분모를 형성하고 있다면, 성호와 성국의 이념적 갈등 또한 그 지대 속에서 만들어지고 있는 경우이다. 뿐만 아니라 어머니의 치통은 그러한 공유 지대를 보다 실감 있게 되살려내는 유효한 장치일 것이다. 어머니는 아버지가 끌려가던 때에도 심한 치통을 앓았고, 성국과 성호의 갈등 속에서 울려 퍼지는 손주의 울음 속에서도 똑같은 치통 앓이를 하고 있다. 이런 맥락에서 보면 어머니의 치통은 과거의 트라우마이면서 현재의 상처이기도 한 이중적 음역을 갖고 있다고 하겠다.

분단 문학은 몇 가지 방향에서 접근 가능한 문제이다. 우선 분단의 원인과 형성의 문제에서 접근할 수 있고, 또 그 경과에서도 그 일단의 의의를 찾을 수 있을 것이다. 뿐만 아니라 분단이 나아갈 방향에 대해서도 그 이론적, 정서적 접근이 가능할 것이다. 특히 후자의 경우, 80년대를 풍미했던 통일문학의 가능성 그 잣대를 시험해볼 수 있었다는 점에서 그 의의가 있는 경우였다. "분단문학에서 통일문학"으로라는 구호야말로 그런 의도의 한 단면이었던 것이다. 그러나 결정론적 관점에서 보면 뭔가 시원한 느낌이 드는 것처럼 보이긴 해도 어떤 식으로 통일문학이 되어야 한다는 것은 현실의 다층적 실체를 무시하고 관념적으로 흘러갈 개연성 또한 매우 높은 것이 사실이다. 뿐만 아니라 어느 특정 이데올로기에 다시 얽매이는 것은 또다른 이념적 갈등을 낳을 소지도 다분히 내포될 수 있다는 위험도 알아야할 것이다. 갈등과 조화, 그리고 새로운 방향 모색을 위해서는 지난 시절의 혼란과 과오를 범하지 않고 보다 현실적인 대안을 찾는 것이 무엇보다 중요하다고 하겠다.

통일문학은 한민족이라는 단일한 정서, 언어, 민족성이 보존되는 차원에서 진행되어야 할 것이다. 새로운 이념적 갈등이나 정치적 혼란을 야기할 수 있는 통일문학은 소모적인 논란거리만을 만들 뿐 실제적인 도움이 되지 못한다. 오랜 시간 동안의 분단을 어떤 식으로 극복하고 단일한 민족 정체성을 빨리 회복하는 것이 시급한 일이 될 것이다. 「소지」를 다시 읽는 동기랄까 계기는 아마도 여기서 찾아야 할 것으로 보인다. 특히 주술적 절차에 가까운 것이긴 하지만 이 작품이 보여준 승화의 정신 속에서 그 방향성을 모색해보는 것이 가능하지 않을 까.

「소지」에서 화해의 주동자는 어머니이다. 그녀는 전쟁의 비극과 분단의 아픔을 온몸으로 겪은 최대의 피해자이다. 그녀는 전쟁의 갈등 속에서 남편을 잃었으며, 그 연장선에서 원치 않았던 성호를 얻게 되었다. 그리고 그 상처의 연속으로 연좌제에 따른 성국의 좌절, 배다른 형제 간의 이념 갈등을 몸소 목격하게 된다. 이런 좌절과 아픔을 극복하는 방식은 전적으로 그녀의 몫이자 역량이긴 하지만, 그 모색의 과정이 하나의 전범처럼 다가오는 것은 어떤 이유에서일까. 그녀는 피해자이면서 마치 가해자처럼 행동한다. 여기서 가해자란 결자해지의 입장을 말한다. 그 과정에서 그녀는 새로운 조화와 질서를 모색하고 창출하며 분단 상황을 타개할 매개자로 우뚝 올라선다.

어머니에게 있어 분단과 그에 따른 갈등의 소멸은 소지 의식을 통해서 이루어진다. 그 핵심을 이루는 것이 소위 불의 이미지이다. 태우는 것은 녹여서 새로운 것을 만들어내는 화학적 변이 형식이다. 따라서 그것은 소멸이면서 새로운 창조의 주체가 된다. 어머니는 성국과 성호 사이에 놓인 갈등을, 성호의 유인물을 태우는 행위에 의해서 무화시키려고 한다. 그녀가 태운 것은 단순한 종이에 불과하지만, 분단의 상처이자 이를 기반하고 있는 거대 이념이다.

불길은 금방 살아 올랐다. 종이는 가장자리에서부터 거멓게 타기 시작했다. 흰 종이에 선명하게 찍힌 검은 글자들은 불길 속에 먹혀들어가 몸을 뒤틀고 비명을 질러 대면서도 결국은 사라지고 말았다. 그녀는 그 글자들이 무엇을 뜻하는지, 무엇을 말하는지 알지 못했다. 그러나 마치 오랜 세월을 두고 벼르던 일을 이제야 하는 것 같은 후련함이 있었다.

성호의 유인물이 사라지는 것은 단순히 가족간의 갈등을 해소하는 차원에서 그치지 않는다. 그것은 보다 큰 범위에서 새로운 음역을 창출해내게 되는데, 불의 속성인 태우기와 녹이기, 그리고 사라지기에 의해서 이루어진다. 그럼에도 불과 그녀의 행위는 소멸의 주체에서 한정되지 않는다. 소멸 속에서 새로운 조화, 질서를 잉태시키기 때문이다. 그것은 어머니에게는 정서적 카타르시스이며, 갈등의 승화이다.

그녀는 아이의 손을 이끌어 금방 빠질 듯이 흔들리는 이빨을 두 손가락으로 잡게 했다. 아이는 미간을 찡그린 채 망설이는 듯하더니 눈을 꼭 감았다. 이빨이 뽑히는 순간, 그녀는 아아 비명을 삼켰다.
믿어지지 않는 듯이 더러운 줄도 모르고 내려다보고 있는 아이의 손에서 그녀는 뽑힌 이빨을 빼앗았다. 그것은 흉측한 모습으로 뿌리까지 검게 썩어 있었다. 그러나 아픔은 금세 사라지지 않았다. 그녀는 아직도 작은 아픔의 덩어리인 것만 같은 신체의 일부를 불길 속으로 던져 넣었다.

「소지」의 극적인 장면은 아마도 여기서 이루어지는 것이 아닐까. 그녀에게서 이빨은 분단의 시작이면서 끝이었다. 남편이 끌려가서 처형되는 날도 이빨이 아팠고, 성호가 사상 운동에 관련되었을 때도 이빨은 똑같이 그러했다. 과거의 아픔과 현재의 갈등이 모두 이 치통과 관련되어 있고, 따라서 그 아픔의 역사는 분단의 시간과 같이하는 것이었다. 그녀는 그러한 시련의 상징적 장치인 썩은 이빨을 이제 제거하려고 하는 것이다. 손자의 힘을 빌려서 이를 뽑아냄으로써 아픈 과거와 현재의 갈등을 넘어서고자 하는 것이다. 뿐만 아니라 궁극적으로는 이를 태워 없앰으로써 그 아픔을 승화하고자 한다.

불을 태우는 행위는 일상에서 흔히 통용되는 주술적 행위이다. 가령 망자에게 옷을 주고자 할 때가 그러하고, 제사 행위가 끝나고 지방을 태워서 망자로 하여금 지상을 떠나도록 행위 역시 그러하다. 따라서 태우는 의식은 초월적 영역에 속하는 일이다. 그러나 「소지」는 이 차원을 넘어선다는 데 소설적 의의가 있는 작품이라 할 수 있다. 태움 속에서 무엇인가 새로운 열망과 질서를 갈구하기 때문이다. 그렇기에 그것은 단순한 소멸 행위가 아니라 창조 행위이다. 실상 「소지」가 노리는 것도 여기에 있다고 할 수 있다. 작가는 갈등의 요소를 제거함으로써, 곧 불로 태워 없앰으로써 현실에서는 쉽게 해결할 수 없는 문제를 주술적 힘으로 풀어나가려고 하고 있는 것이다. 주술이라는 열망과 욕망, 그리고 희망 없이는 불가능한. 초월적 행위이다. 그것이 비록 비과학적인 영역에 속하는 것이긴 하지만 뛰어넘을 수 없는 현재의 질곡을 쉽게 해소할 수 있다는 점에서 긍정적 삶의 형식이라 할 수 있을 것이다.

그리고 「소지」는 이런 주술적 행위에 이외에도 화해와 용서의 정신이라는 교훈을 우리에게 일깨워주고 있는 작품이다. 어머니는 자신에게 처한 한계 상황에 대해 분노하거나 좌절하지 않는다. 또한 그것들에 대해 본능적으로 복수하겠다는 부정적 감정 또한 갖고 있지 않다. 그녀는 자신에게 다가온 운명을 순수히 받아들이되 이를 자기화하면서 그 나름의 화해를 모색하게 되는데, 그것이 용서의 정신이다. 이 정서는 어쩌면 현재진행형인 분단 상황을 가장 유효하게 극복할 수 있는 대안이 될 수 있다는 점에서 더욱 주목의 되는 부분이 아닐까 한다.

올해가 광복 70주년이다. 1945년에 해방이 되었으니 정확히 70년이 지나온 것이다. 해방 이후 우리는 분단만 된 것이 아니라 1950년부터 3년 동안 처절한 이념 전쟁 또한 겪었다. 그 전쟁의 상처는 너무 깊은 것이어서 어느 하나의 계기로 쉽게 치유될 수 없는 상처를 남기게 되었다. 어디 그뿐인가. 지금 여기의 핵심 모순인 보수와 진보 사이의 갈등도 그 뿌리는 전쟁의 상처에 닿아 있다. 남북 사이에 놓인 갈등의 골도 깊지만 남남 사이에 놓인 그것도 만만치 않은 것이 사실이다. 이러니 서로 사이에 놓인 갈등이 화해되기 어렵고 보다 거시적인 통일은 더더욱 어려운 일이 아닌가. 새로운 한민족으로 거듭 태어나기 위해서는 용서와 화해가 필요한데, 이런 희망은 매우 요원한 것이 되어버린 지 오래다. 새로운 패러다임이 만들어지지 않는 한, 남북과 남남의 사이에 놓인 갈등의 깊은 골이 메꿔지는 것은 매우 어려운 일이 되어버렸다.

이런 상황 속에서 한 가지 희망을 읽어낼 수 있다면, 바로 「소지」의 어머니와 같은 승화의 정신이 필요한 것은 아닐까. 바로 화해의 정신이다. 인간은 누구나 자기만의 사상이 있고, 이상이 있으며, 자신만의 고유한 권리가 있을 것이다. 그런데 그런 욕망을 처절히 짓밟았다면, 그 속에 내재된 상처는 쉽게 치유되지 않을 것이다. 지금 우리의 경우가 그러하지 않은가. 광복 70년 동안 남북이 쌓아온 것은 상처투성이뿐이다. 이를 치유하는 것이 만만치 않은 일임은 당연하다. 그러나 방법이 전연 없는 것도 아니다. 서로를 이해하고 화해할 수 있다면, 이런 간극은 어쩌면 쉽게 뛰어넘을 수 있는 것인지도 모른다. 「소지」에서 보여주었던 불의 정신, 곧 소멸과 창조의 정신만 있다면 이는 얼마든지 가능한 일이 아닐까.

그리고 또 하나 필요한 것이 용서의 정신이다. 화해는 용서가 전제되어야 가능한 절차이다. 인간은 누구나 많은 죄업을 쌓고 살아가기 마련이다. 그런데 이를 끄집어내어 현재화하려 들면 그 죄는 양손에 칼을 들게 된다. 그렇게 되면, 갈등과 싸움만이 난무하게 될 뿐, 통합은 이미 불가능하게 된다. 「소지」에서 어머니는 자신의 이빨을 빼버림으로써, 곧 자신의 고통을 감내하면서 모든 것을 용서하고 승화시키고자 했다. 이런 정신은 지금 여기에도 꼭 필요한 것이라 할 수 있다. 현재의 자기를 위해서 인간은 많은 죄와 부정을 저질렀고, 질투와 오해를 불러들였다. 그것이 남긴 것은 치유하기 어려운 상처였다. 어디 상처뿐인가. 자신의 탐욕을 채우기 위해 타인의 희생 또한 강요해왔다. 그렇기에 과거의 그를 용서하기란 쉽지 않은 것이 사실이다. 그러나 힘든 것이기에 용서를 해야만 한다. 그래야만 새로운 가치가 만들어지고 질서가 탄생하며 새로운 통합체가 만들어질 수 있다. 용서 없이 새로운 조화와 질서가 만들어지는 불가능하다.

남북 사이에 놓인 오랜 간극을 뛰어넘기 위해서는 이처럼 화해와 용서의 정신이 필요하다. 「소지」의 어머니가 그러했듯이 어머니의 그러한 정신이 하나의 규범되어야 할 것으로 보인다. 이를 두고 매우 감상적이라 비판할 수도 있겠지만, 감성은 논리를 뛰어넘을 수 있는 강렬한 힘 또한 갖고 있다. 기왕의 법질서를 초월해서 최후에 승리한 것은 언제나 화해와 용서의 정신이 아니었던가. 그러한 기적은 법과 규범 영역에서만 국한될 것이 아니라 정치질서에서도 꼭 필요한 것이다. 이런 정신으로 무장할 때, 분단문학은 곧 통일문학으로 새롭게 탄생할 것이다.

제2부

현대시의 성찰

와해 불가능한 현실과 그 세계로 끊임없이 육박해 들어가고자 하는 것이 서정 정신의 근본이다. 뿐만 아

와 세계의 평행선이 서정시의 존재 의의이기도 하다. 이런 맥락에서 자아와 세계의 동일성에 대한 욕망은 일시적

도 시대적인 때라으로부터 제한되는 것도 아니다. 분노와 같은 일탈의 감각이 서정시의 근본 요소가 될 수 있는 것

시의 감각화와 생명 의식의 고양

1. 시대의 배경과 논의 초점

1930년대 시단의 변화는 다양한 사조의 유입과 전개이다. 특히 1920년대 양대 축을 점하고 있던 리얼리즘과 모더니즘은 시의 서정화 작업의 일환으로 서서히 물러나게 된다. 그러나 시의 감각화를 주도했던 모더니즘은 이 시기에도 시단에 많은 영향을 주게 된다.

우선, 한국의 모더니즘은 모더니즘이라는 20세기 초의 서구 문예사조가 일본을 거쳐 우리 나라에 소개된 것을 계기로 큰 흐름으로 이어지게 된다. 그러나 수용의 과정을 거치는 동안 우리 모더니스트들이 전개한 반응 양상은 서구 모더니스트들이 보여준 모더니즘의 양상과 큰 차이를 드러내는데, 이것은 서구 모더니즘의 기준에 미달되어서가 아니라 우리의 당대적 특성에 조응하면서 이루어진 필연적인 것임을 간과해서는 안 된다. 이는 모더니즘이 단순히 문예사조가 아니라 근대의 환경이라는 토대에 대응하는 정치경제적이고 사회문화적인 정신 활동임을 말해주는 것이며 그러한 정신 현상은 누구를 모방해서 이루어질 수 있는 것이 아니라 적극적이고 주체적인 응전에 의해 가능한 것임을 보여준다. 결국 우리의 모더니즘은 보기에 따라 서구의 그것이 결여된 것으로 이해될 수 있지만 사실 그 점이 우리의 독자성과 개성에 해당된다는 사실에 주목해야 할 것이다.

한국사회에서 펼쳐진 모더니즘에 대한 논의는 먼저 서구 모더니즘 이론을 개괄하여 그것의 특성을 규정할 만한 범주를 확정지은 후에야 보다 분명하고 명확해질 것으로 이해된다. 이러한 작업은 우리의 모더니즘이 모더니즘 이외의 다른 것일 수 없다는 것, 우리의 모더니즘이 모더니즘의 보편성을 구현하고 있다는 점을 보여줄 것이다. 그러나 그것은 범주상의 일치이지 내용상의 일치는 아니다. 그 내용에 있어서는 서구의 그것과 다르며 우리 모더니스트들 사이에서도 제각각 다를 수밖에 없는 것이다. 이것이 한국 모더니즘의 특수성이자 필연성인바, 이 글에서는 이 점을 서구 모더니스트들과의 차이를 통해 한국 모더니스트들이 가지고 있는 각각의 특성들에 대해 살펴볼 것이다. 이러한 검토는 한국 모더니스트들이 매우 다양한 스펙트럼으로 사회와 시대에 반응하였음을 보여줄 것이다. 나아가 이들에게 주어진 시대적 환경에 얼마나 주체적이었으며 동시에 우리 민족의 성질에 얼마나 밀착되어 있었던가를 확인할 수 있을 것이다.

2. 시의 감각화 경향

30년대 시를 감각적으로 구사한 대표적 시인으로 우선 김기림을 꼽을 수 있다. 김기림의 문학적 경향은 크게 두 시기로 나누어진다. 이를 초기와 후기라 부른다면 초기가 근대에 대해 긍정적이고 낙관적인 태도를 보이고 있는 것에 비해 후기는 이러한 태도를 뒤엎고 문명에 대한 위기와 공포 의식을 전면화시키고 있다. 파시즘의 강화, 만주사변(1931)과 중일전쟁(1937), 태평양전쟁(1939) 등 식민지의 폭압성이 극에 달했던 것이 이 시기였기 때문에 김기림은 후기에 이르러 근대에 대한 회의를 분명하게 드러내며 이를 극복할 만한 대안적 세계를 모색하게 된다.

비늘
돋힌
해협(海峽)은
배암의 잔등
처럼 살아났고
아롱진 '아라비아'의 의상(衣裳)을 두른 젊은, 산맥(山脈)들.

바람은 바닷가에 '사라센'의 비단폭처럼 미끄러웁고
오만(傲慢)한 풍경은 바로 오전 7시의 절정(絶頂)에 가로 누웠다.

헐떡이는 들 위에
늙은 향수(香水)를 뿌리는
교당(敎堂)의 녹슬은 종소리.
송아지들은 들로 돌아가려무나.
아가씨는 바다에 밀려가는 윤선(輪船)을 오늘도 바래보냈다.

국경 가까운 정거장
차장(車掌)의 신호를 재촉하며

발을 구르는 국제열차.
차창마다
'잘있거라'를 삼키고 느껴서 우는
마님들의 이즈러진 얼굴들.
여객기들은 대륙의 공중에서 티끌처럼 흩어졌다.

— 김기림, 『기상도』 부분

이 작품은 현실을 포착해내는 예리한 이미지화, 근대 문명의 종말을 예시하는 전망이 어우러져 한편의 절창을 구성하는 김기림의 대표작 『기상도』이다. 그는 엘리엇의 『황무지』에 비견할 만한 장시 『기상도』를 통해 문명 비판과 함께 그의 이상적 세계를 구축하게 되는데, 이 이상적 세계는 엘리엇가 가톨리시즘이라는 종교를 통해 신화적 공간을 추구한 것과 달리 자아의 의식 속에서, 자아의 절대정신 속에서 추구된다. 이는 어떻게 보면 지극히 비역사적이고 현실감각에 미달되는 관념적 수준의 것에 머무른 졸작에 해당할지도 모른다. 그럼에도 과학에의 맹신과 그것이 주는 긍정적 효과에 대해 계몽이라는 이름으로 근대가 나아갈 길을 비춰온 김기림으로서는 상당한 변신이 아닐 수 없다. 그것이 30년대 김기림이 만들어낸 모더니즘의 수준이었다.

「기상도」 이후 김기림은 후반기에 들어서 일대 변신을 하게 되는데, 바로 비판적 정신을 자신의 문학 세계에 받아들이는 모험을 하게 된다. 그의 이러한 변신은 물론 근대에 대한 회의에서 비롯되었다. 전면화된 근대의 공포들은 계몽의 전지전능성을 자신의 문학적 보증수표로 간직하고 있었던 김기림에게는 하나의 충격이었을 것이다. 그것이 그로 하여금 생산 관계의 전면적인 비판을 계기로 한 마르크스주의의 이념에 어느 정도

동조하는 계기를 만들었던 것으로 보인다. 그가 초기에 비판했던 카프의 정신과 내용을 받아들인 것은 이와 무관하지 않을 것이다. 물과 기름처럼 전연 어울릴 것 같지 않던 이 두 사조의 결합은 실상 김기림에게서 처음 발견할 수 있는 것은 아니다. 스페인 내전이 심화될 때, 초현실주의의 방법적 특징들이 마르크스주의와 자연스럽게 녹아들어갔던 사례가 있었기 때문이다.

김기림과 더불어 이상 역시 30년대 대표적 모더니스트로 분류될 수 있다. 그는 근대 문명에 대해 어느 모더니즘에 견줄 수 없을 만큼 비극적 의식을 지닌 작가였다. 그는 근대의 본질을 누구보다도 날카롭게 간파하였고 근대가 지닌 양면성 가운데 철저하게 어두운 면에 천착해 들어갔던 작가이다. 그에게 근대는 자본주의 그 이상도 이하도 아니었기 때문에 자본주의가 지니고 있던 모순과 부조리를 냉혹하게 인지할 수 있었다. 자본주의적 화폐제도로 인한 인간의 소외, 제국주의의 잉여 자본 투여에 의한 식민지 제도의 기괴하고 야만스런 성격, 근대의 합리주의가 야기하는 인간성의 파괴 등은 근대를 지탱하는 핵심적 기제이자 악마적 요소였던 것이다.

때문은빨래조각이한뭉텅이공중으로날라떨어진다.그것은흰비둘기의떼다.이손바닥만한한조각 하늘저편에전쟁이끝나고평화가왔다는선전이다.한무더기비둘기의떼가깃에묻은때를씻는다.이 손바닥만한하늘이편에방망이로흰비둘기의떼를때려죽이는불결한전쟁이시작된다.공기에숯검정이가지저분하게묻으면흰비둘기의떼는또한번손바닥만한하늘저편으로날아간다.

— 이상, 「오감도─시제12호」 전문

인용 시는 이상의 대표작 「오감도-시제12호」이다. 이 작품을 이끌어나가는 역동력은 초현실주의적 사고에 있다. 가령 지상적 관점에서 보면 하늘은 저편인데, 이 시는 그것을 이편으로 묘사하고 있는가 하면, 띄어쓰기를 거부함으로써 통상적인 의미론적 접근을 차단하고 있다. 합리적인 언어 질서나 의식의 구조에서 보면, 이는 매우 이질적인 것이다. 그러나 그러한 언어의 전복 속에서 이 작품이 느끼는 효과가 매우 신선하다는 점 역시 부인할 수 없다. 빨래를 비둘기로 전이시키는 치환의 기술이나 빨래하는 과정을 전쟁과 동일시하는 것은 정서에 신선한 활기를 불러일으키기 충분하기 때문이다. 이는 의미의 낯설게 하기 효과일 뿐만 아니라 인식의 끊임없는 확장과 관련이 있을 것이다.

이상이 추구한 모더니즘의 참신성은 우선 이런 의미론적 참신성에서 찾아진다. 그것에 덧붙여진 것이 형식의 자유로운 발산이다. 관습과 자동화된 언어의 형식을 무의식을 매개로 전복시킨 것이 이상 시가 추구한 모더니즘의 의의일 것이다.

이렇듯 이상이 특히 주목한 것은 언어의 메커니즘이었다. 합리성의 기준에서 보면, 언어에서 비롯되는 통사론의 굳건한 존재는 의미를 만들어내는 가장 이상적인 질서이자 체계였다. 통사 구조에 의한 의미의 생산이야말로 합리성을 대표하는 근대의 굳건한 축이었기 때문이다. 이상의 시에 나타난 언어 질서의 극단적 파괴와 해체의 양상은 당대 한국사회를 바라본 이상의 이와 같은 의식에서 비롯되었다. 초현실주의적이고 탈모더니즘적이며 과격한 면모의 이상 문학은 당시 우리의 주류 모더니즘이었던 이미지즘과 다른 축에서 모더니즘의 특성을 드러낸 경우이다. 그것은 영미적이기보다는 대륙적이고 구축적이기보다는 파괴적 모더니즘이었다.

　다음으로 시의 감각화를 바탕으로 시를 쓴 사람은 정지용이다. 그의 모더니즘을 파악하기 위해서는 그의 내면적 성격을 먼저 이해해야 한다. 정지용은 이미지즘을 주창하였던 김기림이 완벽하다고 할 만큼 극찬한 시인으로서 이미 1920년대 말에 스스로 이미지즘을 체득하여 완성도 높은 이미지즘 계통의 시를 쓴다. 그러나 그는 도시적 이미저리를 즐겨 제시하기보다는 다른 소재를 통해 이미지즘을 드러내는 경향이 강하고 도시적 소재를 다룰 때 또한 도시 문명과의 거리감과 괴리, 그로 인한 소외감을 주로 묘사하곤 했다. 이러한 점은 그의 모더니즘이 근대에 대한 미세한 불안 의식에서 비롯된 것인 동시에 그의 이미지 지향이 이를 넘어선 자리에 놓여 있음을 말해주는 것이다. 즉 그의 이미지즘은 그 자체로 근대적 시간으로부터 일탈한 공간성의 차원에 놓여 있는 것이다.

　　　넓은 벌 동쪽 끝으로
　　　옛이야기 지줄대는 실개천이 휘돌아 나가고,
　　　얼룩백이 황소가
　　　해설피 금빛 게으른 울음을 우는 곳,

　　　—그 곳이 참하 꿈엔들 잊힐리야.

　　　질화로에 재가 식어지면
　　　뷔인 밭에 밤바람 소리 말을 달리고,
　　　엷은 조름에 겨운 늙으신 아버지가
　　　짚벼개를 돋아 고이시는 곳,

―그 곳이 참하 꿈엔들 잊힐리야.

흙에서 자란 내 마음
파아란 하늘 빛이 그립어
함부로 쏜 화살을 찾으려
풀섶 이슬에 함추름 휘적시든 곳,

―그 곳이 참하 꿈엔들 잊힐리야.

전설바다에 춤추는 밤물결 같은
검은 귀밑머리 날리는 어린 누의와
아무러치도 않고 예쁠것도 없는
사철 발벗은 안해가
따가운 햇살을 등에 지고 이삭 줏던 곳,

―그 곳이 참하 꿈엔들 잊힐리야.

하늘에는 석근 별
알수도 없는 모래성으로 발을 옮기고,
서리 까마귀 우지짖고 지나가는 초라한 지붕,
흐릿한 불빛에 돌아 앉어 도란 도란 거리는 곳,

―그 곳이 참하 꿈엔들 잊힐리야.

― 정지용, 「향수」 전문

　「향수」는 1927년 『조선지광』 65호에 발표된 시인의 대표작에 해당되는
작품이다. 이 작품이 정지용의 개인적 경험을 떠나 모든 사람들에게 체험
가능한 공동의 고향으로 느껴지도록 만드는 이유는 이 시에 사용되고 있

는 탁월한 수사적 장치 때문이다. 「향수」는 고향에 대한 아련한 기억들을 풀어내기 위해 그러한 감각들을 아주 효과적으로 구사해낸다. 짚베개의 푸석푸석한 느낌이 바로 그것이다. 이처럼, 「향수」는 인식의 불완전성을 표현한 모더니즘적 기법을 구사한 시로 알려져 왔다.

또 하나 1930년대 대표적 모더니스트로 손꼽을 수 있는 것이 김광균의 경우이다. 그의 시에는 다양한 요소들이 산재되어 나타난다. 도회적 공간이 나오는가 하면, 서정성이 있다. 뿐만 아니라 그의 보증수표인 회화적 이미지가 있는가 하면, 그 대척점인 센티멘털한 감수성이 내재되어 있다. 우선 김광균의 시에서 강조되곤 하는 서정성은 그러나 대상을 단지 시각적으로 처리함으로써 겪을 수 있는 자아의 사물화와 협소화를 극복할 수 있는 요소가 된다. 대상을 일정한 거리에 고정시키고 이를 시각적이고 회화적인 이미지로 처리하는 태도는 사실 이미지즘에 대한 편협한 이해에 기인하는 것인바, 이를 통해서 자아는 대상만큼이나 피동적인 자리에 놓일 뿐 완성된 내면을 구축하기는 힘든 것이다. 이러한 점에서 볼 때 김광균의 서정성은 시각성을 중심으로 한 이미지즘의 피상성을 극복할 수 있는 계기가 되어주며 근대인으로서의 소외를 넘어서게 해주는 근거가 된다. 실제로 김광균은 이러한 서정성을 바탕으로 후기에 이르러 고향 의식을 심도 있게 드러내는데 주로 회상을 통해 전개되는 고향의 풍경과 이미지들은 근대인의 분열된 의식을 치유할 수 있는 영원성의 공간으로 작용하게 된다.

그러나 이러한 방법적 특징에도 불구하고 그는 우리 시단에 회화적 이미지즘의 정수를 제시했다는 긍정적인 평가와 함께 기교주의에 함몰되어 문명 비판적 요소를 결여하고 있다는 부정적 평가를 받아왔다. 이러한 이중적 잣대는 김광균의 시의 폭과 깊이를 말해주는 것이어서 보다 심도 있는 접근을 요하는 문제라 할 수 있다. 또한 그의 시에 나타나 있는 서정성은 김광균 시에 나타난 이미지를 서구적 이미지즘의 '건조하고 견고한 이미지'와 어긋나게 함으로써 이미지즘의 정석에 위배되게 한다고 이해되어 왔다.

落葉은 폴-란드 亡命政府의 紙幣/砲火에 이즈러진
도룬시의 가을 하늘을 생각케 한다.
길은 한줄기 구겨진 넥타이처럼 풀어져
日光의 폭포 속으로 사라지고
조그만 담배 연기를 내어 뿜으며
새로 두시의 急行車가 들을 달린다.

포플라나무의 筋骨 사이로
공장의 지붕은 흰 이빨을 드러내인채
한가닥 꾸부러진 鐵柵이 바람에 나부끼고
그 우에 세로팡紙로 만든 구름이 하나
자욱-한 풀벌레 소리 발길로 차며
호올로 荒凉한 생각 버릴 곳 없어
허공에 띄우는 돌팔매 하나.
기울어진 風景의 帳幕 저쪽에
고독한 半圓을 긋고 잠기여 간다

— 김광균, 「秋日抒情」 전문

김광균의 시의 약점으로 지적되는 부분이 가령 이런 구절이다. "자욱—한 풀벌레 소리 발길로 차며/호올로 荒凉한 생각 버릴 곳 없어/허공에 띄우는 돌팔매 하나"와 같은 이러한 표현들은 이미지즘이 말하는 감정의 절제와는 전연 무관하다. 그런데 이런 모순을 뛰어넘는 것이 김광균에게 내재되어 있었던 경향시의 감각이다. 김광균 시에 나타난 경향성은 일회적이고 우연적인 것이 아니었다. 인용 시에서 주목해야 할 부분이 '넥타이', '급행차' '세로팡지' 등과 같은 생활의 정서들이다. 이러한 정서들은 경향시에의 경도 및 이에 따른 전향의 논리와 어느 정도 관련이 있다는 데에서 주목을 끄는 경우이다.

김광균의 이미지즘적 시도가 추구하는 것도 그런 일상적 사물에 대한 관심의 연장선에서 획득된다. 이런 뜻에서 그의 이미지즘의 수법은 서구적인 것의 수용과 더불어 전향의 논리가 덧씌워져 생겨난 이중적 맥락을 갖는다. 그의 시의 특색인 일상 사물에 대한 관심은 전향과 그에 따른 일상으로의 복귀 과정에서 사물을 새롭게 인식하고 그 일상의 대상을 즉물화하려는 정신의 구조가 이미지즘이 표방하는 수법과 자연스럽게 만나면서 이루어진 과정으로 이해해야 할 것으로 보인다.

3. 생명파 문학의 전개

한국 시단에서 생명파의 등장은 1936년 『시인부락』과 『생리』 등이 간행된 다음부터이다. 그리고 이들에게 생명파란 명칭을 붙인 것은 이들의 문학적 경향을 한데 모아 서정주가 처음으로 붙임으로써 가능해졌다.

인간을 어떻게 정의할 것인가 하는 문제는 종교나 철학, 심리학과 관련되는 것이고 또 사회학의 범위로부터도 자유롭지 않은 사안이다. 따라서 복잡하게 얽혀 있는 인간의 문제를 어느 하나의 기준으로 설명하는 것은 쉽지 않다. 그럼에도 하나의 잣대, 가장 일반화된 근거로 설명할 수 있다면, 우선 종교의 영역을 꼽을 수 있지 않을까 한다. 이 기준은 생물학적인 기준과 양립하는, 인간을 정의하는 가장 좋은 매개 가운데 하나이다. 서정주가 「화사」에서 인간의 문제를 규명한 방식도 바로 종교적인 영역에 서였다. 그것은 중세의 영원과 상대적인 자리에 놓인 근대 체험 혹은 근대인 되기에서였다. 근대를 체험하고 근대인이 된다는 것은 반종교의 영역, 중세적 영원의 영역과는 정반대의 위치에 놓인다. 근대인이란 일시적, 순간적, 우연적 시간에 놓이는 한시적 존재이기 때문이고 또한 육체의 영원성이나 완벽성과는 무관한 존재이기 때문이다. 이렇듯 생명파가 다룬 것은 인간의 존재에 관한 것이었다.

> 사향 박하의 뒤안길이다.
> 아름다운 배암…
> 을마나 크다란 슬픔으로 태여났기에, 저리도 징그라운 몸둥아리냐
>
> 꽃다님 같다.
> 너의 할아버지가 이브를 꼬여내든 달변의 혓바닥이
> 소리잃은채 낼룽그리는 붉은 아가리로
> 푸른 하눌이다. …물어뜯어라, 원통히무러뜯어
>
> 다라나거라. 저놈의 대가리!
>
> 돌 팔매를 쏘면서, 쏘면서, 사향 방초ㅅ길
> 저놈의 뒤를 따르는 것은

우리 할아버지의안해가 이브라서 그러는게 아니라
석유 먹은듯…석유 먹은듯…가쁜 숨결이야

바눌에 꼬여 두를까부다. 꽃다님보단도 아름다운 빛…

크레오파투라의 피먹은양 붉게 타오르는 고흔 입설이다…슴여라!
배암.

우리순네는 스믈난 색시, 고양이같이 고흔 입설…슴여라! 배암.

— 「화사」 전문

인간이라는 존재를 어떻게 규정할 것인가 하는 문제는 지극히 철학적
이고 형이상학적인 문제에 속한다. 어떤 자기규정에 의해 존재가 결정되
는 것은 아닌데, 만약 그러한 직접적 매개가 가능하다면 그것은 근거 없
는 주관주의에 불과할 뿐이다. 따라서 어떤 객관적 근거에 의해 존재를
규정할 것인가 하는 것은 인식주체에게는 매우 중요한 문제가 아닐 수 없
다. 다양한 가능성과 여러 지향성이 혼성된 근대의 세례 앞에 주체가 선
택할 수 있는 대상은 그리 많아 보이진 않는다. 그 올바른 잣대를 찾아내
고 이를 적절히 객관화할 때, 근대인으로 거듭 태어나는 올바른 길을 확
보하게 될 것이다.

「화사」의 시적 주체는 지극히 인간적인 모습을 갖고 있다. 여기서 인간
적이라는 말은 반영원성의 감각과 관련된다. 근대적 인간은 정신의 높이
와 깊이에서 형성되지 않는다. 오직 유한성을 특징으로 하는 육체로만 감
각된다. 이런 감각이 유효한 것은 근대가 바로 영원을 요구하지 않기 때
문이다. 시적 주체는 중세적 금욕주의로부터 멀어져 있고 신화의 인식적

완결성으로부터 분리되어 있다. 시적 주체가 느끼고 향유하는 것은 지금 여기의 직관적인 감각뿐이다.

1930년대에는 20년대의 다양성을 계승하면서 많은 문예사조들이 등장하고, 이에 바탕한 작품들이 창작되었다. 특히 감각을 기반으로 한 모더니즘의 등장은 한국 시를 한 단계 높인 것으로 평가된다. 시의 현대성에 대한 과제가 개화기 이후 현대시의 당면 과제였음을 상기할 때, 모더니즘이 준 영향은 결코 과소평가할 수 있는 것이 아니었다. 뿐만 아니라 서정주, 유치환 등이 주도한 생명파의 영향 역시 매우 중요한 것이었다. 이들이 탐색한 인간 존재에 관한 문제는 존재론적인 측면에서도 의의가 있는 것이었고, 시의 내용 또한 풍성하게 해주었다는 데에서 그 의미를 찾을 수 있기 때문이다.

저항의 미학
― 육사 시의 경우

1. 육사 시의 출발

육사는 1904년 경북 안동에서 태어났으며, 본명은 원록이고 퇴계 이황의 14대 후손이다. 그는 투철한 독립운동가였고, 그것이 원인이 되어서 해방 1년 전인 1944년 북경 감옥에서 옥사했다. 그는 독립운동을 하면서 틈틈이 시를 발표했는데, 처음 작품 활동을 시작한 것은 1933년 『신조선』에 시 「황혼」을 발표하면서부터이다. 길지 않은 생애였지만, 문학에 대한 관심도가 높아서 여러 편의 평론과 수필, 한시 등을 발표했다. 그는 시 34편, 평론 11편, 수필 13편 등을 남긴 것으로 알려져 있다. 길지 않은 삶에 비하면 적지도 많지도 않은, 적절한 수효의 작품을 남긴 것이라 할 수 있다.

식민지 시대를 살아간 문인치고 불온한 현실과 그에 대한 저항의 몸짓을 갖지 않은 경우는 없었을 것이다. 그럼에도 불구하고 많은 사람들은 육사를 저항문인으로 기억하고 그의 작품들에 대해서도 그에 준하는 수준을 보였다고 평가하고 있다. 그런데 이런 평가들은 어쩌면 매우 역설적인 상황이 아닐 수 없는데, 그만큼 일제강점기 36년 동안 처절한 저항의 시선과 몸짓을 보낸 문인이 희소했다는 사실과 맞물려 있다. 실상 육사만큼 문학적 실천을 철두철미하게 보여준 사례도 찾아보기 힘든 것이 사실이다. 그는 한편으로는 문학으로 다른 한편으로는 실천으로 조국 독립에 온몸을 던졌던 것이다. 그리고는 감옥에서 생을 마감했다. 육사의 그러한 극적인 삶이 그를 저항문인의 가장 높은 위치에 올리게 한 계기였을 것이다.

기록상 육사가 문단 활동을 활발히 했다는 증거는 뚜렷이 남아 있지 않다. 그의 삶에서 앞선 우선순위가 조국 독립이었으니 문인들과의 어울림이나 문학 교류가 많지 않은 것은 당연한 수순이었을 것이다. 그가 문단 활동을 한 것으로 알려진 것은 1935년 『자오선』과 『시학』 동인 활동이 전부이다. 특히 『자오선』은 육사의 작품과 문학관 형성에 많은 시사점을 준 잡지이다. 그는 여기서 김광균, 신석초를 비롯한 모더니스트계 문인들을 만났고, 서정주 등과 같은 당대의 쟁쟁한 신인들과도 교류했다. 『자오선』은 창간과 동시에 종간이 되어버린 비운의 잡지이긴 하지만 육사의 작품 활동에 많은 영향을 주었던 것은 사실이다. 그것은 그가 모더니즘의 세례를 많이 받았고, 또 그것의 정신과 방법 등을 작품 창작에 적절히 이용했다는 점에서 바로 그러하다.

그가 문단 활동을 활발히 하던 시기에 가장 관심을 가졌던 분야도 모더니즘의 사조였다. 그러한 특성들은 그의 데뷔작이었던 「황혼」에서 쉽게 확인된다.

내 골방의 커튼을 걷고
정성된 마음으로 황혼을 맞아들이노니
바다의 흰 갈매기들 같이도
인간은 얼마나 외로운 것이냐.

황혼아 네 부드러운 손을 힘껏 내밀라.
내 뜨거운 입술을 맘대로 맞추어 보련다.
그리고 네 품안에 안긴 모든 것에게
나의 입술을 보내게 해 다오.

저 십이성좌의 반짝이는 별들에게도.
종소리 저문 삼림 속 그윽한 수녀들에게도,
시멘트 장판 위 그 많은 수인(囚人)들에게도,
의지할 가지없는 그들의 심장이 얼마나 떨고 있는가.

고비 사막을 걸어가는 낙타 탄 행상대(行商隊)에게나,
아프리카 녹음 속 활 쏘는 인디안들에게라도,
황혼아, 네 부드러운 품안에 안기는 동안이라도
지구의 반쪽만을 나의 타는 입술에 맡겨 다오.

내 오월의 골방이 아늑도 하니
황혼아, 내일도 또 저 푸른 커튼을 걷게 하겠지.
精精히 사라지는 시냇물 소리 같아서
한번 식어지면 다시는 돌아올 줄 모르나 보다.

— 「황혼」 전문

　인용 시는 육사의 문단 데뷔작이다. 그러한 까닭에 이 작품 속에 나타
난 시정신과 방법적 특성들은 그의 시세계의 방향을 일러주는 좋은 시금

석이 된다고 하겠다. 우선 이 작품에서 드러나는 특색 가운데 하나는 엑조티시즘적인 경향이다. 가령, 커튼, 시멘트, 아프리카, 인디안 등등의 기표들이 그러한데, 이 작시법은 근대 초기 모더니스트를 자임했던 시인들에게서 일관되게 발견되는 사안들이다. 근대시의 개척자로 평가받는 정지용, 김기림의 작품에서 그러한 경향의 담론들이 일상화되어 나타나는 것이다. 이는 근대시는 무언가 새로워야한다는 강박관념이 빚어낸 의식의 소산이다. 그러나 이런 방법적 자각이 시의 근대화 작업에 그렇게 중요한 잣대로 기능하지 못했다. 그런데도 근대인을 자처하고 시의 근대성에 대해 갈급했던 시인들은 이런 의장들에 대해서 대단한 관심을 보여주었다. 그것이 낳은 결과가 우리 시단의 엑조티시즘적인 경향이었고, 전통지향적인 시의 흐름과는 대척점에 있는 것으로 이해되었다.

둘째는 그러한 경향의 연장선에서 논의될 수 있는 시의 감각화현상이다. 육사는 시의 서정화를 강화하는 방법으로 근대성의 문제를 풀어갔는바, 이미지즘의 수용이 바로 그 한 예에 속한다. 육사는 이런 수법을 자신의 시를 근대화시키는 방법적 새로움으로 인식했다. 이러한 의도에 걸맞게 이 작품은 시각과 촉각 등의 이미지들이 아주 현란하게 구사되고 있는 것이다.

육사 시에서 드러나는 엑조티시즘적 경향과 이미지즘 수법은 당시 문단 분위기와 무관하지 않은 것처럼 보인다. 특히 육사가 동인활동으로 참여했던 『자오선』이 주목의 대상이 되는데, 이 동인지는 모더니즘의 세례를 받은 시인들이 주류를 이루고 있었기 때문이다. 뿐만 아니라 1930년대부터 활성화되기 시작한 편내용주의에 대한 반발도 작품의 형식미에 관심을 갖게 한 계기가 되었을 것이다. 이런 영향으로 육사가 시의 서정화 방법으로 모더니즘의 수법을 적극적으로 수용했던 것이 아닌가 한다.

다음으로는 이 작품에 표출된 주제에 관한 것이다. 육사가 이 작품에서 의도하고자 했던 주제는 존재론적인 고독의 문제이다. 그런데 이런 주제는 육사의 시세계에 비춰볼 때 매우 이질적인 것으로 분류된다. 육사의 시들이 남성적인 울림을 바탕으로 미래에 대한 강한 희망과 의지로 구성된 것이 그 대부분을 차지하고 있기 때문이다. 미래로 나아가는 힘이 강하면 강할수록 존재론적 고독과 같은 내향적인 의식은 그 설 자리를 찾는 것이 쉽지 않다. 그러나 육사가 어떤 의도에서 이 작품을 만들어내었든 간에 이 시의 중심 주제는 존재론적 고독이라는 인간의 본질적 조건을 문제 삼고 있다. 육사는 그러한 인간의 고독을 자연과 교류하고 이를 자신의 내밀한 자의식으로 수용함으로써 극복하고자 하는 의도를 드러내고 있는 것이다. 이런 도정이야말로 이 시기 시인들의 시세계에서 보편적으로 드러나는 일반적인 주제 가운데 하나였다.

그러나 어떤 의도에 의해서 작품 「황혼」이 구성되었든 간에 이 시는 육사 시의 출발점이라는 점에서 그 의미가 있는 경우이다. 그의 시들이 불합리한 객관적 현실 인식과 이를 타개하려는 힘찬 의지로 진행된다는 점에서 「황혼」은 일종의 모색기에 해당하는 작품이라 할 수 있다. 그러나 그러한 모색이 이후의 시세계와 단절되는 일회성의 경우가 아니라 어느 정도 일관성을 갖고 계승된다는 점에서 그 의미가 있는 것이라 하겠다. 특히 그의 모색의 과정이 새로운 지대로 나아가는 건강한 자의식의 발현이라는 점에서 그러하다.

2. 유이민의 두 가지 형태

우리 시사에서 일제강점기는 일종의 원체험에 해당된다. 그것은 식민지 시대를 살아간 모든 사람들에게 동일하게 다가오는 아우라였기에 어느 시인이든 예외로 인정받을 수 없는 것이었다. 어쩌면 자아와 세계의 화해할 수 없는 대결 의식을 서정의 근간으로 삼고 있는 시인들에게 있어서 이 체험은 지워지지 않는 상처로 기능했을 것이다.

현재적 삶의 조건을 개선시키고 이를 지금 여기의 현실에 어떻게 적용할 것인가의 문제가 근대성의 과제라고 한다면, 육사 시의 근대성은 어떤 것이 되어야 할 것인가. 물론 이 물음에는 표면적이고 형식적인 측면에서가 아니라 보다 근원적인 측면에서의 접근이 필요할 것이다. 이는 단순히 자의적인 판단의 문제를 넘어서는 것이다. 곧 일제강점기라는 현실적 문제와 분리하기 어렵게 얽혀 있는 것이기에 더욱 주목의 대상이 된다고 하겠다.

삶의 열악한 조건이 앞에 놓여 있을 때, 이런 상황을 어떻게 풀어나갈 것인가 하는 것은 매우 어려운 문제가 아닐 수 없을 것이다. 그리고 그 힘의 실체가 개인의 노력과 판단에 의해 쉽게 무화될 성질의 것이 아니라면 문제는 더욱 복잡해지게 된다. 이런 상황에서 개인이 할 수 있는 선택의 수는 많지 않은 것처럼 보인다. 여기에는 자신이 처한 삶의 공간이 더 이상 유효 적절한 생존 공간이 될 수 없다는 극한적인 사유가 자리하게 된다. 그것이 낳은 결과가 식민지 시대의 유이민들의 자화상이 아닐까 한다.

일제 강점기에 유이민이 되는 조건은 두 가지 행로에서 이루어졌다. 첫째는 이 상황에 적극적으로 대처하는 방식이다. 현재진행형인 절대적 힘과 맞서 싸우는 것인데, 독립투사들의 경우가 이 범주에 속할 것이다. 이런 형태의 유이민은 자의적이며 능동적인 성격이 그 배음으로 깔리게 된다. 두 번째는 그 반대의 조건에서 이루어지는 경우이다. 이때 사람들은 저항하기 힘든 실체에 밀려 자신의 삶의 근거를 강압적으로 상실하게 된다. 따라서 이들은 최소한의 생존 환경을 만들어나가기 위해서 삶의 근거지를 이동한다. 그렇기에 이들의 선택은 타의적이며 수동적인 성격을 띠게 된다.

식민지 시대에 이루어진 뿌리 뽑힌 삶들은 모두 이런 조건하에서 형성된 것이고, 그 대부분은 후자의 영역에서 만들어져왔다. 육사의 전기적 삶도 이 조건으로부터 자유로운 것이 아니었다. 그가 겪은 삶의 편린들은 이 시대 유이민의 모습과 그 의식으로부터 형성된 것이기 때문이다. 그만큼 육사 시에서 드러나는 잃어버린 삶은 수동적이며 타율적인 힘에 의해서 이루어진 것이었다. 그러한 조건들이 육사 시를 만들어내는 또 다른 배경이었다.

목숨이란 마—치 깨어진 뱃쪼각
여기저기 흩어져 마을이 한구죽죽한 어촌보다 어설프고
삶의 티끌만 오래 묵은 布帆처럼 달아매었다.

남들은 기뻤다는 젊은날이었건만
밤마다 내 꿈은 서해를 밀항하는 짱크와 같애
소금에 절고 潮水에 부풀어올랐다.
(중략)
쫓기는 마음! 지친 몸이길래
그리운 지평선을 한숨에 기오르면

시궁치는 열대식물처럼 발목을 에워쌌다.

새벽 밀물에 밀려온 거미인 양
다 삭아빠진 소라 껍질에 나는 붙어왔다
머ーㄴ 항구의 路程에 흘러간 생활을 들여다보며

— 「路程記」 부분

　이 작품을 지배하는 주조는 쫓기는 자의 파편화된 마음이다. 시인은 자신의 목숨을 "마치 깨어진 뱃쪼각"이라고 표현했다. 그나마 그 조각마저 정주의 공간을 갖지 못하고 티끌이 되어 배의 깃대에 매달려 있는 존재일 뿐이다. 시인의 삶이 이렇게 조각난 것은 미래에 대한 꿈의 좌절과 관련이 있지만, 그러한 꿈을 가로막은 근본 동인은 불온한 현실에 있다. 그것이 시적 자아를 "쫓기는 마음, 지친 몸"으로 만들어버린다. 시인은 현실의 열악한 상황으로부터 쉽게 탈출하지 못한다. 그가 그런 시도를 해보지만 돌아오는 건 벗어날 수 없는 시궁창에 빠진 자신의 존재를 발견하는 일뿐이다.

　이렇듯 삶의 근거지를 잃어버린 육사의 뿌리 뽑힌 생활은 자신의 선택에 의해서 조건지어진 것이 아니었다. 그는 타율적인 힘에 의해서 황폐화된 극한의 땅으로 떠밀려진 것이다. 그가 그 불모의 땅에서 할 수 있는 것은 아무것도 없는데, "다 삭아빠진 소라 껍질에 나는 붙어왔다"는 인식에서 알 수 있듯이 그에게 부여된 적극적, 능동적 삶이란 존재하지 않는 까닭이다.

흐트러진 갈기

후줄근한 눈
밤송이 같은 털
오! 먼 길에 지친 말
채찍에 지친 말이여!

수굿한 목통
축 처-진 꼬리
서리에 번쩍이는 네 굽
오! 구름을 헤치려는 말
새해에 소리칠 흰말이여!

— 「말」 전문

　인용 시는 동물 상징을 통해서 자신의 처지를 인유한 작품이다. 육사의 시 가운데 인용 시처럼 이런 상징을 내세운 것은 흔치 않은 경우이다. 따라서 이 작품은 그의 시세계에서 매우 예외적인 영역을 차지하고 있는바, 육사 시가 지향하는 방향과도 어느 정도 관련되어 있다는 점에서 주목의 대상이 된다. 육사의 시들이 남성적인 울림, 미래에 대한 강한 의지의 표명으로 구성되어 있기에 그런 강직한 사유를 직접적으로 표현해왔다. 신념이 강하고 미래에 대한 확신이 있었기에 자신의 사상을 돌려 말하거나 우회할 필요를 느끼지 못했다. 그런 특색을 감안하면 이 작품은 육사 시 가운데 매우 예외적인 영역에 속한다고 할 수 있을 것이다.

　육사는 이 작품에서 자신의 처지를 말로 비유했다. 앞으로 뛰어나가는 역동적인 힘으로 표상되는 것이 말의 존재인 까닭에 그것은 원초적인 힘을 상징한다. 그러나 이 작품에서 말의 모습은 그런 생동감 있는 의미와는 거리가 먼 경우이다. 특히 1연과 2연 초반에서 보이는 말의 모습은 그러한 건강함이나 원초적 힘과는 거리가 있는 것이다. 갈기는 흐트러져 있고 눈은 후줄근하며 털은 밤송이처럼 쭈볏쭈볏 솟아나 있는 말로 형상화되어 있는 것이다. 말이 그렇게 된 것은 "먼길에 지치고", "채찍에 지쳤"기 때문이다. 그러한 모습은 식민지 현실에서 쫓기고 지친 육사의 모습과 하등 다를 것이 없다.

그러나 타율적 힘에 의해 지친 말에게 2연의 마지막에 이르러 큰 반전이 일어난다. 지금까지의 수동성에서 벗어나 불온한 현실을 타파하려는 적극적인 모습으로 전화하고 있는 것이다. 그 극복해야 할 배경이 '서리'와 '구름'으로 인유된다. 그리고 그러한 상황들이 일제강점기의 열악한 현실임은 두말할 필요도 없거니와 육사는 이런 현실 인식을 바탕으로 능동적, 적극적 자세로 존재의 전환을 만들어내고자 한다. 그것이 "새벽에 소리칠 흰말"로의 의미 변용이다. 따라서 여기서의 흰말은 부정적인 속성이나 수동적인 모습의 말이 아니라 불합리한 현실을 적극적으로 타개해나가는 능동적 주체로 거듭 태어나게 된다. 실상 말의 그러한 존재 전환은 「광야」의 백마와도 일맥상통한다는 점에서 주목된다고 하겠다. 이런 맥락에서 백마는 생명과 우주의 상징이며, 현재의 질곡을 뛰어넘게 하는 징검다리, 곧 희망의 매개로 구현된다고 하겠다.

3. 북방의 이미지와 그 선구자 의식

앞서 살펴본 대로 육사 시에 나타난 주제 가운데 하나는 유이민 의식이다. 그것은 시인 자신이 선택한 것이 아니라 타율적 강요에 의해 이루어진 것이다. 식민지 시대의 대표적 삶의 형태였던 뿌리 뽑힌 삶의 모습들이 육사 시에 적나라하게 드러나 있기 때문이다.

고향이라는 삶의 안주 공간을 떠나서 시인이 내몰린 것은 황폐화된 땅, 시인의 표현에 의하면 북방이라는 장소이다. 일제강점기에 북방의 정서는 낯설고, 힘겨운 배반의 땅으로 의미화된다. 그곳은 지금 여기의 삶의 조건들이 만들어낸 한계상황이며, 극한의 지대이다. 30년대의 시인 이용악의 표현을 빌리면, 그곳은 오랑캐에게 딸이 팔려간 배반의 장소이다. 또한 김동환에게는 밀수 무역을 통해서 삶의 최소한의 생존 조건을 만들어가는 땅이기도 하다. 그렇기에 이 정서의 표명만으로도 북방은 생존 조건이 극히 열악한 곳으로 드러나게 마련이다.

따라서 북방은 어느 누구에게도 자의적으로 선택되는 공간이 아니다. 이곳에 틈입해 들어가는 것은 오직 수동적 힘에 의해서, 타율적 강요에 의해서 가능할 뿐이다. 육사는 식민지 현실에 의해 능동적인 삶의 선택을 보장받지 못했다. 최소한의 생존 본능을 위해서 그가 할 수 있는 것은 그 강요된 힘에 의해 던져진 생존 공간을 수동적으로 받아들이는 것뿐이다.

> 매운 계절의 채찍에 갈겨
> 마침내 북방으로 휩쓸려오다.
>
> 하늘도 그만 지쳐 끝난 고원
> 서릿발 칼날 진 그 위에 서다
>
> 어디다 무릎을 꿇어야 하나
> 한발 재겨 디딜 곳조차 없다.

이러매 눈감고 생각해 볼 밖에
겨울은 강철로 된 무지갠가 보다.

― 「절정」 전문

시적 자아가 북방에 온 것은 시의 표현대로 매운 계절의 채찍 때문이다. 따라서 그의 선택은 자율적인 것이 아니라 타율적인 것에서 이루어진 것이다. 이렇게 선택된 공간이 인간적 삶이 보장된 편안한 공간일 수는 없을 것이다. 시인이 이곳을 "하늘도 그만 지쳐 끝난 고원/서릿발 칼날진 그 위"라고 한 것은 이런 이유 때문이다. 이런 공간이기에 북방은 무릎을 꿇어야 할 공간도 한발 재겨 디딜 공간조차 없을 정도로 협소하다. 오직 살아 있다는 표징만 드러낼 수 있는 한계상황만이 시인의 의지와는 상관없이 다가올 뿐이다. 현재의 삶과 미래의 생존 조건이 완전히 차단당한 채 생리적 몸부림만이 이루어지는 것이다.

그러나 서정적 자아는 그런 열악한 삶의 조건에서도 마지막 희망의 끈을 놓지 않는다. "눈을 감고" 새로운 반전을 모색해보는 것이 그것이다. 어떤 경우라도 좌절의 늪으로 전락하지 않는 것, 어쩌면 그것이 육사의 시를 이끌어가는 힘일 것이다. 그리하여 그가 발견한 것은 "겨울은 강철로 된 무지개"라는 새로운 인식의 발견이다.

육사의 시에서 서정의 매력은 사물에 대한 새로운 조응에서 극적인 반전을 이끌어내는 데 있는바, 「절정」도 이 범주에서 크게 벗어나 있는 작품은 아니다. 겨울은 암흑의 계절이면서 모든 생명성이 정지된 세계이다. 이를 시대적 의미로 이해하면 일제강점기의 열악한 현실일 것이다. 이렇게 암울하고 우울한 겨울의 이미지 속에서 무지개라는 희망적 요소를 이미지화하는 것, 그것이 육사가 대상을 새롭게 사유하는 방식인데, 그는 이러한 도정을 통해서 시세계의 적극적인 반전을 이끌어낸다. 겨울을 암울한 상황의 감옥으로만 이해하는 것이 아니라 이로부터 새로운 희망의 불씨를 되살려내는 것이다. 그의 그러한 시작 수법은 그의 대표작 가운데 하나인 「광야」에서도 확인할 수 있다.

까마득한 날에
하늘이 처음 열리고
어디 닭 우는 소리 들렸으랴

모든 산맥들이
바다를 연모해 휘달릴 때도
차마 이곳을 범하던 못하였으리라

끊임없는 광음을
부지런한 계절이 피어선 지고
큰 강물이 비로소 길을 열었다

지금 눈 내리고
매화 향기 홀로 아득하니
내 여기 가난한 노래의 씨를 뿌려라

다시 천고(千古)의 뒤에
백마(白馬) 타고 오는 초인(超人)이 있어
이 광야에서 목놓아 부르게 하리라

— 「광야」 전문

이 작품에서 광야는 북방의 연속성에 놓인 공간이다. 그러나 북방의 경우처럼 이곳은 생존 조건이 열악한 공간은 아니다. 미정형에 가까울 정도로 이곳은 새로움을 향해 나아가는 지역으로 그려져 있다. 그러나 그것이 어떤 상태에 놓여 있는 경우라고 하더라도 이곳을 억누르고 있는 당대의 현실 조건을 쉽게 벗어날 수 있는 상태는 아니다. 그런 인식에 대한 단적인 표현이 지금 여기를 "눈 내리는" 시절로 묘사한 부분이다. 눈은 겨울을 대표하는 상징적 표현이기 때문에 현실의 열악성과 분리해서 논의하기 어려운 것이다.

육사는 이 작품에서도 「절정」의 경우처럼 대상에 대한 새로운 인식을 통해서 상황의 반전을 이끌어낸다. 지금 여기는 눈이 내리는 식민의 공간이지만, 그 동토의 계절 속에서 매화 향기를 간취해내고 또 "내 가난한 노래의 씨"를 뿌릴 줄 아는 것이다. 눈과 매화 향기의 절묘한 병치에 의해 새로운 희망의 씨를 읽어내는 수법은 육사 시의 새로운 의장이었던 것이다. 그는 이런 대비법을 통해서 현재의 고통을 극대화시키면서도 다른 한편으로는 미래에 대한 희망이 결코 작거나 불가능한 것이 아님을 효과적으로 표현하고 있는 것이다. 사물에 대한 새로운 인식을 통해서 자신의 세계관을 적극적으로 표출시키는 것인데, 이는 육사가 서정화의 방법으로 빈번히 구사한 이미지즘의 의장과 무관한 것이 아니다. 여기서 알 수 있듯이 육사는 내용의 적절한 전개와 표현, 세계관의 표현을 위해서 이미지즘의 수법을 적절히 이용하고 있는 것이다.

내 고장 칠월은
청포도가 익어가는 시절

이 마을 전설이 주절이 주절이 열리고
먼 데 하늘이 꿈꾸며 알알이 들어와 박혀

하늘 밑 푸른 바다가 가슴을 열고,
흰 돛 단 배가 곱게 밀려서 오면

내가 바라는 손님은 고달픈 몸으로
靑袍를 입고 찾아온다고 했으니

내 그를 맞아 이 포도를 따먹으면
두 손은 함빡 적셔도 좋으련

아이야, 우리 식탁엔 은쟁반에
하이얀 모시 수건을 마련해 두렴

— 「청포도」 전문

극적인 이미지의 반전을 통해서 현실을 읽어내는 수법은 이 작품에서
도 그대로 적용된다. "내가 바라는 손님은 고달픈 몸으로/청포를 입고 찾
아온다고 했"다는 표현이 바로 그러하다. 현재의 과정이 고난이기에 반드
시 도래해야 할 손님이 '고달픈 모습'으로 형상화되어 있는 것이다. 그런
대비법 속에서 조국 독립에 대한 열망이 더욱 상승하는 효과를 가져오는
것인데, 이렇듯 육사는 하나의 이미지 속에서 두 가지 이상의 의미를 내
포시킴으로써 자신의 세계관을 표출시키는 수단으로 사용하고 있다.

4. 육사 시의 시사적 의의

육사는 우리 시단에 여러 가지 측면에서 새로운 국면을 안겨준 시인이다. 시인치고 표현의 참신성을 시 작품의 기본 요건으로 생각하지 않는 시인은 없지만 육사의 경우는 그것이 큰 자장을 갖고 있는 예외적인 시인이라고 할 수 있을 것이다. 그것은 다음 몇 가지 측면에서 그러한데, 우선 그의 시에서 드러나는 목소리가 남성적이라는 점에서 찾을 수 있다. 한국 현대시가 대부분 여성지향성을 보이고 있음에 비하여 육사의 시들은 남성적인 울림에 의해서 쓰여지고 있는 것이다. 이는 불합리한 현실에 대해 수동적으로 응시하는 것이 아니라 적극적으로 변혁하고자 하는 시적 자아의 의지에서 비롯된 것이다. 곧 과거지향적이고 나약한 여성화자로는 현재의 열악한 현실을 헤쳐나가는 것이 쉽지 않은 탓이었을 것이다.

그리고 둘째는 육사 시에서 드러나는 저항성이다. 자아와 현실의 화해할 수 없는 의식에 의해 쓰여지는 것이 서정시이다. 그렇기 때문에 인식의 완결성이나 유기적 삶이 보장되지 않은 일제강점기에 저항 의식을 내재하지 않고 시를 쓰는 것은 불가능한 일이었을 것이다. 그럼에도 그러한 현실에 대해 적극적으로 저항이라는 깃발을 든 경우는 많지 않았던 것으로 보인다. 그 이유는 의지의 문제에서 기인한 것일 수도 있고 자아의 힘에 기인한 것일 수도 있을 것이다. 어떻든 그러한 상황 속에서 육사는 여타의 시인들에 비해 저항의 깃발을 높이 드는, 보기 드문 저항의 몸짓을 보여주었다. 가령, '백마'와 '손님'과 '초인'의 이미지를 통해서 현실의 벽에 대해 강력한 자기 발언을 시도한 것이다. 이 시기에 이런 정도만의 발언이라도 시도한 경우가 매우 드물다는 점에서 육사 시가 갖는 의의의 수준을 충분히 이해할 수 있을 것이다.

셋째, 저항 시의 전개와 함께 이루어진 육사의 삶이다. 이 시인만큼 전기적인 삶이 극적인 경우는 없었다. 그는 여러 차례 독립운동 혐의로 체포되었다가 풀려났다. 그리고 결국에는 해방 1년을 남겨두고 옥사함으로써 파란만장한 삶을 마감하고 있는 것이다. 저항시인의 요건 가운데 하나가 문학적 실천임을 염두에 둔다면, 육사는 다른 어떤 시인보다도 그러한 요소를 잘 갖춘 시인이라고 할 수 있을 것이다. 육사의 이런 전기적 삶이 그를 그의 시와 더불어 더욱 극적인 저항의 영역으로 묶어두게 한 요인이 되었다.

한 민족이 식민지 상황에 놓여 있을 때, 이에 응전하는 다양한 삶의 양태들이 존재할 것이다. 그 가운데 가장 극적인 것은 그러한 현실에 대해 적극적으로 맞서고 대응하는 삶일 것이고, 또 그것만이 후대에 최고의 가치로 인정받을 수 있을 것이다. 육사나 그의 작품이 한국 현대시에서 저항의 측면에서 최고 위치에 올라설 수 있었던 것은 이런 맥락에서 가능한 일이었다. 아마도 그런 시사적 가치나 의의가 현재의 우리에게 일러주는 최대의 교훈이 아닐까 생각된다.

현대시와 분노의 미학

1. 서정시와 분노의 정서

서정시는 자아와 세계의 동일성 혹은 비동일성에 의해서 만들어진다. 세계와의 동일성은 자아와 대상의 순일한 화합에 의해서, 비동일성은 자아와 대상의 불화에 의해서 형성된다. 이것은 물론 편의상의 구분에 의한 것일 뿐 명쾌하게 갈라지는 것은 아니다. 어느 하나의 요소가 강화되기도 하고 약화되기도 하며, 또 이 둘의 중화에 의해서도 서정시는 쓰여지기 때문이다. 그러나 대부분의 서정시가 이런 기반 위에 존재함에도 불구하고 자아와 세계의 불화가 서정시의 근본 토대임은 부정할 수 없을 것이다. 특히 근대를 살아가는, 아니 영원을 상실한 근대인으로부터 자아와 세계의 동일성을 찾아보는 것은 거의 불가능한 일이기 때문이다. 따라서 근대인은 애초부터 세계와의 동일성을 상실한 채 살아갈 수밖에 없는 존재이다. 그런 피투성이야말로 근대인의 존립 요건이며 서정시의 활동 영역이라 할 수 있다.

서정시의 요건 가운데 하나인 자아와 세계의 불화는 어찌 보면 정도의 문제에 가까운 것이다. 다시 말해 그 정서의 폭이랄까 넓이가 서정시의 울림을 결정한다고 할 수 있는데, 그것이 내부로 향할 것인지 혹은 외부로 향할지에 따라서 시의 음역은 현저하게 달라지게 된다. 그것이 자신으로 향하게 되면 성찰이나 반성의 정서로 바뀌고, 외부로 향하게 되면 항변이나 저항의 정서로 전화한다. 그러나 그것이 어느 방향을 취하든 자아나 세계에 대한 불평불만의 정서가 전제된다는 것은 당연한 일이 될 것이다.

일탈의 정서가 강하면 강해질수록 서정시의 호흡은 거칠어지고 외부로 향하는 음성 또한 높아지게 된다. 대상에 대한 가장 격렬한 자의식이 만들어지는 곳도 이 지점에서이다. 인간의 정서 가운데 가장 격한 정서가 분노의 감정이다. 따라서 분노란 자아와 세계의 동일성이 깨진 자리, 그리하여 그 훼손된 간극이 극대화된 곳에서 형성된다.

서정적 자아와 대상의 관계는 매우 복잡한 양상으로 전개되는데, 대상에 대한 자아의 태도에 따라 상이한 형태로 나타난다. 뿐만 아니라 시인의 세계관과 시대에 따라서도 다양하게 정립된다. 시대는 세계관을 규정하고 세계관은 또 시대를 규정하게 된다. 이런 상호 의존성이야말로 자아와 대상 사이에 펼쳐지는 팽팽한 긴장 관계를 구성하는 요소이다. 어떻든 시대에 대해 분노하고 발언하고자 하는 욕구가 강하다는 것은 그만큼 현대의 복잡성을 말해주는 것일 뿐만 아니라 하나로 수렴되기 어려운 시대의 흐름을 말해주는 것이기도 하다.

문학과 시대는 직물처럼 복잡하게 혼용되어 있는 관계이다. 서정적 자아가 어떻게 시대를 인식하고 발언하느냐에 따라 작품 속에 펼쳐지는 감각의 높낮이가 결정될 것이다. 이런 편차야말로 시대의 얼굴이며, 세계관의 요체라 할 수 있을 것이다.

2. 분노의 계보학

1) 민족적 특수성과 현실, 그리고 개인의 부조화

자아와 대상 사이에 형성된 상보적 결합이 해체된 것은 근대 이후의 일이다. 그런 해체가 영원의 상실과 불가분의 관계에 놓여 있는 것임은 당연한 것이거니와 한국의 근대는 식민지 모순이라는 또 다른 형태의 부조리를 경험하게 된다. 이런 이중성이 한국의 근대를 규정짓는 가장 중요한 특징이었다. 따라서 근대와 더불어 전개된 식민지의 역사에서 동일성의 정서를 갖는 것은 윤리적으로 허용될 수 없는 일이다. 만약 그것이 허용된다면, 혹은 동일성의 감각이 유지된다면, 그것은 식민지 근대의 논리를 그대로 수용하는 모양새가 된다. 만약 이런 부류가 있다면, 그는 더 이상 조선적인 테두리에 놓일 수 없는 이단아에 불과할 뿐이다.

자아와 대상과의 좁힐 수 없는 거리 때문에 고민한 것이 식민지 시대 지식인의 페이소스 짙은 센티멘털이었다. 청산과의 벌어진 간극을 어떻게 좁힐 것인가에 대한 소월의 고뇌가 그러했고, 조국과의 동일성을 찾으려 헤매었던 춘원의 아비 찾기가 바로 그러했다. 이상화할 수 있는 대상이 없다는 것은 이들에게는 번뇌였고, 충격이었다. 영원을 잃어버린 근대, 조국을 잃어버린 근대는 이들에게 천형과 같은 고통의 연속으로 작용했다. 그런 불연속성을 초월하고자 방황하고 고투했던 것이 식민지 지식인들의 자의식이었다. 만약 이들이 이 자의식에 갇혀서 더 이상 출구를 찾지 못하게 될 때, 그들은 자신을 윤리적으로나 도덕적으로 감내하기 어려웠을 것이다.

산모퉁이를 돌아 논가 외딴 우물을 홀로 찾아가선
가만히 들여다봅니다.

우물 속에는 달이 밝고 구름이 흐르고 하늘이 펼치고
파아란 바람이 불고 가을이 있습니다.

그리고 한 사나이가 있습니다.
어쩐지 그 사나이가 미워져 돌아갑니다.

돌아가다 생각하니 그 사나이가 가엾어집니다.
도로 가 들여다보니 사나이는 그대로 있습니다.

다시 그 사나이가 미워져 돌아갑니다.
돌아가다 생각하니 그 사나이가 그리워집니다.

우물 속에는 달이 밝고 구름이 흐르고 하늘이 펼치고
파아란 바람이 불고 가을이 있고 추억처럼 사나이가 있습니다.

— 윤동주, 「자화상」 전문

이 작품에서 표출되는 갈등의 양상은 본능과 이성, 혹은 의식과 무의식의 대결이라는 심리학의 영역을 뛰어넘는다. 여기서 중요한 것은 현실적 자아의 모습이다. 그것은 현실로부터 자유롭지 못한데, 현실은 불온한 것이지만 이와 대결하기 위한 자아는 매우 힘겨운 상태에 놓여 있다. 그리하여 시인은 그런 현실에 대결하고자 하는 자아를 찾고자 탐색하게 된다. 그러나 시인의 그러한 노력에도 불구하고 현실에 맞서는 자아의 모습은 올곧게 나타나지 않는다. 시인은 여기에 좌절하면서도 이를 포기하지 않은 노력을 끊임없이 시도한다. 그럼에도 결과는 불온한 현실에 좌절하는 자아의 피폐한 모습만을 보게 될 뿐이다.

현실의 거대한 벽 앞에 좌절한 자아가 할 수 있는 것은 아무것도 없다. 그저 불의와 왜곡에 맞설 수 있는, 도덕이 충만했던 과거의 자아만을 회상할 수 있을 뿐인데, 그러한 회상이 수면 위로 떠오르지 않을 때, 시인은 이에 대해 분노한다. 이런 정서는 지극히 온당하다. 표면적으로는 순한 발언을 하고 있지만, 불온한 현실에 맞서지 못하는 자신에 대해서는 강하게 채찍질하고 있기 때문이다. 이런 표정만으로도 그의 시들은 자기 동일성을 향한 의미 있는 항변이자 분노의 표현으로 읽을 수 있을 것이다. 그것은 현실에 대해 동화하고자 하지 않는, 비동일적 현실에 대한 격렬한 항의인 까닭이다.

나는 죄인처럼 수그리고
나는 코끼리처럼 말이 없다.
두만강 너 우리의 강아.
너의 언덕을 달리는 찻간에
조그마한 자랑도 자유도 없이 앉았다.

아무것도 바라볼 수 없다만

너의 가슴은 얼었으리라.
그러나
나는 안다.
다른 한 줄 너의 흐름이 쉬지 않고
바다로 가야 할 곳으로 흘러내리고 있음을.

지금
차는 차대로 달리고,
바람이 이리처럼 날뛰는 강 건너 벌판엔
나의 젊은 넋이
무엇인가 기다리는 듯 얼어붙은 듯 섰으니
욕된 운명은 밤 위에 밤을 마련할 뿐.

잠들지 말라 우리의 강아.
오늘 밤도
너의 가슴을 밟는 뭇 슬픔이 목마르고
얼음길은 거칠다 길은 멀다.

길이 마음의 눈을 덮어 줄
검은 날개는 없느냐.
두만강 너 우리의 강아.
북간도로 간다는 강원도치와 마주 앉은
나는 울 줄을 몰라 외롭다.

— 이용악, 「두만강 너 우리의 강아」 전문

열악한 현실의 힘이 강하면 강할수록 이에 맞서는 자아는 고개를 현저히 숙일 수밖에 없다. 인용 시가 말하고자 하는 것도 이 부분인데, 이 작품에서의 자아는 무능력한 모습 그 자체로 구현된다. "죄인처럼 수그리고 코끼리처럼 말이 없는" 자아의 모습이 바로 그러한데, 이 시는 윤동주의 「자화상」처럼 자아의 발언이 내부로 향해져 있다. 그러나 그 발언의 강도는 사뭇 다른 형태로 나타난다. 「두만강 너 우리의 강아」가 현실 속에 보다 더 침투해 있기 때문이다. 이 작품은 1930년대 펼쳐졌던 유이민의 풍속을 다룬 시이다. 열악한 현실 때문에 삶의 존립 근거를 잃어버린 자아가 국경 열차를 타고 쫓겨 나가는 상황을 묘사한 것이다. 이런 상황은 이타적인 것이며 자기동일성을 향한 몸부림과는 거리가 있는 경우이다. 시인이 얻고자 하는 것, 곧 그가 희구하고자 열망하는 것은 "마음의 눈을 덮어 줄 검은 날개"이다. 이는 「자화상」 속의 "한 사나이"와 똑같은 것이다. 그러나 그것은 자아와 "한 사나이" 사이에 놓인 거리만큼이나 먼 곳에 자리하고 있다. 이에 대해 시인은 절망하지만, 실천으로 연결되지 못하는 것에 대해 다시금 좌절의 정서를 맛보게 된다.

「두만강 너 우리의 강아」에서 시인이 분노하는 것은 두 가지이다. 하나는 "조그마한 자랑도 자유도" 없는 현실에 대해서이고, 다른 하나는 이에 대해 아무것도 할 수 없는 자신에 대해서이다. 분노만 있고 실천이 없는 것만큼 인간을 답답하게 하는 것도 없을 것이다. 시인의 절규 또한 이와 비슷한 상황에서 전개된다. '두만강'과 대비된 시적 자아가 "울 줄을 몰라 외로운 것"은 그러한 정서의 표현이다. 동일화되지 못한 삶이 비극적일 때, 그것이 자아 내부가 아니라 외부에 의한 것일 때, 그리하여 그 상황에 적극적으로 대처하지 못할 때, 시인의 정서는 한계상황에 이르게 되고 분노의 감수성은 쉽게 제어되지 않게 된다.

대체 너희들도 사람이더냐

흑사병균보다 더한 모리배야!
너희야말로 왜놈보다 더럽고 더 독한 놈,
너희야말로 삼천만을 다 죽이고도 혼자만 잘사려는 國賊이다.

해방이 되고 풍년조차 왔다고 날뛰던 이 강산에
주림을 억지로 끌어오고
인민들은 민주건설을 위하여 헤매는 때,
너희들은 우리의 양식 쌀을 실어,
왜놈의 땅으로 밤을 타서 실어가다니 하늘이 내려다보이지 않더냐

— 박세영, 「너희들도 조선 사람이더냐」 부분

작품의 문맥에 나와 있듯이 이 시는 해방 공간에 쓰여진 것이다. 해방 공간을 어떤 시각에서 보고, 그에 대해 어떤 세계관을 가질 것인가에 따라 이 시기의 인식이나 상황 판단은 매우 달라질 수 있긴 하겠지만, 민족이라는 틀에서 보면 결과는 지극히 단순화된 형태로 나타날 수밖에 없다. 한민족이라는 동일성이 강조될 때, 민족보다 앞에 놓이는 것은 없기 때문이다. 앞서 보았던 「자화상」의 분노도, 「두만강 너 우리의 강아」의 분노도 민족이라는 동일성의 파탄 때문에 형성된 것이다. 그러나 해방 공간은 이전의 시기와는 매우 다른 상황이 놓여 있었다. 훼손된 동일성이 아니라 제대로 갖춰진 동일성이 구현될 수 있는 좋은 기회가 갖춰져 있었던 것이다. 그러나 이런 객관적 상황에도 불구하고 해방 정국은 시인의 의도대로 흘러가고 있지 못했다. 이때 당면한 주요 과제는 물론 새 나라 건설과 민족의 정체성 확보에 놓여 있었고, 그 핵심은 민족 반역자라든가 친일 부역자에 대한 처리 문제로 귀결되었다. 이것이 정리되지 않는 한 새로운 민족국가도 민족의 동일성 확보도 쉽게 이루어질 있는 것이 아니었다. 그

러나 상황은 이러한 희망 사항들을 비껴가고 있었다. 시인이 분노하는 것은 바로 이런 불합리한 현실에 대해서이다.

현실에 대한 격한 분노를 표명할 수 있다는 것 자체가 해방 정국의 특수성을 말해주는 것이 아닐 수 없다. 또한 이때에는 자아와 대상과의 전일적 동일성이 확보될 수 있는 유효성과 분리하기 어려운 문제 역시 놓여 있었다. 가능성이 주는 정서의 폭이야말로 분노의 함량을 결정하는 주요 매개 가운데 하나일 것이다. 따라서 가능성이 불가능성으로 바뀔 때, 정서의 방향은 이렇듯 분노의 진폭을 크게 울리는 방향으로 나아갔던 것이다.

2) 역사철학적인 맥락과 서정의 부조화

자아와 세계 사이의 비동일성은 민족과 현실의 문제에서뿐만 아니라 역사철학적인 맥락에서도 찾아볼 수 있다. 이 문제 역시 개인과 세계와의 화해할 수 없는 간극이라는, 근대가 처한 영원의 상실과 밀접한 관계가 있다.

잘 알려진 것처럼, 근대를 지배한 것은 과학의 미망이었다. 중세의 신과 영원의 영역을 대신하여 등장한 것이 과학이고 합리성의 법칙이었다. 탈미신화 과정이라는 계몽의 특성이 말해주듯 과학에의 경도는 세상의 모든 불가능성을 가능성으로 만들어줄 것으로 기대되었다. 근대성의 문제가 인간의 삶의 조건을 개선시키는 방향으로 초점화된 것도 과학이 주는 그런 신뢰 때문이었다. 그러나 이런 기대치가 역사의 전망 속에서 제대로 실현되었다면 근대성의 제반 문제나 여기로부터 사유되는 인식의 혼란은 더 이상 문제시되지 않았을 것이다. 그러나 근대의 정신이나 과학의 힘은 더 이상 중세의 영원성, 곧 자아와 세계의 동일성을 실현시키기 위한 대안이 되지 못했다.

근대에 대한 반성적 태도를 어느 지점에 둘 것인가 하는 것은 전적으로 세계관의 차이에서 결정될 성질의 문제였다. 따라서 똑같은 현상을 두고 상이한 태도를 취할 수 있으며, 그 대항 담론 또한 상이한 방법이 제시될 수 있을 것이다. 동일성에 대한 인간의 꿈을 실현하는 데 있어, 현실에 대한 인식과 수법이 다른 리얼리즘과 모더니즘이 제시된 것도 그 연장선에서 이해할 수 있는 대목이다. 똑같은 현상을 두고 하나는 적극적 실천에 의해서, 다른 하나는 소극적 절망에 의해서 과학이 주는 미몽으로부터 초월하고자 했다.

> 불가티 뜨거운 해ㅅ빗미테서 살을 데우고 피를 말리며
> 모든 힘을 다하고 오장을 다태우면서
> 알뜰이 지어노흔 쌀은 누구에게 빼앗겻는가
> ……
>
> 앗을대로 앗어보아라
> 네놈들의 잔X한 XX가 잇지 안느냐
> 그러나 념여도 업겟고 주저할 것도 업스리라
> 그러나 우리들은 X복을 하지 안으면 안 될 것이 아니냐
>
> 벗아!
> 똑가튼 긔ㅅ발아래에서 움직이는 세계의 벗들아 그러치 아니하냐
> 우리의 희망은 분노는 깃붐은 불으지즘은 모다 우리들의 것이 아니냐
>
> — 김창술, 「앗을 대로 앗으라」 부분

과학의 전능이 만들어놓은 부정적 병폐 가운데 하나는 노동의 열악성이다. 기계의 편리성은 자본의 집중을 낳았고, 자본에의 편중은 노동을 더욱 소외시키는 결과를 가져왔다. 노동의 소외 문제가 단순히 자본의 소외 문제를 넘어서서 휴머니즘의 문제에까지 이르게 된 것은 여기에 그 원인이 있었다. 따라서 노동 해방이 과학의 미망으로부터 벗어나는 길이고, 인간의 영원성이랄까 동일성을 확보하는 지름길로 비춰졌다. 마르크시즘과 이에 토대한 카프 문학 운동의 근본 의의는 우선 여기서 찾아야 할 것으로 보인다.

이 작품은 1930년대 카프 시인 가운데 하나인 김창술의 「앗을 대로 앗으라」이다. 계급 모순에 우위를 두고 작품 활동을 전개한 카프 시인들의 수법이 식민지 시대에 시의적절한 것이었느냐 하는 것은 별도로 논의할 문제이긴 하지만, 우선 이 작품을 이끌어가는 힘은 분노의 정서이다. 여기서 열악한 처지에 놓인 계급적 분노는 개인과 집단, 그리고 범세계적 범주에 이르기까지 확대되어 나타난다. 이 정서가 카프 시를 이끌어가는 기본 동인임을 알 수 있는 대목이다.

목표를 앞에 둔 자아는 어떤 머뭇거림이나 망설임이 없다. 타도해야 할 적이 분명하기에 시적 자아는 오직 거기로 매진하여 나아가려 한다. 여기서 전개되고 있는 대항 담론의 직선성은 윤동주의 「자화상」이나 이용악의 「두만강 너 우리의 강아」와는 전연 다른 경우이다. 불온한 현실에 대해 머뭇거리는 내적 자아의 갈등도 없고 좌절하는 모습도 보이지 않는 까닭이다. 분명한 목표를 향해 나아가는 전일적 자아가 투쟁 의식으로 무장한 힘찬 모습만이 적나라하게 노출되어 있다.

투쟁과 싸움의 본질은 오직 승리에 의해서만 보장받는다. 따라서 계급

투쟁에 빠진 자아에게서 슬픔이나 머뭇거림과 같은 좌절의 담론은 더 이상 성립하기 어렵게 된다. 눈에 보이는 뚜렷한 적이 있기에 내가 있는 것이고, 그러한 양자 대결 구도에서 필요한 것은 오직 전투적인 승리의 의지뿐이다. 여기서 그런 승리를 담보하는 것이 분노의 정서임은 두말할 필요도 없을 것이다. 분노는 불같이 뜨거운 햇빛 속에서 살을 태우고 피를 말리는 상황 속에서 만들어지고 수탈 속에서 그 절정에 이른다. 이렇게 솟구친 분노가 투쟁의 에네르기가 된다. 분노 없는 적개심은 성립하기 어렵고, 분노 없는 투쟁 또한 상정하기 어렵다. 그것이 있기에 싸움이 가능하고 승리가 담보될 수 있다. 그것이야말로 자아와 세계의 동일성이 확보되는 길이다.

> 타버린 정신들은 어디 갔는가.
> 가령 설원(雪原)에 버려진 장미꽃 하나,
> 혹은 알타이에 떨어지는 햇살,
> 바람과 소나기, 그리고 유월은
> 불탄다.
>
> 내 살 속에서 희미한 불빛들이
> 뛰어가고, 알콜이 출렁이는 바닷가에서
> 이십세기는 불을 지핀다. 물질이 흘린
> 피. 싸늘한,
> 실용(實用)의 새는 날 수 있을까.
> 어두운 내 얼굴을 담아서, 찬서리 내린 굴뚝과
> 기계들이 죽은 무덤을 넘어서
> 어제의 어제를 넘어서
> 달에 도달할 수 있을 것인가.

전선에 걸린 달, 인간의 숲 속에서
전화가 울고 아흔아홉 마리의 이리가 운다.
저것 보라면서
불타는 서울의 술집들을 가리키면서
어디로 갈 것인가, 타버린 정신의 재
죽음, 혹은 창조의 불빛.

— 오세영, 「불 1」 전문

근대를 향한 분노의 목소리는 실천의 감각을 통해서만 이루어지는 것은 아니다. 그것은 내면의 희망과 욕망에 의해서도 가능하다. 우선 인용시에서의 굴뚝과 기계는 과학의 전능에 대한 표상이다. 그러나 이것들이 시인의 동일성을 완성해주는 매개는 아니다. 실용의 새는 더 이상 날 수 없고, 굴뚝과 기계들이 어제를 넘어서 달에 도달하는 것은 불가능하기 때문이다. 결국 이러한 것들은 자아와 세계의 동일성을 실현하는 데 있어 전혀 도움이 되지 않는 요인들이다. 그것들이 근대적 이상을 실현하는 도구랄까 수단이 될 수 없는 것은 자아의 경험에 의해서이다. "물질의 싸늘한 피"라든가 "어두운 얼굴", "찬서리 내린 굴뚝"은 근대를 경험한 시인의 내면 표상인 까닭이다. 이런 좌절을 맛본 시인이기에 그는 '타버린 정신'을 갈망하고 '서울의 술집' 근처를 방황하기도 한다.

근대적 현실을 앞에 두고 시인이 방황하는 것은 동일성을 향한 욕망 때문이다. 그는 동일성에 대한 갈망을 숨김없이 드러내는데, 시인의 무의식에서 들려오는 "아흔아홉마리의 이리 소리"에 대한 희구는 점점 사라져가는 동일성에 대한 희망의 메시지이다. 그러나 이곳에 이르는 것은 지극히 어려운 일이다. 그러한 좌절이 낭패와 분노의 정서를 만들어낸다. 대상을 대하는 시인의 태도, 특히 근대적 물상들을 대하는 시인의 시선은 냉정하고 싸늘하다. 이런 감각이 가능한 것은 무의식의 힘이고, 현실에 대한 가열한 비판 의식이다. 무의식의 전능과 비판이란 분노의 감각과 분리하기 어려운 것이다. 냉혹한 정서와 싸늘한 시선이야말로 내면 속의 분노 없이는 가능하지 않기 때문이다.

3. 현대시에 나타난 분노의 의의

분노란 일탈의 정서를 배경으로 한다. 곧 자아와 세계의 동일성을 상실한 곳에서 분열이 시작된다. 그런데 그런 훼손된 감각이 복원되지 않으면, 그리하여 자아가 감당하기 어려운 정서로 작용하게 되면, 원상태로의 복원력은 더욱 강해지기 마련이다. 이 힘을 이끄는 에네르기가 바로 분노의 정서이다.

한국의 근대화는 서구 사회처럼 순탄한 길을 걸어오지 못했다. 왜곡과 불구의 역사가 이를 말해주는데, 실상, 그것이 순일하게 진행되어왔다고 해도 그렇게 편편한 과정은 아니었을 것이다. 근대란 어떻든 동일성이 와해되는 과정이기 때문이다. 이것이 일탈될 때 자아와 세계의 거리감은 더욱 확대될 수밖에 없는데, 한국의 왜곡된 근대화는 이 간극의 폭을 더욱 넓혀놓았다. 한국 근대시의 주조가 분노의 정서로 채색되어 있는 것도 이런 현실과 무관하지 않을 것이다.

근대시에서 드러나는 분노의 양상은 한국의 근대화가 그러하듯 크게 두 가지 흐름으로 진행되어왔다. 하나는 민족이라는 동일성의 문제, 다른 하나는 역사철학적인 맥락에서의 동일성 문제였다. 민족과 동일화하지 않는 것, 혹은 동일화될 수 없는 현실에 대해 좌절하고 분노한 것이 전자의 경우라면, 후자는 주로 근대의 제반 양상과 관련되는 것이었다. 그러나 이 둘의 관계는 표면상 정립된 두 개의 다른 양상처럼 보이지만 실상의 거의 비슷한 처지에 놓인 것이라 해도 크게 틀린 말이 아니다. 근대가 일탈의 현실에 기초해 있고, 시인들은 그러한 일탈의 현장으로부터 초월하고자 하는 자기 노력을 꾸준히 제기했기 때문이다. 화해 불가능한 현실과 그 세계로 끊임없이 육박해 들어가고자 하는 것이 서정 정신의 근본이다. 뿐만 아니라 자아와 세계의 평행선이 서정시의 존재 의의이기도 하다. 이런 맥락에서 자아와 세계의 동일성에 대한 욕망은 일시적인 것도 시대적인 맥락으로부터 제한되는 것도 아니다. 분노와 같은 일탈의 감각이 서정시의 근본 요소가 될 수 있는 것은 서정시의 본질이자 시대의 본질이다. 자아와 세계의 동일성이나 시대의 초월만으로 서정시가 성립하는 것은 아니다. 분열과 일탈, 분노와 같은 비동일성의 정서가 중요한 것은 이 때문이다.

박인환의 『아메리카 시초』에 나타난 미국의 단상

1. 최초의 미국 기행시

박인환(1926~1956)은 요절 시인이다. 그 죽음의 기준이 무엇인가에 대해 물으면 여기에 딱히 들어맞는 것은 없을 터이지만, 일반적인 경우 여타의 사람에 비해 길지 않은 삶을 산 시인에게 붙이는 이름이 아닌가 한다. 그는 이 짧은 생애 동안 많은 것을 경험했고, 배웠으며, 이런 체험을 자신의 시세계에 담아내었다. 그것이 한 권의 시집으로 나왔으니 그가 죽기 1년 전에 상재한 『박인환 선시집』이다.

이 시집은 시인의 삶만큼이나 극적인 시세계를 담아내고 있다. 그가 전쟁 체험 시인답게 이 시집에는 전쟁의 비극과 허무주의가 녹아들어가 있는가 하면, 그의 보증수표 가운데 하나였던 유행에 대한 예민한 자의식 또한 담겨져 있다. 뿐만 아니라 화물선 남해호 사무장으로 있으면서 19일간 여행했던 미국 체험의 시들도 들어있다.

이 글에서 주목하고자 하는 작품은 미국 체험을 바탕으로 쓰여진 『아메리카 시초』이다. 이 작품집은 적은 양에도 문학사적으로 많은 의의를 갖고 있다. 그럼에도 불구하고 그동안 박인환 연구에서 이 시집이 갖는 의미나 시사적 의의에 대해서는 애써 외면해왔다. 그것은 이 시집의 작품들이 극히 적고 여기서 담아내고 있는 내용이 매우 지엽적인 것이라는 사실 때문이었다. 실상 많지 않은 박인환의 작품들도 그러하거니와 이 시세계만을 따로 떼어내어 의미를 부여하기란 매우 난망한 일이 아닐 수 없다. 그만큼 여기에 담긴 작품들은 그 양과 질에 있어서 새로운 정체성을 부여받기 어려운 것이 사실이다. 그럼에도 이 작품집이 갖는 의미는 평가절하되어서는 안 된다는 것이 필자의 입장이다.

우선, 『아메리카 시초』는 우리나라 최초의 기행시라는 점에서 그 시사적 의미가 있다. 물론 박인환 이전에 기행시가 쓰여진 사례가 전연 없었던 것은 아니다. 근대 초기 육당이나 춘원에 의해서도 이런 형태의 시들이 쓰여졌고, 1920년대에는 일본 체험에 바탕을 둔 임화의 기행시들도 있었기 때문이다. 그러나 박인환의 경우처럼, 시집의 이름을 『아메리카 시초』라고 따로 붙여서 하나의 소시집 형태로 간행한 것은 거의 처음이다. 이런 사실만으로도 이 시집은 과대평가될 수 있어야 한다고 본다. 둘째는 이 시집이 담고 있는 내용이다. 우리 근대 시사에서 주변국에 대한 여행과 이를 바탕으로 쓰여진 시들은 많이 있어도 저 멀리 아메리카를 대상으로 기행시가 만들어진 것은 『아메리카 시초』가 거의 처음이 아닌가 한다. 물론 이 이전에 육당의 「세계일주가」에 미국에 관한 모습들이 시화된 경우는 있다. 그러나 익히 알려진 대로 이 시집은 세계를 여행하면서 쓴 까닭에 미국에 관한 풍경들은 단편적으로 나타나 있을 뿐이다. 그것도 외국의 문물을 소개하고 이해하고자 하는 차원을 넘지 못하는, 말하자면 그 문화가 갖는 함의나 이에 대한 시인의 자의식과는 거의 무관한 것이 대부분이었다.

이런 국면들을 염두에 둔다면, 박인환의 『아메리카 시초』는 소시집 형태로 상재된 최초의 기행시집이라 할 수 있으며, 또 미국에 관한 최초의 단행 시집이라 할 수 있을 것이다. 이 시집이 갖는 시사적 의의는 일단 여기서 찾아야 할 것으로 판단된다.

2. 기행산문과 기행시의 사이에서

앞서 지적한 대로 박인환은 1955년 화물선 남해호를 타고 체험한 미국에 관한 편린들에 대해서 일련의 글과 시로 발표했다. 「19일간의 아메리카」라는 산문과 「아메리카 시초」가 바로 그러하다. 그런데 이 둘 사이에 내재된 거리랄까 작가 의식의 차이는 현격하게 거리화되어 있다. 전자가 소개의 차원이라면 후자는 인식의 차원에서 그러한데, 전자는 긍정성에, 후자는 부정성에 그 초점을 맞추고 있다. 이런 차이는 도대체 어디에서 온 것이고, 어떤 맥락의 차이가 있는 것일까.

박인환은 우선 미국 여행을 다녀온 이후 『조선일보』에 산문 「19일간의 아메리카」를 기고해서 연재했다. 물론 『아메리카 시초』를 쓴 것도 이 무렵이다. 그러나 동일한 대상을 두고 이해한 인식의 차이는 문학 양식의 차이만큼이나 커다란 간극을 갖는 것이었다.

사실에 있어서 위대한 나라로 온 세계에 알려진 아메리카를 겨우 19일간의 체재로써, 더욱이 워싱턴 주와 오리건 주의 일부 도시만을 본 필자가 운위한다는 것은 지극히 넌센스한 일이다. 그러나 19일간이나 단 하루일지언정 나에게는 내 스스로의 인상과 감명이 있을 것이며, 10년이나 20년을 지내도 진실한 아메리카의 진상을 파악하기 힘이 든다면 차라리 단기간의 견문이 다른 각도의 의의를 갖고 있는 것이 아닌가 생각도 된다.

— 산문 「19일의 아메리카」 부분

인용문은 사실에 기반한 보고적 성격의 글이다. 작가의 눈에 비친 미국의 모습이 카메라적 눈으로 응시한 결과일 따름이다. 그렇기에 어떤 해석이나 가치판단과 같은 사유가 개입될 여지가 없었던 것이다. 물론 여기에는 시인 자신이 가지고 있는 무지도 덧붙여졌을 것이다. 그 스스로도 고백한 바와 같이 "위대한 나라로 온 세계에 알려진" 정도의 표면적인 미국의 모습만을 이해하고 있었기 때문이다.

그러나 미국에 대한 이런 상식 수준의 접근에도 불구하고 동일한 대상을 놓고 이해한 율문 양식과 산문의 양식의 차이는 매우 큰 것으로 다가온다. 그런 차이는 어디에서 오는 것일까. 우선 산문은 솔직성에 근거한 양식이다. 그것은 경우에 따라서 사실의 기록이며, 인과론의 법칙에서 자유롭지 못한 양식적 특성을 갖고 있다. 인과론의 함정을 늘 경계하면서도 그것이 갖는 과학적 기능에 대해서 선뜻 결론짓지 못하는 것도 이와 밀접하게 관련이 있을 것이다.

박인환이 「19일의 아메리카」에서 본 미국의 모습은 거의 피상적인 수준을 넘지 못하는 것이었다. 미국의 산림에 대해서 경탄하거나 그들의 높은 질서 의식을 고평가하는 것 등등의 인식이 바로 그러하다. 뿐만 아니라 직후에 있었던 한국전쟁이나 동양인에 대한 그들의 감정을 그가 본대로 듣는 대로 기술한 것도 그 연장선에 놓이는 경우이다. 이런 직접성은 우회적 속성을 갖는 시의 기능적 가치와는 완전히 다른 모습이라 할 수 있다.

반면 『아메리카 시초』에서 묘사한 미국의 모습은 산문과는 현저히 다른 차원에서 이루어진다. 이런 차이성은 아마도 두 가지 면에서 그 원인이 있었던 것으로 이해할 수 있는데, 하나는 시 양식이 갖는 직접성이고, 다른 하나는 그 자신이 시인이었다는 사실이다. 우선 시는 인과론에 연연하지 않는다. 있는 그대로의 모습이 시 양식에 직접적으로 매개되어 표현될 수 있는 것이 이 양식이 갖는 특징 가운데 하나이다. 이는 인과론에 근거한 산문 양식과 매우 다른 부분이 아닐 수 없는데, 인과론은 현상과 본질에 대한 철저한 분석 없이는 존립하기 어려운 장르이다. 그러나 시 양식은 그런 매개 과정을 굳이 필요로 하지 않는다. 표면적으로 드러난 모습만으로도 자신의 정서 속에 육박해 들어오는 감각들을 얼마든지 표현할 수 있는 것이다. 시에 대한 이런 시각이 발전사관에 기초해 있는 것이라고 비판할 수 있지만, 그러나 과거 특정 시기에 시의 시대를 이끌었던 1920년대의 사정을 감안하면 이는 충분히 이해할 수 있는 국면이라 하겠다.

두 번째는 시인으로서 갖는 박인환의 문학적 태도이다. 잘 알려진 대로 그는 모더니스트이기도 했고, 또 한때는 리얼리스트로서의 면모를 보여주기도 한 예민한 감수성의 소유자였다. 이들 사조는 그 지향하는 바가 달라도 그것이 기반하고 있는 대상은 현실적 토대라는 공통점을 갖고 있다. 박인환의 시들이 현실과 분리되어 읽혀질 수 없는 지향성을 갖고 있다는 사실을 감안하면, 『아메리카 시초』에서 보여주었던 미국에 대한 비판적 인식은 어느 정도 예상할 수 있는 부분이었다고 할 수 있다. 그만큼 그는 시의 사회적 기능과, 비판적 기능에 대한 남다른 안목과 인식을 갖고 있었던 것이다. 이런 현실 지향적 경향들이 그로 하여금 시의 사회적 기능과 비판적 기능에 관심을 갖게 한 것으로 보인다. 전후에 쓰여진 그의 대부분의 시들이 모두 이런 경향을 보이고 있고, 「아메리카 시초」가 지향하는 방향 역시 그 연장선에서 벗어나지 못하고 있다.

3. 미국에 대한 세 가지 단상

1) 현실도피와 자아 탐색

박인환의 시가 갖는 불안정성은 그의 시적 특색이자 약점이기도 했다. 그것은 내용과 형식 모두에서 그러했는데, 형식적 완결성이 후자의 경우라면, 내용적 불안은 전자의 경우이다. 시를 하나의 잘 빚어진 항아리라는 관점으로 보면, 그의 시에서 드러나는 이런 특색들은 매우 예외적인 것이라 하지 않을 수 없다. 그러나 현실에 대한 이해도와 삶의 충실도를 염두에 둔다면 그의 시에서 드러나는 이런 특징들에 대해 마냥 비난하기 어려운 것이 사실이다. 어째서 그의 시들은 하나의 뚜렷한 정향성을 갖지 못하고 이렇게 표류하게 되었을까. 어쩌면 그런 방황과 시적 모색이 그로 하여금 미국행을 감행하게 한 동기가 되었던 것은 아닐까.

박인환은 그 자신의 표현대로 불안정한 연대를 살다간 시인이다. 그가 이런 말을 하지 않았다고 하더라도 한국 근대사가 겪어온 시대의 질곡과 모순을 반추해본다면 이는 충분히 납득할 수 있는 것이었다. 그는 식민지 시대에 태어났고, 거기서 왜곡된 교육을 강요받았다. 모국어가 그의 의식 속에 완전히 자리 잡기 이전에 그는 식민지의 언어 교육, 정신 교육 속에 함몰되어 있었던 것이다. 이런 모순이 그로 하여금 이미지의 불완전성이나 인식의 완결성을 이루어내는 데 커다란 장애 역할을 한 것은 자연스러운 일이었을 것이다. 게다가 그 앞에 놓인 시대의 왜곡은 그러한 한계 상황을 더욱 가중시켰을 것으로 판단된다. 일제로부터의 해방과, 좌우익의 갈등, 남북 분단, 그리고 이어서 진행된 한국전쟁으로 인해 그는 자신의 정체성을 확인하는 데 더욱 큰 혼란을 겪었을 것으로 보인다. 그가 자신이 태어난 시대를 불안한 연대로 인식한 것은 무매개적으로 다가온 이런 시대적, 정치적 혼란과 갈등에 그 원인이 있었던 것이다.

이런 시대적 흐름이 낳은 결과가 박인환 시의 특징이었던 것인데, 그의 초기 시들이 불안과 우울, 전쟁의 참상과 그에 따른 허무주의로 귀결된 것은 이 혼란이 가져온 결과였다. 따라서 그가 자신이 살고 있는 시대를 불운한 연대로 인식하고, 이로부터 탈출하고자 하는 욕망을 가졌을 것이란 추측은 당연한 일이었다.

그러던 차에 화물선 남해호를 타고 미국으로 가는 기회가 그에게 찾아왔다. 자신이 탐색한 새로운 연대란 무엇이고, 자신이 나아갈 방향이 무엇인지에 대해 끊임없는 자기 노력을 기울인 그에게 미국행은 현실도피이자 새로운 가능성의 모색이라는 희망적 기회로 다가왔을 것으로 판단된다. 실제로 남해호의 갑판 위에서 아래와 같은 시를 노래했는바, 이는 그의 그러한 자의식을 드러내는 좋은 방증이라고 하겠다.

　　갈매기와 하나의 물체

〈고독〉

年月도 없고 태양은 차갑다.
나는 아무 욕망도 갖지 않겠다.
더우기 낭만과 정서는
저기 부서지는 거품 속에 있어라.
죽어간 자의 표정처럼
무겁고 침울한 파도 그것이 怒할 때
나는 살아 있는 자라고 외칠 수 없었다.
거저 의지의 믿음만을 위하여
深幽한 바다 위를 흘러가는 것이다.
…(중략)…
옛날 불안을 이야기했었을 때
이 바다에선 砲艦이 가라앉고
수십만의 인간이 죽었다
어둠침침한 조용한 바다에서 모든 것은 잠이 들었다
그렇다. 나는 지금 무엇을 의식하고 있는가?
단지 살아 있다는 것만으로서.

바람이 분다.
마음대로 불어라, 나는 데키에 매달려
기념이라고 담배를 피운다.
무한한 고독. 저 연기는 어디로 가나.

밤이여. 무한한 하늘과 물과 그 사이에
나를 잠들게 해라.

— 「태평양에서」 부분

이 작품을 지배하고 있는 주조는 고독과 방황, 정처 없는 헤맴 등등이다. 전후의 암울한 현실에서 탈출구를 찾아 나선 시인에게 태평양이나 미국조차도 어쩌면 어떤 희망적 비전과는 거리가 먼 것이었을지도 모른다. 그럼에도 그는 이 여행을 통해서 조그마한 소망조차도 포기하는, 자포자기의 상태에까지 이르지는 않았다. 바로 "밤이여. 무한한 하늘과 물과 그 사이에/나를 잠들게 해라"라는 희망을 버리고 있지 않은 까닭이다. 이는 전후의 현실을 탈출하고자 하는 소망이자 새로운 희망의 지대로 나아가고자 하는 욕망의 표현이다. 그는 스스로 희망이 없는 자, 욕망이 없는 자라고 규정하지만 내면으로부터는 이렇듯 새 희망에 대한 의지를 포기하지 않고 있었던 것이다.

「태평양에서」서 알 수 있듯이 박인환의 미국행은 불안정한 연대를 살아온 그에게 현실의 탈출구이자 미래로 나아가는 통로로 인식되었다. 만약 그에게 지금 여기의 현실이 만족할 만한 수준의 어떤 것으로 충족되어 있다면 이런 자의식을 굳이 드러내지 않았을 것이다. 오히려 태평양 한가운데서 느끼는 탄식과 괴로움이 그를 구속하는 현재의 질곡을 더 강력하게 표현해주는 역설이 아니었을까. 박인환이 전후의 현실을 회피하고자 했던 탈출 의지는 다음 시에 이르면 더 강렬하게 표출된다.

> 깨끗한 시이트 위에서
> 나는 몸부림을 쳐도 소용이 없다
> 공간에서 들려오는 공포의 소리
> 좁은 방에서 나비들이 나른다
> 그것을 들어야 하고
> 그것을 보아야 하는
> 儀式

오늘은 어제와 분별이 없건만
내가 애태우는 사람은 날로 멀건만
죽음을 기다리는 囚人과 같이
권태로운 하품을 하여야 한다
…(중략)…
바다는 怒하고 나는 잠들려고 한다
累萬年의 자연 속에서 나는 自我를 꿈꾼다
그것은 기묘한 욕망과
회상의 파편을 다듬는
陰慘한 妄執이기도 하다.

밤이 지나고 고뇌의 날이 온다
尺度를 위하여 코오피를 마신다
四邊은 鐵과 거대한 悲哀에 잠긴
하늘과 바다
그래서 나는 어제 외롭지 않았다

— 「十五日間」 부분

인용 시는 미국 여행 중에 쓰여진, 아마도 그 여정 중에 쓰여진 두 번째쯤 해당하는 작품인 듯 보인다. 서정적 자아는 지금 배의 침대 위에 누워서 현재의 자신을 반추하고 있다. "깨끗한 시이트 위에서/나는 몸부림을 쳐도 소용이 없다"가 그러한데, 그는 여기서 "공포의 소리"를 듣고, 나비들이 날아다니는 모습을 "들어야 하고 그것을 보아야 하는 儀式"을 치르고 있다. 의식(儀式)이란 자신의 의지와는 상관없이 당위적 임무로 치러야 하는 강요된 절차이다. 관찰이 아니라 의무적으로 해야 하는 의식이라는 관점에서 이를 이해했다는 것은 그만큼 자신의 처지가 부자유한 상태에 놓여 있다는 것을 말해준다. 그렇게 박제화된 상황이 어쩌면 전후의 현실에서 그가 감내해야 했던 자신의 처지를 대변해주는 징표였을 것이다.

그러나 「태평양에서」가 보여준 자의식의 경우처럼, 이 시에서도 전후의 암울한 현실을 벗어나고자 하는 자의식을 읽어낼 수 있는데, 가령, "累萬年의 자연 속에서 나는 자아를 꿈꾸는" 행위가 바로 그러하다. 그것은 "기묘한 욕망과 회상의 파편을 다듬는/陰慘한 妄執"에 불과한 것일지라도 시인에게는 한 줄기 빛과 같은 것이었다. 그렇기에 "四邊은 鐵과 거대한 悲哀에 잠긴/하늘과 바다" 속에 자신이 놓여 있을지라도 "그래서 나는 어제 외롭지 않았다"는 자의식의 해방감에 이를 수 있었던 것으로 보인다.

박인환의 미국행은 그가 처한 현실적 조건에서 자의에 의한 것이었든 아니면 타의에 의한 것이었든 자신의 시세계를 완성해나가는 데 있어 하나의 기준점으로 작용했다. 그는 이 여행을 통해서 전후의 현실을 외화해 볼 수 있는 계기를 가지게 되었고, 신세계에 대한 희망도 지닐 수 있게 되었다. 그가 이후의 행로에서 또다시 방황의 감옥을 헤매게 될 지라도 미국 여행에서 얻을 수 있었던 희망의 메시지를 어느 정도 간직한 것은 틀림없는 사실이었다. 그것은 전후의 현실을 벗어나고자 하는 의지에 의해서, 불안정했던 자신의 시대를 초월하기 위해서 시도한 일종의 모험과도 같은 것이었다.

2) 불행한 자의식에 의해 걸러진 미국 풍경

그렇다면 전후 불안한 시대를 뒤로하고 새로운 모색의 도정에서 이루어진 미국 여행은 시인의 눈에 어떤 모습을 비추었을까. 예비 지식 없이 어느 특정 지역의 여행에서 얻어질 수 있는 것이란 무엇일까. 그리고 치열한 자의식을 탐색해나가는 시인의 정서 속에는 그런 대상들이 어떤 감각으로 표명될 수 있는 것일까. 이런 물음에 올바른 답을 내리는 것은 사실상 불가능하거니와 시인마다 가지고 있는 처지와 개성에 의해 좌우될 성질의 것이다. 여기에는 어떤 보편화된 기준이 올바른 이해의 척도가 될 수도 있겠는데, 그도 이런 범주에서 크게 벗어나는 것은 아니었다. 그 가운데 하나가 겉으론 드러난 피상적 풍경이다. 의식이 배제된 이런 관찰이 이 수준에 머무를 수밖에 없는 것은 당연한 이치이다. 박인환의 경우도 예외가 되지 못했다.

> 당신은 일본인이지요?
> 차이니이즈? 하고 물을 때
> 나는 불쾌하게 웃었다.
> 거품이 많은 술을 마시면서
> 나도 물었다.
> 당신은 아메리카 시민입니까?
> 나는 거짓말 같은 낡아빠진 역사와
> 우리 민족과 말이 단일하다는 것을
> 자랑스럽게 말했다.
> 황혼.
> 타아반 구석에서 흑인은 구두를 닦고
> 거리의 소년이 즐겁게 담배를 피우고 있다.
> 女優 가르보의 傳記 책이 놓여 있고
> 그 옆에는 디텍티브 스토리가 쌓여 있는
> 서점의 쇼우윈도우

손님이 많은 가게 안을 나는 들어가지 않았다.

— 「어느 날의 詩가 되지 않는 詩」 부분

박인환이 처음 미국에 도착한 항구 에버렛에서 쓰여진 이 시는 미국에서 흔히 목격할 수 있는 장면을 담고 있다는 점에서 흥미롭다. 미국인들의 눈에 비친 동양은 일본과 중국뿐이고, 한국은 괄호 속에 있을 뿐이다. 이는 분명한 현실이고 사실이다. 그러나 적은 함량이라도 자신의 정체성을 갖고 있는 경우라면, 이런 상식적 질문들이 대번에 상황을 역전시키는 매개로 기능한다. 그것은 다음과 같은 역설을 낳기 때문이다. 곧 "우리 민족과 말이 단일하다는 것을/자랑스럽게 말했다"는 것이 그러하다. 앞서 언급대로 박인환의 미국행은 새로운 가능성의 모색 차원에서 이루어진 것이다. 전후의 암울한 현실과 정립하지 못한 자신의 정체성에 대해 올곧게 이해하고자 한 것이 이 여행의 기본 동기였다. 그러나 처음 접한 미국 땅에서의 그의 감각은 이렇듯 자신의 정체성을 확인시켜줄 아무런 매개도 찾지 못한 채 저급한 민족주의에 젖어들게 만들었다. 이런 인식에의 도달은 아마도 그에게 예상치 못한 결과였을 것이다.

다른 하나는 그의 시의 특색 가운데 하나인 엑조티시즘적 경향이다. 그를 두고 유행의 감각에 매우 예민한 시인이라 했는바, 이런 평가의 이면에 놓인 것은 새로운 문물에 대한 막연한 동경과 분리하기 어려운 것이라 할 수 있다. 새로운 것에 대한 콤플렉스가 체질화된 그로서는 미국 풍경이 주는 이질성이야말로 좋은 시적 소재가 되었을 것이다. 그리고 그것이 그를 거리의 관찰자로 만든 계기로 만들었다. 그런 행위가 "손님이 많은 가게 안을 나는 들어가지 않고" 관찰하는, 또 거리를 활보하는 산책자의 모습으로 변모하게 되는 것이다.

> 4월 10일의 부활제를 위하여
> 포도주 한 병을 산 黑人과
> 빌딩의 숲속을 지나
> 에이브라함 링컨의 이야기를 하며
> 영화관의 스틸 광고를 본다
> ─카아멘 죤스─
>
> 미스터 몬은 트럭을 끌고
> 그의 아내는 쿡과 입을 맞추고
> 나는 '지렛' 회사의 텔레비전을 본다.
> 한국에서 전사한 중위의 어머니는
> 이제 처음 보는 한국 사람이라고 내 손을 잡고
> 시애틀 시가를 구경시킨다.
>
> 많은 사람이 살고
> 많은 사람이 울어야 하는
> 아메리카의 하늘에 흰 구름
> 그것은 무엇을 의미하는가
>
> ──「어느 날」 부분

엑조티시즘의 경향이 낳은 결과는 이렇듯 거리를 활보하는 자의 모습이다. 새것 콤플렉스에 걸려 있는 그로서는 어쩌면 당연한 행로였을 것이다. 뿐만 아니라 억압된 자아에게 새로운 통로를 마련하고자 했던 그에게 그것은 신선한 자의식의 해방감을 주었을 것이다. 시인의 눈에 들어오는 것은 순간의 감각이고 우연의 정서뿐이다. 그러한 감각들이 인식의 깊이를 가져오지 못하는 것은 당연한 이치인데, 시인이 이 여정에서 응시한 것도 이 수준을 뛰어넘지 못하는 것이었다. 새로운 문화에 젖어들기 위하여 포도주를 사고, 이질적인 흑인과 빌딩의 숲 속을 지나 미국의 상징과도 같은 에이브러햄 링컨의 이야기를 우연적으로 할 뿐이다. 박인환이 알고 있는 미국이란 몇몇 상징적인 사건과 인물들에 국한되어 있을 뿐이다. 따라서 그의 자의식을 이끌고 있는 것도 이 기준점에서 시작되고 끝이 나고 만다. 그렇기에 미국에 대한 그의 시선이 본질까지 꿰뚫고 들어가지 못하는 것은 당연한 일이라 하겠다.

그 결과 그에게 남겨진 것은 다름 아닌 떠돌이 의식이었다. 그는 어느 것에서도 미국 문화에 대한 본질에 이르지 못하는 한계를 노정한다. 그런 상태가 배태한 것이 불완전한 정서의 심급이다. 그리하여 대상에 대해 쉽게 예찬하고 분노하는 정서의 불안을 노정하게 된다. 곧 그는 조절되지 않는 정서의 높낮이 속에서 줄다리기를 할 수밖에 없는 광대의 상태에 놓이게 된다. 그 놀이의 끝에 자리하고 있는 것이 의문부호이다. "그것은 무엇을 의미하는가"에 대한 물음은 그에게 또다시 다가오는 시적 방황의 예고였다.

3) 모색의 좌절과 소박한 귀소본능

박인환에게 미국 여행은 불온한 현실의 탈출과 삶에 대한 새로운 모색의 차원에서 이루어졌다. 그가 줄곧 비판해왔던 자본주의에 대한 혐오와 전쟁에 대한 비극적 좌절, 그에 따른 휴머니즘에의 갈구가 미국으로의 여행을 추동했던 것이다. 그러한 희망과 기대 속에서 시도한 미국 체험은 시인의 기대를 충족시켜주지 못하는 결과를 가져오고 만다. 그러한 좌절이 겉핥기식의 문화 수용이었으며, 거리의 배회자로 전락하게 만든 요인이 되었다. 미국은 떠도는 풍문을 확인하고 만족시켜주는 대상으로 남겨져 있지 않았다. 그러한 좌절이 다음과 같이 표현된 것은 지극히 자연스러운 일이 아니었을까 한다.

> 나는 들었다 나는 보았다
> 모든 비애와 환희를
> 아메리카는 휘트먼의 나라로 알았건만
> 아메리카는 링컨의 나라로 알았건만
> 쓴 눈물을 흘리며
> 브라보 — 코리언 하고
> 黑人은 술을 마신다.
>
> —「어느 날」 부분

시적 자아가 "나는 들었다 나는 보았다"고 하는 사유는 새로움에 그 기반을 두고 있는 것이라 할 수 있다. 현상이 현재의 본질과 다를 때 생겨나는 일종의 이율배반인데, 그런 격차가 이렇게 분명한 감각 행위로 표명되는 것은 아닐까. 따라서 "아메리카는 휘트먼의 나라로 알았건만/아메리카는 링컨의 나라로 알았건만"라는 탄식은 그 연장선에 놓여 있는 것이다. 시인이 흘리는 '쓴 눈물'이야말로 그러한 인식의 차질이 주는 중요한 결과가 아닐 수 없다.

芬蘭人 미스터 몬은

자동차를 타고 나를 데리러 왔다
에베레트의 일요일
와이샤쓰도 없이 나는 한국 노래를 했다
그저 쓸쓸하게 가냘프게
노래를 부르면 된다
— 파파 러브스 맘보 —
춤을 추는 돈나
개와 함께 어울려 호숫가를 걷는다.

텔레비젼도 처음 보고
칼로리가 없는 맥주도 처음 마시는
마음만의 신사
즐거운 일인지 또는 슬픈 일인지
여기서 말해 주는 사람은 없다

— 「에레베트의 일요일」 부분

인용 시에 드러난 표정은 보편화된 어느 일요일의 미국 풍경이다. 세계를 리드했던 자동차의 나라를 그대로 재현하고 있고, 반려견과 산책하는 한가로운 공원의 풍경이 드러나 있는가 하면, 문명의 상징이었던 텔레비전의 모습이 적나라하게 노출되어 있는 것이다. 이런 풍경은 전후의 한국에서는 볼 수 없는 매우 낯선 풍경들이다. 뿐만 아니라 "즐거운 일인지 또는 슬픈 일인지/여기서 말해 주는 사람은 없다"는 전형적인 미국 개인주의 모습도 비춰지고 있다. 이런 풍경은 어떤 본질에 의거한 것이기보다는 그냥 겉으로 다가오는 우연의 감각에 의해 묘사된 것이다. 거리를 배회하는 한가한 자에게 다가오는 보통의 풍경일 뿐 그 이상도 그 이하도 아닌 것이다.

물론 미국의 어떤 본질에 대해 충분히 알기에는 박인환에게 시간이 매우 부족했을 것이다. 이질적인 어느 국가에 대해 그 내면 깊숙이까지 이해한다는 것은 지극히 어려운 까닭이다. 어쩌면 전후의 불온한 현실이 주는 강박관념이 그로 하여금 그 본질에 이르게 하는 길을 차단하게 하는 심리적 압박 요인이 되었는지도 모른다. 그만큼 그는 전쟁의 고통과 자본주의적 현실에 대해서 커다란 실망을 하고 있었던 터이다. 그 상실의 정서를 미국 여행은 능히 메꾸어줄 것으로 믿었을 것이다. 그러나 현실과 결과는 매우 달랐다. 그런 정서를 보여주는 대표적인 시가 아래의 작품이다.

　　　　대낮보다도 눈부신
　　　　포틀란드의 밤거리에
　　　　단조로운 그렌 미이라의 랩소디가 들린다
　　　　쇼우윈도우에서 울고 있는 마네킹

　　　　앞으로 남지 않은 나의 잠시를 위하여
　　　　기념이라고 진 피이즈를 마시면
　　　　녹슬은 가슴과 뇌수에 차디찬 비가 내린다

　　　　나는 돌아가도 친구들에게 얘기할 것이 없고나
　　　　유리로 만든 인간의 묘지와
　　　　벽돌과 콘크리트 속에 있던
　　　　도시의 계곡에서
　　　　흐느껴 울었다는 것 외에는 —

　　　　天使처럼
　　　　나를 매혹시키는 허영의 네온

너에게는 眼球가 없고 情抒가 없다
여기선 인간이 생명을 노래하지 않고
침울한 상념만이 나를 구한다.

바람에 날려온 먼지와 같이
이 異國의 땅에선 나는 하나의 미생물이다
아니 나는 바람에 날려 와
새벽 한시 기묘한 의식으로
그래도 좋았던
腐蝕된 과거로
돌아가는 것이다

— 「새벽 한時의 詩」 전문

인용 시는 『아메리카 시초』 가운데 미국에 대한 시인의 인상과 소회가 가장 잘 드러난 작품이다. 엑조티시즘적인 경향, 삶에 대한 시인의 자세, 미국에 대한 단상 등등이 하나의 일관성을 갖고 묘사되고 있는 것이다. 그는 이전에도 그러했던 것처럼 현대시의 새로운 방향을 외래어 사용에서 이해했다. 그것은 새로운 현대시의 모색에서 그가 보여주었던 일관된 모습이었다. 새로운 의식이 아니라 새로운 언어 속에서 현대시의 방향을 탐색했던 것, 그것이 그에게 시에 있어서의 현대적 모습이었다. 그러한 시적 경향이 이 작품에서도 예외 없이 드러나고 있는 것이다.

그리고 이 시의 또다른 특색은 삶에 대한 시인의 자세에서 찾을 수 있는데, 시인은 과거와 현재, 그리고 미래에 대한 자신의 모습을 '부식된 과거', '녹슬은 가슴과 뇌수', '앞으로 남지 않은 나의 잠시' 등등으로 묘사하고 있다. 어느 하나도 자신에 대해 긍정적인 정서로 이해하는 것이 없을 정도로 비관적 면모로 채색되어 있다. 그러나 시인의 이러한 모습은 수미 일관한 것이었다. 특히 그는 전쟁의 참상을 겪으면서 자본주의적 삶이 가져오는 구조적 결함에 대한 지속적으로 문제를 제기해왔다. 그 도정에서 그는 문명 이전의 원시적 세계에 친연적 속성을 보이기도 하고, 인간성의 회복에 절대적 의식을 드러내 보인 바 있다. 그러나 그 결과는 언제나 회상의 감각 속에서 피곤한 현재를 벗어나지 못하는 암울한 자의식만을 노출할 뿐이었다.

그리고 세 번째는 미국에 대한 단상이다. 그가 파악한 미국의 본질은 전후 한국의 현실에서 느낀 것과 분리하기 어려운 것이었다. 아메리카에서 본 자본의 운명은 한국의 현실과 하등 다를 것이 없었기 때문이다. 찬란한 미국 문명을 대신하는 네온이야말로 허영 그 자체인데, 이보다 중요한 결함은 그것이 "안구가 없고 정서가" 없는 불활성의 존재라는 것이다. 그 연장선에서 그는 미국의 풍경을 휴머니티가 없는 메마른 지역으로 이해한다. "여기선 인간이 생명을 노래하지 않고" 있고, "바람에 날려온 먼지와 같이/이 이국의 땅에선 나는 하나의 미생물"에 불과하다는 것, 이런 비인간화된 지대가 그가 미국 여행에서 얻은 본질이라고 판단하는 것이다. 그러한 이해가 놓여 있기에 "나는 돌아가도 친구들에게 얘기할 것이 없구나"라는 탄식에 도달하는 것이다. 다만 "유리로 만든 인간의 묘지와/벽돌과 콘크리트 속에 있던/도시의 계곡에서/흐느껴 울었다는 것 외에는 ―" 시인이 여행의 도정에서 얻은 것은 아무것도 없는 것이 된다. 그러한 여행 체험의 실망은 오히려 "그래도 좋았던/腐蝕된 과거로/돌아가는 것이라고"하며 귀향에 대한 욕구로 대치되어 나타난다.

그런데 이런 사유는 어찌 보면 대단한 역설이 아닐 수 없다. 누구에게

나 암흑 그 자체로 인식될 수밖에 없는 전후의 현실이 자본주의의 본고장 미국보다 더 긍정될 수 있다는 사유야말로 미국 문명에 대한, 자본주의 문명에 대한 통렬한 비판이 아닐 수 없기 때문이다. 이 역설이 아마도 박인환이 미국 여행에서 얻은 중요 경험이요 결과이자 교훈일 것이다. 그리고 그것이 미국여행과 이에 기반한 『아메리카 시초』의 주제가 아닐까 한다.

3. 『아메리카 시초』의 시사적 의의

박인환의 기행 소시집 『아메리카 시초』는 시인에게나 시사적으로 매우 의미 있는 작품집이다. 그것은 여행기 형태로 나온 최초의 기행시집이라는 점에서도 그러하고, 또 『박인환 선시집』이 지향하는 시세계의 연장선에 놓여 있는 점에서도 그러하다. 박인환이 미국 여행을 하게 된 것은 자신의 직업적 체험에서 오는 필연적인 것이긴 했지만, 그가 탐색해온 새로운 시정신의 모색과도 어느 정도 연관성이 있었기 때문이다. 이 두 가지 계기가 「아메리카 시초」를 상재하게 된 기본 동기였다.

그러나 수많은 기대와 가능성을 열어두고 시도된 미국 여행이 시인에게 만족할 만한 인식의 완결성을 가져다준 것은 아니었다. 그것은 실망의 정서가 가로놓여 있었기 때문에 그러한데, 실상 시인이 미국에서 본 풍경은 그 바깥에서 사유한 그것과 매우 다른 것이었다. 미국에 대한 본질에 접근하기 어려운 시간적, 공간적 제약 때문에 그러한 것이지만, 어떻든 결과는 매우 실망스러운 것으로 다가온다. 1950년대 중반 그가 본 미국의 풍경은 자본주의 문명의 현란함이 아니었다. 화려한 네온사인이 그가 본 미국 풍경의 겉모습이라면, 그 이면에 숨겨진 비생명성 등은 그 내면의 참모습이었다. 그런데 이 내면 풍경은 오히려 전후 한국의 부조한 현실보다 나아가지 못한 것이었다. 그 실망감이 그에게는 저급한 민족주의나 본능적인 귀소본능을 자극하는 계기가 되었다. 이는 새로움에 대한 가열한 탐색이 오히려 그 이전보다 추락하게 되는 역설을 낳게 되는데, 이 역설이야말로 『아메리카 시초』가 보여주고자 했던 진정한 주제가 아니었을까 한다. 끊임없이 시도된 자본주의적 삶에 대한 비판과, 전후의 불온한 현실에 대해 좌절해온 박인환에게 이러한 감수성을 더 확인시켜준 것이 이 역설에 있었기 때문이었다. 요컨대, 『아메리카 시초』는 현대시의 새로운 방향과 새로운 시정신을 끊임없이 모색해온 그의 시세계에서 하나의 마침표를 찍어주었다는 점에서 의미가 있는 것이라 하겠다.

2013년의 시단

1. 2013년의 환경과 문학

새로운 연대가 시작되었다. 새로운 정권이 들어섰고, 그 규율 아래 모든 것이 진행되고 있다. 여기서 새롭다는 것은 순전히 정치적인 구분에 의한 것이다. 정치나 사회를 초월하는 것이 문학이긴 해도 또 그것으로부터 자유롭지 않은 것이 문학이다. 그러니 새로운 연대기라고 한 것이다. 새롭다는 것은 참신성을 주면서 또 그에 따른 가능성 역시 열어준다. 그러나 역으로 불편부당함이나 때론 절망을 안기기도 한다. 그래서 새롭다는 것이 언제나 긍정적인 기능만을 하는 것은 아니다.

문학의 경우도 비슷하다. 오래된 이야기이지만 자본주의와 사회주의의 양대 구도가 무너진 뒤, 문학의 주도적 담론이라는 것이 곧장 수면 위로 떠오르지 않고 있다. 1990년대 초 서정시 본연의 모습을 되찾고자 한 신서정이나 생태주의 등장 이후, 이들을 대적할 만한 거대 담론은 뚜렷한 윤곽을 그리지 못하고 있는 것이다. 새로운 문학 담론은 가능성과 불가능성의 혼재 속에서 여전히 안개 속에 휩싸여 있다.

그럼에도 대항 담론의 부재 속에서 생태주의는 여전히 매력 있는 조류로 자리잡고 있다. 그것이 수면 위로 부상한 시간의 폭을 생각하면 지나칠 정도로 긴 궤적으로 그려지고 있는 것이다. 그러나 인간 삶의 조건이 무엇이고, 실존이란 시대를 초월해서 다가오는 문제라는 점을 감안하면, 이 사조의 지속적 생명력이 시사하는 바는 충분히 이해할 만한 것이라 할수 있다. 어떤 새로운 주류가 혜성처럼 나타난들 당분간 생태적 관심에서 직조되는 시의 성채들이 쉽게 무너지지 않으리라 생각되는 것은 순전히 나만의 착각은 아닐 것이다.

그러나 삶의 조건을 문제 삼는 것이 생태적 환경에서만 접근할 성질의 것은 아니라고 본다. 인간의 생존을 위협하는 것은 근대뿐만 아니라 이에 기반을 둔 정치적 위협도 있고, 약육강식의 논리도 있다. 뿐만 아니라 개인 간 혹은 집단 간의 문제와 같은 크고 작은 갈등들이 겹겹이 쌓여 있다. 이 외에도 우리에게는 분단이라는 또 다른 특수성이 놓여 있기도 하다. 이런 요건들은 모두 근대가 빚어낸 다층성에 그 원인이 있는 것이다. 따라서 그 해법 또한 다양한 통로에 의해서 해결될 성질의 것들이다.

근대는 크게 보아 구분의 세계이다. 통합과 완결이 근대 이전을 지배한 사유였다면, 분열은 이 시대를 지배하는 근본 담론이다. 근대 사회의 갈등과 분쟁은 모두 분열에서 시작되었다. 객관화된 나와 이타화된 타자는 더 이상 합일하지 못하고 끝없는 수평선을 걷고 있는 것이다. 그 합일되지 않는 평행선이야말로 생태적 환경을 말살하는 근본 동인이 되고 있는 것이다.

이 시대가 요구하는 당면 요구를 외면하지 못하는 시인의 눈은 정확한 편이었다. 올해 나온 시집 대부분의 시선이 여기에 모아지고 있기 때문이다. 분열보다는 치유에 갈등보다는 통합에 서정성을 강화하고 있다는 것이다. 시가 사회에 기여할 수 있는 긍정적 기능이랄까 가치는 바로 이러한 것이 아닐까 한다.

2. 시의 시대를 이끈 2013년

2013년은 시의 시대라고 할 만큼 많은 시인들이 등장했고, 그만큼 많은 시집들 또한 상재되었다. 그리고 이러한 시인들의 발표 지면을 메꾸어줄 시 잡지들도 꾸준히 창간되었다. 올해 창간된 대표적인 시 전문 잡지로 『POSITION』이 있고, 이어서 여름에 첫 선을 보인 『발견』이 있다. 이들 잡지들이 지향하는 이념이나 동인적 힘들이 무엇이건, 또 그것들이 시단에 끼치는 영향이 무엇이든 시의 영역을 폭넓게 확장시켜준다는 점에서 긍정적인 일이 아닐 수 없다. 물론 출판 현실의 열악성과 독자들의 제한적 응답으로 단지 몇 호를 내고 시단의 뒤안길로 사라진 잡지도 있지만, 새롭게 창간된 잡지의 수가 많다는 것은 시의 시대를 이끌어나가는 데 있어 긍정적인 신호가 아닐 수 없다.

정확한 통계는 없지만, 대략 한 해에 새로이 문단에 나오는 시인들은 어림잡아도 100여 명이 된다. 신춘문예로 등장하는 시인부터 각각의 잡지마다 일 년에 한두 번씩 시행하는 신인상까지 모두 합산하면 대충 이러한 숫자에 이르는 것이다. 문학에 관심을 갖고 시를 쓰는 것은 분명 반가운 일이다. 그러나 문단적 권력이나 패거리 집단을 만들기 위해 질이 담보되지 않는 시인들을 남발하는 것은 분명 짚고 넘어가야 할 문제이다. 이들이 시단에 등단한 이후 지속적인 시작 생활을 영위하지 못하는 것은 순전히 이런 이유 때문이라 생각된다. 그래도 많은 시인들이 등장하는 것은 환영할 만한 일이다. 시인이 많아진다는 것은 문학의 저변이 넓어지는 일이고 이는 보다 우수한 시인과 작품들이 나올 수 있는 토양으로 작용하기 때문이다.

작품을 새롭게 발표하면서 등단한 모든 시인까지 아울러 2013년을 결산하는 것을 이 글에서 다루는 일은 지극히 소모적인 행위이다. 시집만을 다루는 일도 버거운 일이 아닐 수 없기 때문이다. 따라서 올해 나온 주요 시집들이 무엇이고 그들이 지향하는 세계가 무엇인지를 간략하게 소개하는 것만으로도 2013년의 시단을 결산하는 좋은 작업이라 생각한다. 올해는 원로와 중견시인, 또 첫 시집을 상재한 시인들이 다른 어느 시기보다 많다. 그 주요한 시집을 일별하다 보니 올해에 거둔 시단의 수확은 다른 어느 때보다도 풍성한 것이 사실이다. 2013년에 나온 주요 시집을 열거하면 다음과 같다.

오세영의『별밭의 파도 소리』, 나태주의『세상을 껴안다』, 이수익의『천년의 강』, 이건청의『무당벌레가 되고 싶은 시인』, 정숙자의『뿌리 깊은 달』, 박찬일의『북극점 수정본』, 박주택의『또 하나의 지구가 필요할 때』, 김백겸의『기호의 고고학』, 김성도의『벌락마을』, 서상만의『적소(謫所)』, 양승준의『위스키를 마시고 저녁 산책을 나가다』, 김성조의『영웅을 기다리며』, 김완하의『절정』, 서규정의『그러니까 비는, 객지에서 먼저 젖는다』, 이상훈의『나비야 나비야』, 채선의『삐라』, 박강의『박카스 만세』, 정혜숙의『앵남리 삽화』, 이태순의『따뜻한 혀』, 김성규의『천국은 언제쯤 망가진 자들을 수거해가나』, 고명자의『술병들의 묘지』, 이중도의 『통영』, 여종하의『강가강에 울다』, 황희순의『미끼』, 박승미의『그림과 놀다』, 한보경의『여기가 거기였을 때』, 강신용의『목이 마르다』, 이관묵의『시간의 사육』, 이복규의『아침신문』 등등이다.

3. 시단의 지층과 그 풍요로운 세계

1) 원로시인들

오세영 시인이『별밭의 파도 소리』를 펼쳐보였다. 그의 최근 시들이 지향하는 지점은 영원의 감각이다. 그러한 까닭에 시인의 시 쓰기는 언제나 미정형의 상태에 놓여 있다. 최후에 도달할 목표가 언제나 저 멀리서 손짓만 하고 그 마지막 목표를 쉽게 드러내 보이지 않는 까닭이다. 시인은 그곳에 이르기 위해 시를 쓴다. 언어 속에 축적된 욕망의 주름들이 완전히 펴질 때까지, 그리하여 그 내부에 아무것도 담아낼 수 없을 때까지 그의 글쓰기는 지속되는 것이기에 그의 시작 행위는 항상 진행형이다. 그것은 시인에게 일종의 숙명과도 같다. 목표에 대한 불타오르는 욕망이 추동한 자리는 어쩌면 '바람'과 같은 세계, 곧 자연의 섭리일지도 모른다. 그러한 이법이 일상화될 때, 절망의 높이에서 푸른 하늘을 여는 꽃처럼, 영원에 대한 시인의 도정은 마침표를 찍을 것이다. 시인은 이 시집에서 그러한 길로 이제 막 들어서고 있는 듯 보인다.

나태주 시인의 『세상을 껴안다』는 시집의 제목이 시사에 주는 것처럼 세상을 껴안는 시인만의 독특한 방식을 보여주는 경우이다. 시인은 삶을 달관했다. 이 감각이란 더 이상의 욕망도, 더 이상의 갈등도 요구되지 않는다. 그렇기에 면벽을 끝낸 좌승처럼 시인의 마음은 늘상 여유롭다. 따라서 시인을 감싸고 있는 모든 환경들이 무매개적으로 다가온다. 이런 즉자성이야말로 정서의 포용성 없이는 불가능한 일이다. 그것은 삶을 얽고 있는 복잡한 실타래들로부터 시인을 자유롭게 하고 여유롭게 한다. 시인의 시들이 투명한 정서의 아우라로 둘러쳐져 있는 것은 이 때문이다. 이런 투명성이야말로 나태주 시인만이 갖는 서정시학의 본령이 아닐까.

이수익의 『천년의 강』은 시인의 열한 번째 시집이면서 시력 50년을 결산하는 시집이기도 하다. 이수익 시의 특징은 이미지즘에서 찾을 수 있다. 이 사조가 지향하는 것은 사물에 대한 새로운 감각이다. 시인의 시들이 이 사조에 걸맞게 참신한 감각에 기반하고 있음은 두말할 필요도 없을 것이다. 그런데 이것이 그의 시를 말해주는 전부는 아니다. 이미지즘이 지극히 형식적인 국면을 강조하는 시적 의장임에도 불구하고 시인의 시들은 내용적 요소들이 보다 강렬하게 나타난다. 이를 열정이라 할 수 있다면, 그의 내면에 흐르고 있는 이 에네르기야말로 시인만이 갖는 서정의 샘이 아닐 수 없다. 곧 "차마 죽을 수 없는 천년의 강물" 속에서 길어 올려지는 웅숭깊은 열정이 시의 의장을 포회하면서 시인의 시세계를 이끌어 가고 있는 중심항인 것이다.

『무당벌레가 되고 싶은 시인』은 최근에 나온 이건청의 선시집이다. 2000년대 이후에 나온 시집 가운데 자신의 서정성을 잘 대변하는 시들을 엮은 시집인 셈이다. 익히 알려진 대로, 이건청 문학을 지탱하는 근본 축은 4·19에 대한 경험과 유년시절에 체험한 전쟁이다. 그의 초기 시들이 그런 사회의 상동성과 분리되기 어려운 것은 이런 이유 때문이었다. 그 연장선에서 그는 우리 시단에서 처음으로 인간의 삶의 조건을 문제 삼았던 생태시에 대한 관심에 이르기까지 했다. 이건청을 민중 지향적 시인, 혹은 생태주의를 선구적으로 표방한 시인으로 부르는 것은 놀랍거나 어려운 일이 아니다. 그는 시대를 올곧게 대변해왔고 경우에 따라서는 누구보다 앞서서 예언자처럼 말해왔기 때문이다. 그 연장선에서 그가 최근에 관심을 가졌던 주제들도 생명에의 존중 혹은 경외성에 관한 인식들이다. 이 시집은 그러한 관심의 표명인바, 그 내포와 외연의 확장이 한국 시를 한 단계 업그레이드할 것으로 보인다.

2) 중견 시인들

중견 시인들의 활약도 빼놓을 수 없다. 정숙자 시인이 첫 번째에 놓인다. 시인의 『뿌리 깊은 달』은 도시인의 한 존재론을 조명하는 시편들이라 할 수 있다. 시인의 눈에 비친 서울이라는 도시 역시 생명체가 온전히 그 생명력을 발휘하며 살아가기엔 한없이 부조리한 장소이다. 도시 서울은 인간들의 온갖 추악한 욕망들로 뒤섞인 오염되고 악취 나는 곳에 해당한다. 어쩌면 이곳에서 희망과 꿈을 이야기하는 것조차 금지된 일인지 모른다. 정숙자 시인의 개성은 이러한 조건 속에서 실낱같은 생명성을 찾아낸다는 점에 있다. 시인은 아파트 후미진 구석에서 식물을 기르고, 또 그곳에 깃든 작은 생명체와 말을 교환하기도 하고 도시에서 버려진 물건들을 모아서 스스로의 손길로 다듬고 가꾸어 새로이 재탄생시키기도 한다. 시인의 손길이 닿은 사물들은 때로 나비가 되고 꽃이 되어 사람 간의 소통을 이어주는 매개가 된다. 시인이 도시에서 행하는 이러한 작업들은 황폐한 서울에 틔우는 작은 생명의 공간이 된다는 것을 알 수 있다. 정숙자 시인의 『뿌리 깊은 달』은 우리에게 도시라는 버려진 땅에서 숨 쉬며 살아가기 위한 한 방법을 제시하고 있다.

오늘날의 시들이 대부분 황폐하고 비관적인 장소들에 그 발생의 기반을 두고 있는 것처럼 박찬일 시인의 『북극점』 수정본』 역시 예외가 아니다. 이 시집은 특히 후기자본주의 시대를 살아가는 인간들의 철저한 이기성과 모순성을 신랄하고 냉철한 어조로 조명하고 있는 매우 지적인 시이다. 후기자본주의 시대의 인간들이란 복잡하고도 부조리한 사회 시스템 속에서 그것의 본질이나 구조에 대해 인식하지 못한 채 맹목적으로 살아가고 있는 자들이다. 이러한 시대와 구조 속에서 산다는 것은 그저 순간의, 눈에 보이는, 자기만의 이익과 욕심을 채우는 일일 뿐이다. 어느 누구도 공동체에 대해, 인간의 양심에 대해, 삶의 구원에 대해 말하지 않는다. 시인은 오늘을 살아가는 이들이 마땅히 비판적으로 인식하고 아파해야 하는 것들임에도 불구하고 시대의 시스템 속에서 매끄럽게 도포된 채 미끄러지는 것들을 까칠하게 긁어 부스럼을 일으킨다. 시인의 까칠한 시선에 의해 의식이 마비된 채 살아가는 인간들과 모순에 찬 사회구조와 잘못된 통념들이 폭로된다. 시인은 이들을 허상이자 허위라 진단하고 이들 두꺼운 껍데기 속에 가려진 삶의 진정성을 드러내고자 한다. 오랜 시간에 걸쳐 길들여진 도구적 삶의 두께들은 시인의 냉소적인 언표들에 의해 비로소 한 꺼풀씩 탈각되어 나간다. 요컨대 『북극점』수정본』은 우리에게 시대의 허구성에 매인 채 옴짝달싹 못하는 현대인들에 대한 인식과 생의 진실을 찾아나가는 힘겨운 투쟁의 과정을 촘촘히 보여주고 있는 시편들이다.

　반면, 박주택은 기억의 시인이다. 『또 하나의 지구가 필요할 때』에서 펼쳐지는 그의 호흡들이 산문적인 것은 이런 기억의 작용과 무관하지 않은데, 그것은 도래해야 할 어떤 서사적 세계와 밀접히 연관되어 있는 까닭이다. 그는 기억을 통해 과거를 현재화하고 또 이를 바탕으로 미래를 예비한다. 시인에게 있어 미래는 단지 희망일 뿐이며 단순히 도래하는 계기적인 것이 아니라 과거를 통해 얻어진 경험들이 현재라는 여과 장치에 의해 걸러진 예비된 시간들이다. 그런 행복의 빛이 만들어지기 위해서는 과거의 행복이랄까 유토피아들이 계속 시인의 의식 속에 틈입해 들어와야 한다. 이런 피드백 과정을 거쳐서 시인이 꿈꾸는 이상 세계들은 서서히 깨어나게 된다. 그의 단언적 선언처럼 지금 여기의 현실은 '또 하나의 지구가 필요할' 만큼 지극히 불온하기 때문이다.

　『비밀정원』 이후 김백겸 시인이 『기호의 고고학』을 상재했다. 인간의 시원을, 문명의 근원을 탐색해 들어가는 언어의 작용을 '고고학'이라 했으니, 시인의 인식성은 현재로부터 과거로 무한히 흘러 들어갈 수밖에 없다. 그리하여 그는 인간의 본원성을, 혹은 문명의 본질을 파헤치려고 의식 너머의 저편에 존재했던 기억의 끈들을 더듬어 들어간다. 언어란 현재의 과거성과 현재성, 곧 본질과 현상이 공존하는 지대이다. 시인의 꿈은 근대라는 이성의 때가 묻은 언어에 있는 것이 아니라 순수 무의 상태인 근원에 있다. 그 시원을 찾아서 시인은 태초의 시간으로 거슬러 올라가기도 하고, 페르시아와 같은 고대 문명을 찾기도 하며, 근원이 존재할 만한 환상 세계를 넘나들기도 한다. 시공을 초월한 이런 시적 모험을 통해서 그는 인간이라든가 문명의 비밀을 풀어내려 한다. 기호 속에 갇힌 비밀의 흔적을 찾아 들어가는 시인의 모험이 어디까지 이를 것인가가 자못 궁금하지 않을 수 없다.

김성도 시인이 오랜만에 시집을 내었다. 근 20여 년 만에 상재한 『벌락마을』이라는 세 번째 시집이 그것이다. 세월의 길이만큼이나 시집 속에서 탐구되는 세상이 탐미스럽다. 밖으로만 겉돌다가 찾은 '벌락마을'에서 탐색해 들어간, 박토를 애무하는 뿌리의 근성으로 살아가고자 하는 지난한 근원 의식이야말로 산산히 부서져버린 이 시대의 새로운 이정표가 되는 것이 아닐까. 그의 근원 의식이랄까 과거지향적 여로 구조가 가변적인 현실에서 흔들리지 않는 시대의 샘물로 자리 잡기를 기대해본다.

서상만의 『적소(謫所)』는 맑고 아름다운 시집이다. 그의 시세계가 언제나 그러하듯 이 시집의 주된 특징은 투명하다는 데 있다. 그는 언어를 파괴하거나 혼란스럽게 하지 않는다. 그런 순일한 시의 의장들은 서정의 세계에서도 그대로 재현된다. 그는 삶의 무게를 바탕으로 교훈이라든가 진리 등을 교술적으로 말하지 않는다. 그의 담담한 일상이 곧바로 시로 표현된다. 그렇기에 시인의 시들은 친숙하고, 정감 어린 정서들로 가득 차 있다. 그러한 서정의 투명성이 그의 시를 이끌어가는 힘이다.

서규정의 『그러니까 비는, 객지에서 먼저 젖는다』는 그의 여섯 번째 시집이다. 서규정 시의 주제는 언제나 삶에서 시작한다. 그 삶의 자리 또한 크게 변하지 않는 듯하다. 낮고, 황량하고 거친 땅이 그의 시의 토대가 된다. 위계, 질서, 지배, 잉여 등등의 시어들이 툭툭 불거지지만 그의 시는 결코 어떠한 이즘에 속박되지 않는다는 데 특징이 있다. 오히려 거칠고도 질펀한 구체적 삶의 현장 속에 때론 역설로 때론 거친 입담으로 이 미끄러지는 듯한 이념의 기표들을 비끄러맨다. 시인에게 삶은 '객지'에서의 '터진, 생'이지만 그 속에서 길어지는 불투명한 서정성이야말로 이제까지 누구에게서도 볼 수 없었던 서규정만의 의장이라 할 수 있지 않을까.

양승준의 『위스키를 마시고 저녁 산책을 나가다』는 네 번째 시집이다. 그는 천성적으로 어떤 정해진 규격이나 틀을 싫어하는 시인이다. 천직인 교사 자리를 버린 것도 이 때문이 아닌가. 그런 정형성을 버리고 시인이 찾아 나선 것은 그리움의 정서이다. 세월을 건너면서 쌓이는 것이란 영원에의 일탈과 그에 따른 그리움으로 요약할 수 있을진대, 이 시인은 그것을 님에의 갈증으로 표상시킨다. 그리하여 그는 그러한 님을 만나기 위해 종교에 의탁하거나 자연의 원형으로 나아가려 한다. 극락과 무릉도원, 자연은 그 극점이다. 이런 동양적 원숙의 세계가 슬픔의 아우라에 깊이 침잠된 시인의 영혼을 훌륭하게 구제할 수 있을지 지켜볼 일이다.

김성조의 『영웅을 기다리며』는 시인의 세 번째 시집이다. 이 시인의 정서를 압도하고 있는 것 역시 그리움의 정서이다. 그러나 그 그리움의 실체는 뚜렷이 감각되는 것이 아니다. 그것이 선명한 모양으로 다가오지 않기에 시인은 십자로에 서 있는 존재가 된다. 오래된 지도를 손에 꽉 잡은 채 그것이 지시하는 시공간을 이리저리 뛰어넘어보는 것이다. 그것은 어쩌면 팍팍한 현실의 삶, 존재론적인 고독의 삶을 완성시켜주는 영웅일지도 모를 일이다. 그래서 시집의 제목처럼, 시인은 완결적 존재인 영웅을 기다린다. 그 기다림의 끝이 시인이 추구하는 일차적인 서정의 목적이 될 것이다.

김완하의 『절정』은 시공간적 배경으로나 소재적 측면에서도 그 스펙트럼이 매우 큰 경우에 해당한다. 그의 감수성은 스무 살의 방황에서부터 자연을 통한 관조에까지 이르고 있고, 시선은 익숙한 일상의 단면에서부터 버클리의 교정, 히말라야의 '쇠재두루미'에까지 미치고 있다. 그의 시에서는 기억 저편에 묻어두었던 서툴면서도 순수했던 열정을 만나게 되는가 하면 현실을 직시하는 날카로운 시선을 접하게 되고, 익숙한 일상에서의 소박한 행복에 이완되는가 하면 어느새 새롭고 낯선 이국의 정취에서 긴장을 느끼게 된다. 이러한 다양한 심상을 통해 시인이 일관되게 추구하고 있는 것은 무엇을 위한, 무엇에 의한 존재가 아닌 인간 본연의 존재에 대한 탐색이다. 이 역동성 속에 담지하고 있는 존재에 대한 진중한 물음이야말로 김완하 시만의 특징이라 할 수 있을 것이다.

이상훈이 오랜만에 두 번째 『나비야 나비야』를 출간했다. 중견 시인답지 않게 이 시집을 이끌어가는 기본 정서는 몽혼의 상상력이다. 그는 이 의장을 통해서 과거와 현재, 인간과 동식물의 경계를 자유롭게 넘나든다. 그러나 그런 자유분방함에도 불구하고 이 시인이 지향하는 세계는 아주 단선화되어 나타나는데, 세상에서 가장 쓸쓸한 님이 바로 그러하다. 그의 그러한 열정이 센티멘털의 정서로 흐르는 것은 이 때문이 아닐까 한다.

3) 신진 시인들

2013년 봄의 시작과 함께 쓰여진 채선의 『삐라』는 도시를 배경으로 하고 있는 도시인의 존재론적 기록에 해당한다. 봄이 왔으되 생기 어린 계절과 하등 상관없는 도시의 봄은 도시인들을 무수한 '삐라'로 만들고 있다는 인식이 시의 출발이 된다. '삐라'라는 제목은 땅에 뿌리내리지 못한 채 허무하게 일상을 반복하고 있는 도시인을 상징하고 있음을 알 수 있다.

이러한 '삐라'라는 관점에서 볼 때 도시인은 '불온하다'. 도시인은 매일매일을 치열하게 살아가고 있지만, 그러나 그러한 그가 도달하고자 하는 끝이 어디인지 가늠할 수가 없기 때문이다. 도시인의 일상은 무엇을 향한 삶인가? 땅과 분리되고 자연으로부터 소외된 현대의 도시인들에게 삶은 허상일 뿐, 그것은 시작도 끝도 알 수 없는 막막한 공허에 해당한다. 치유의 손길이 필요한 곳도 이 지점이다. 채선의 시는 현대인이 처한 삶의 근거를 어둡고 우울한 어조로 채색하고 있거니와, 이는 오늘날의 치유의 담론이 어디에서부터 비롯되고 있는지 그 연원을 매우 사실적으로 보여주는 대목이라 할 수 있다.

박강 시인 또한 새 시집을 냈다. 2007년 『문학사상』으로 등단한 이후 6년만이다. 시집 제목이 재미있다. 『박카스 만세』라 붙였는데, 아마도 TV 광고에서 힌트를 얻은 듯하다. 광고에 의하면, 모든 사람의 피로를 풀어주는 국민음료, 그것이 박카스이다. 그런 만큼 여기에는 지극히 민중적이고 서민적인 이미지가 담겨질 수밖에 없다. 따라서 그의 시들 또한 비엘리트적인 것, 곧 하부적인 것에 닿아 있다. 거기서 그의 음성들이 울려 나오는 것이다. 그러나 그의 시의 음역들은 조직화된 것이 아니라 고립되어 있고 분산되어 있다. 민중성이 아니라 서민성에 바탕을 두고 그의 시들이 생성되었다는 것, 이런 눈높이야말로 지금 여기의 시들이 표명해야 할 진정한 리얼리티가 아닐까 한다.

정혜숙 시인이 『앵남리 삽화』 이후 두 번째 시조집 『흰 그늘 아래』를 펼쳐보였다. 『앵남리 삽화』가 주로 일상이나 자아의 내면의 문제들에 천착하고 있다면 『흰 그늘 아래』는 자연의 '그늘' 아래에서 만들어졌다고 해도 과언이 아닐 정도로, 대개의 작품들은 자연을 중심 소재로 삼고 있다. 이는 시인이 자아나 대상, 세계를 인식하는 데 있어 자연을 인식의 잣대나 프리즘으로 보고 있다는 뜻이 된다. 따라서 이 시집은 자연을 매개로 한 존재에 대한 탐색이라 할 수 있으며, 존재에 대한 탐색을 자연으로 체현해 낸 것이라는 말도 성립된다. 자연이 우주라든가 이법과 같은 절대성의 가치를 최고의 인식 수단으로 기능했음에 비추어보면, 시인은 이를 자아 완성의 수단 혹은 매개로 사유하고 있다는 점에서 그 의미가 있다고 하겠다.

이태순 시인이 2008년 『경건한 집』 출간 이후 두 번째 시집 『따뜻한 혀』를 상재했다. 그의 시들은 어떠한 경우에라도 객체와의 대립각을 세우고 있지 않다. 자연에 동화되는 정서적 자아로부터 소외된 계층이나 그 구조적 모순에까지 확장되고 있지만 이에 대한 비판 의식이 전혀 드러나지 않는 것이다. 그의 시에는 그저 대상의 상처가 고스란히 드러나 있을 뿐이고 그 상처에 기투하고 있는 시적 자아의 연대가 형상화되어 있을 뿐이다. 그의 시들은 포괄의 정서에 맞춰져 있으며, 신뢰에 대한 정서를 기반으로 하고 있다. 그것이 그가 세상에 던지는 물음들이다.

김성규의 『천국은 언제쯤 망가진 자들을 수거해가나』는 두 번째 시집이다. 이 시인이 주목하는 것은 일탈된 현실이다. 아니 걷잡을 수 없이 폭풍이 소용돌이치는 현실이다. 그러나 이러한 현실에 대해 시인이 할수 있는 것은 아무것도 없다. 서정적 자아 역시 그러한 현실의 굴레로부터 자유롭지 않은 까닭이다. 즉 잘못 먹은 것을 토해내는 새처럼, 시인의 운명 또한 불길한 채 놓여 있는 것이다. 삶에 대한 비판성은 허용되지만, 그 원인에 대해서는 에둘러 표현하는 것이 작금의 시단의 풍토이다. 그것을 초월할 때, 태풍 속에 헤매는 시인의 자아는 올곧은 모습으로 재생될 것이다.

4) 신인들과 기타 시인들

『술병들의 묘지』는 고명자의 첫 시집이다. 발랄함과 성실함이 일상에서 비춰졌던 그녀의 모습이라면, 시집 속의 자아는 그 반대의 경우이다. 평범한 표면 속에 이런 아픔이 감추어져 있을 줄이야. 이 시집을 이끌어가는 서정의 힘들은 시인의 기억 속에 내재되어 있다. 시인의 기억은 개인사이며 따라서 보상받지 못하는 슬픈 역사이다. 그 무보상성이야말로 시인의 내면에 자리한 어둠이며 진실이었고, 자신의 존재를 규정짓는 것이었다. 그 어두운 기억의 저편에서 꿈꾼 것이 밝음에 대한 미학적 승화였다. 동일화되지 않았던 트라우마 등을 묘혈의 깊이에 가두려는 노력들이 이 시집의 주제가 될 것이다.

이중도 시인이 처음으로 시집을 냈다. 자신의 고향『통영』을 시집의 제목으로 했다. 이 시인의 시집을 받았을 때, 무척이나 반가웠다. 시에 대한 열정 하나만으로 자신의 인생길을 역류시킨 그였기에, 인생의 초반기에 그런 그를 처음 바라본 사람으로서의 기대감이랄까 안타까움이랄까 하는 것들이 복합적으로 밀려왔다. 시에 대한 방황의 끝에서 시인이 만난 것이 자신의 고향 통영이 아닐까. 그러한 까닭에 '통영'은 생물학적 고향이 아니라 시의 고향이 된다. 그는 여기서 파도 소리와 생선 비린내, 자신을 길러낸 서정의 향토를 만난다. 그러한 만남이 세파에 부대꼈던 방황들, 파편화되었던 인식들을 완결시킨다. 그의 시들은 이 지점에서 시작된다. 이전이 서정의 모색이라면, 통영은 그의 삶의 중간 지대가 될 것이다. 이 지대를 뚫고 나아가는 그의 서정시학이 어떻게 펼쳐질지가 궁금해진다.

여종하의『강가강에 울다』는 시인의 첫 번째 시집이다. 첫 시집치고 삶의 비관성에 많이 경도되어 있다. 삶을 너무 앞서나간 경우인데, 그런 선

도성이 치유의 힘으로 되돌아올 때, 서정시의 새 영역으로 개척해내지 않을까 한다.

　이 밖에 황희순의『미끼』는 네 번째 시집으로 시인의 인생관이 달관의 형식으로 기술되어 있다. 삶의 무게란 경험에서 온다는 것, 이를 통해 인생의 방향을 암시받고 있다. 박승미의『그림과 놀다』는 아름다운 풍경에 주목했다. 즉 시어의 함축성과 여백미가 시의 정물적 기능을 배가시킨 경우이다. 그리고 한보경의『여기가 거기였을 때』는 독특한 상상력을 보이고 있는 시집이다. 근대성의 사유가 분열에 있음은 잘 알려진 일인데, 시인은 그러한 간극을 여기, 저기라는 공간적 자각을 통해 읽어낸다. 그러한 자의식이 곧 통합에 있음은 두말할 필요도 없을 것이다. 강신용의『목이 마르다』는 시집의 제목처럼 불편부당한 현실에 기초해 있다. 현실이 그러하다는 것은 곧 그 반대의 덕목도 요하는바, 시인은 자신의 삶을 '소나무'와 같은 항상성의 존재로 표상시킨다. 가변적 현실에서 불변하는 것에의 지향이야말로 시대를 건너뛰는 혜안이 아닐까 한다. 이관묵의『시간의 사육』은 회고의 정서가 지배한다. 회고란 반성을 전제하지 않고는 성립할 수 없는 감수성이다. 지나온 시간과 현재의 시간을 마치 동물의 사육사처럼 사육하면서 인생의 방향을 결정하는 상상력이 매우 참신해 보이는 경우이다. 이복규의『아침신문』은 일상에서 시작된다. 그는 그곳의 친숙성에서 시의 발상을 얻으면서 삶의 긍정성을 읽어낸다. 일상은 관념과 모호의 저편에 있는 감수성이다. 그의 시들이 친근감 있게 다가오는 것은 이 때문이다.

제3부

수평의 시학

영원에의 도정―오세영, 『별밭의 파도소리』 근대와 문명에 대한 새로운 패러다임―신진 시인의 최근의 시 인간 존재를 완성하는 두 가지 방식 서대선의 『레이스 짜는 여자』와 문현미의 『그날이 멀지 않다』 싱싱한 혼돈, 태초를 향한 힘찬 발걸음―이중도의 『새벽시장』 자연과 모성적 상상력의 생생한 교직―손진은의 최근 시 말의 가시를 뭉그러뜨

영원에의 도정

— 오세영, 『별밭의 파도 소리』

오세영의 최근 시들이 지향하는 지점은 영원에 있다. 지극히 모호하고 불확실한 이 감각은 그러나 시인에게는 없어서는 안 될 삶의 최후의 보루와도 같다. 시인이 이 시집의 서문에서 "비록 내가 바라는 영원에 도달할 수 없다 하더라도 그 영원에 도달하려는 노력 없이 이 세상을 살 자신이 없으므로 나는 시를 쓴다"고 고백한 것도 이와 분리하기 어려운 것이라 할 수 있다. 자기화되어야 하지만 그렇게 되지 않는 것이 영원의 감각이다. 인간의 모든 고독이라든가 근대의 역사철학적인 맥락이 그 의미를 갖게 된 것도 이 감각의 상실과 밀접한 상관관계를 갖고 있다. 그만큼 그것은 인류의 보편적 정서에 그 맥락이 닿아 있다. 그러한 까닭에 시인이 그것에의 도래를 애타게 그리워하는 것도 무리는 아닐 것이다.

시인의 시 쓰기는 미정형의 상태에 놓여 있다. 최후에 도달할 목표가 언제나 저 멀리서 손짓만 하고 마지막 본질을 드러내 보이지 않는 까닭이다. 시인은 그곳에 이르기 위해 시를 쓴다. 언어 속에 축적된 주름들이 완전히 펴질 때까지, 그리하여 그 내부에 아무것도 담아낼 수 없을 때까지 그의 시업은 계속되는 것이다. 그것은 시인에게 일종의 숙명과도 같은 것이다. 하지만 그런 운명이 놓여 있기에 그의 시 쓰기는 좌절을 뛰어넘는다.

> 가장 낮은 자리에서 기는 담쟁이가
> 누구도 넘볼 수 없는 벽을 넘나니
> 그 절망의 높이에서 푸른 하늘을 여는
> 꽃이여
>
> ― 「오체투지」 전문

시인이 가는 길은 "가장 낮은 자리에서 기는 담쟁이"의 행위와 다를 것이 없다. 그것이 삶의 과정이고, 또 목표이기 때문이다. 그럼에도 그 앞에는 초월하기 힘든 벽이 놓여 있다. 그것은 언어의 주름을 펴지 못하게 하는 차단막과도 같다. 그런데 그것은 역설적으로 시인에게는 서정의 샘과 같은 기능을 하기도 한다. 극복해야 할 대상이 있다는 것만으로도 인생의 목표, 삶의 좌표가 자연스럽게 설정되는 까닭이다. 따라서 절망의 높이를 딛고 푸른 하늘을 여는 꽃이야말로 시인이 꿈꾸는 이상이 될 것이다. 그러한 꿈들은 "깊은 토굴에서 해탈의 오랜 과정을 뚫고 나온 매미들의 날개짓 소리"(「수좌(首座)」)와 동일한 차원에 놓이는 것이다.

그러나 그것은 목표일 뿐 실제로 실현 가능한 꿈은 아니다. 그것이 시인이, 아니 인간이 감내해야 할 슬픈 비극일 것이다. 세상은 그렇게 녹록지 않은 것이고, 영원을 잃어버리고 존재론적 고독에 휩싸인 인간이 쉽게 다가갈 수 있는 목표가 아니기에 더욱 그러하다. 인간이란 선험적으로 죄로부터 자유롭지 않고, 또 삶의 굴레로부터 속박되어 있기 때문이다.

거울을 마주 보고 앉아
타월로
온몸 구석구석 때를 민다.
…(중략)…
참회하듯
바닥에는 수북이 밀린 때가 쌓여 있다.
신께 드리는 그 육신의
고해성사

이 세상엔 인간 아닌 그 누구도
제 몸의 때를
이처럼 정성 들여 씻진 않을 것이다.

— 「죄」 부분

이 작품에서 말하고 있는 죄란 선험적인 차원의 것이다. 그렇기에 그것은 또한 종교적인 영역으로부터 자유롭지 않은 것이기도 하다. 종교적 함의는 개인의 윤리적 판단과 무관한 차원의 것이다. 죄는 윤리적 기준에 의해 재단되는 것이 아니고 또 나의 행위적 의지에 따라 좌우되는 것도 아니다. 그것은 단지 인간에게 주어진 것이고 던져진 것일 뿐이다. 죄는 연좌제에 의해 만들어진 것이기에 인식주체의 윤리적 영역 밖에 존재한다. 종교가 발생하고 그 실효성이 성립하는 것이 이 지점인데, 실상 이런 음역을 벗어나게 되면, 인간의 존립 근거는 대단히 무미건조한 것이 되고, 서정의 동력 또한 상실할 수밖에 없다.

그런데 역설적으로 보면, 인간이 이런 덫으로부터 자유롭지 못하다는

것이 서정의 샘을 길어 올릴 수 있는 원동력으로 작용하는 것이 사실이
다. 죄가 원리적이고 선험적으로 주어진 것이었다는 사실이야말로 인간
의 존재 조건이고 인간으로 하여금 실존의 고통으로부터 벗어나지 못하
게 하는 근본 동인이다. 그러한 것들이 인간을 여러 방면으로 얽히고설키
게 한다. 세상에 한번 기투된 존재라는 것, 그것은 풀릴 수 없는 매듭으로
인간의 조건을 구성하게 만든다.

　　　깊은 바다나 옅은 강이나
　　　자고로 물고기는 투망으로 잡았다.
　　　저인망, 안강망, 정치망, 유자망, 채낚기, 통발을 던지고,
　　　끌고, 쳐서 잡는 저
　　　싱싱한 해산물의 펄떡임이여.
　　　어찌 이뿐이겠는가.
　　　나는 새,
　　　기는 짐승 역시 혹은 그물을 치고 혹은
　　　덫이나 올무를 놓아 포획하지 않던가.
　　　무릇
　　　살아 있는 생명은
　　　공중이나 지상이나 물속이나
　　　인연의 끈을 비비고, 꼬고, 묶고, 엮어 만든
　　　매듭에 한번 얽히면
　　　더 이상 도망칠 수 없나니

　　　　　　　　　　　　　　　　　　　　　　　― 「다랭이 논」 부분

　인용 시에서 보듯 물고기는 투망에 의해 그 자동력을 상실한다. 뿐만
아니라 하늘을 나는 새라든가 기는 동물 역시 덫이나 올무로부터 자유롭

지 못하다. 아니 그러한 것들이 있기에 그들의 존재 조건이 위협을 받는 것이다. 이와 마찬가지로 인간의 존재 조건도 각종 인연의 끈으로부터 그들의 자유를 제약당한다. 그런데 이런 제약들은 나 스스로 만든 것이 아니라 내 의지와 상관없이 다가온 것이라는 데 그 문제의 심각성이 있다. 그렇기에 그것은 원죄에 가까운 것이고 궁극에는 종교의 영역에 속한다. 인간이 그런 숙명의 틀에서 벗어나고자 몸부림치면 그것은 더욱 인간을 구속한다. 인연의 끈이란 죄의 또 다른 음역이며, 인간이라면 누구에게나 똑같은 함량으로 다가오는 숙명과 같은 것이다. 그러한 운명의 늪에서 이를 인지하고 이로부터 탈출하고자 하는 것이 인간의 숙명이고 운명이다. 그러한 도정을 이해하고 이를 초월하고자 하는 것이 시인이 말한 "영원에의 길"일 것이다.

  인간이 왜 영원을 그리워하는가 하는 것은 지극히 상식적인 문제이면서 근대의 역사철학적인 문제와 분리하기 어려운 것이다. 그러나 영원에의 그리움이 인간의 의식으로부터 혹은 인간의 실존으로부터 얻어진 것이라면, 그 원인이랄까 기원들을 추적해 들어가면 영원의 상실과 밀접한 관련이 있을 것이다. 시인이 이 시집에서 그러한 상실 요건을 표 나게 언급하고 있는 것은 아니지만, 시집을 꼼꼼히 살펴보면, 신의 섭리랄까 신의 계율에 대한 위반이 그 원인임을 암암리에 드러내고 있음을 보게 된다. 실상 영원의 상실은 인간이 신으로부터 분리된 사건이었던 에덴동산의 비극에서부터라 할 수 있다. 이 낙원에의 상실이 영원을 포기하게 된 근본 동인이었거니와 이를 계기로 인간은 그것으로 되돌아가고자 하는 숙명을 필생의 과제로 받아들이게 된다.

꽃은 다만 꿀을 만들 뿐
배설은 하지 않는다.

배변(排便)은 오로지
짐승들만이 섬기는 종교,
먹고 먹히는 자가 치러야 하는
속죄 의식

그래서 피정(避靜)은 항상 금식으로부터
시작한다 하지 않던가

힘은 죄를 낳지만
아름다움은 사랑을 낳는다

— 「아름다움은」 전문

인용 시에서 배설은 약육강식의 상징이다. 그런데, 이것은 철저하게 힘의 논리에 의해 유지된다. 강자에 의한 약자의 지배 논리, 곧 진화론은 철저하게 성경의 진리와 대척점에 놓이기 때문이다. 뿐만 아니라 배변은 성서적 신화와도 교묘히 일치한다. 인간이 영원을 상실한 근본 동인도 먹는 행위에서 비롯되었다. 선악과라는 사과를 먹은 소비 행위야말로 인간이 지상적 존재로 전락한 역사적 사건이었다. 따라서 소비 충동과 힘의 논리에 기대는 것은 반영원적인 행위이고 신의 권리에 도전하는 것이 아닐 수 없다. 그런데 문제는 이러한 도전이야말로 인간의 욕망에서 비롯된 것이고, 그것이야말로 지상적 평화와 영원성을 파괴한 매개라고 한 시인의 인식이다.

일찍이 신(神)의 정원에서
사과를 훔쳐 먹은 인간은
그로 하여 고통과 노역의 형벌을
받게 되었다고 한다
그런데 이제는
생쥐처럼
신이 숨겨 놓은 술독을 찾아내
두주불사 퍼마시기 일상이다
…(중략)…
그 형벌로 받은
중동의
전쟁과 살육!

　　　　　　　　　　　　—「이라크전쟁」 부분

　이 작품 역시 신성성에 도전한 인간의 무모한 역사를 다룬 시이다. 아
니 역사라기보다는 인간의 기본적 존재 조건이 위반의 역사에서 비롯된
것이고, 그렇기에 시인은 인간을 원리적으로 결핍된 존재, 영원을 상실한
존재로 규정하고 있다. 신으로부터 분리된, 영원을 상실한 인간이 치러야
할 대가는 상상을 초월한다. 인간에 대한 지배뿐만 아니라 전쟁을 통한
살육 등 상상하기 어려운 비극을 심어놓았다. 이 모든 도발은 더 많은 삶
의 축제를 즐기려는 인간의 욕망과 불가분의 관계에 놓인다.
　시인이 이번 시집에서 인간의 욕망과 그 위반이 빚어낸 다양한 편린들
을 묘파해낸 것도 여기에 그 원인이 있다. 그는 영원의 가치를 잃고 욕망
의 노예가 된 채 살아가는 현대인의 군상들을 담담히 응시한다. 명품지
향족들이 빚어낸 짝퉁의 범람 현상(「학력위조」)이라든가 소외된 자들의

울분이 응집되어 있는 가스통(「맨홀」)의 산재 등등이 그러하다. 이는 모두 사회의 모순이 빚어낸 것이지만, 그 근본을 따져 들어가다 보면, 무한 번식하는 욕망의 발산과 무관하지 않은 것이다. 물론 그러한 욕망의 팽창이 영원을 상실한 인간의 실존적 조건으로부터 비롯된 것임은 당연할 것이다.

> 살풋 흙더미 다독여 새싹 틔우고
> 살짝 가지 간질여 꽃봉오리 터트리고,
> 언뜻 수면 건드려 안개 피워 올리고,
> 얼풋 구름 꼬드겨 빗방울 떨어뜨리고,
>
> 황지(荒地)로, 황지로
> 밤낮 없이 뛰어다니는 바람의 숨은
> 항상 가쁘기만 하다.
>
> 그의 다함없는 스킨십으로
> 깨어나는 봄
>
> 오늘은 모처럼의 휴일이다.
> 한적한 공원의 빈 그네에 홀로 앉아
> 무심히 줄을 밀고 당기는 그의
> 쓸쓸한
> 뒷모습
>
> —「바람」 전문

영원에 대한 시인의 도정은 그가 선언한 대로 그의 삶의 존재 방식이다. 그러나 욕망의 소멸과 영원성의 획득이라는 단순한 이분법에도 불구하고 그것에 이르는 길은 쉽지 않다. 그것은 수도자처럼 절제를 요구하기도 하고 끊임없는 도덕적 염결을 요구하기도 한다. 감촉될 수 있을 만큼 가까이 있는 듯해도 그 길은 멀리 있다. "맨몸으로 사는 새는, 짐승은/치매에 걸리지 않고도 잘들/살지 않던가, 집 없이도 잘들 살"(「무소유」)아나 갈 수 있지만, 그러나 인간은 그렇지 못하다. 인간이란 근원적으로 욕망하는 존재이고, 또 이 그물로부터 쉽게 벗어나지 못하기 때문이다. 그럼에도 시인은 그것을 쉽게 포기하지 못한다. 그것이 자신이 살아가는, 혹은 시를 쓰는 근본 이유가 되기 때문이다. 그리하여 그는 "그 자리에 서서 만족하며 그곳을 우주의 중심으로 생각하는 바위"(「바위 3」)를 선망하고, "고향집 그 우물에 들러 한사발의 물"(「샘물」)로 뜨거운 욕망을 식히려 한다. 이러한 노력들이 모두 영원으로 나아가고자 하는 시인의 지난한 노력들임은 두말할 필요도 없을 것이다.

　뜨거운 욕망을 차갑게 한 자리에서 시인이 만난 것은 어쩌면 '바람'의 세계, 곧 자연의 섭리와 같은 세계일지도 모른다. 바람은 황지로 떠돌면서 그것을 생명의 광장으로 변이시켜버리는 그 자연의 섭리, 우주의 섭리를 꿈꾸어온 것인지도 모른다. "나와 너가 공존하면서 아름다운 별빛을 내는 것처럼"(「2」), 우주의 법칙을 꿈꾸고 있는 것이다. 그러한 법칙이 일상화될 때, "절망의 높이에서 푸른 하늘을 여는 꽃"(「오체투지」)처럼, 영원에 대한 시인의 도정이 활짝 개화될 것이다. 이제 시인은 이 시집에서 그러한 길로 막 들어서고 있다.

근대와 문명에 대한 새로운 패러다임

— 신진 시인의 최근의 시

    신진 시인의 신작 소시집은 7편의 시들로 구성되어 있는데, 적은 분량에도 불구하고 여기에 내재되어 있는 의미망들은 결코 만만치가 않다. 작품 속에 함의되어 있는 지시성들이 하나의 주제나 의미로 쉽게 수렴되는 것을 경계하고 있기 때문이다. 주제가 하나의 계선으로 단선화되지 않고 있다는 것은 시인의 시선 속에 들어온 대상들의 의미망들이 다양하게 뻗어나가 있다는 뜻이다. 이는 어찌 보면 발언하고 싶은 것이 많은 시인의 욕심일 수도 있지만, 시인을 둘러싸고 있는 환경이 녹록지 않다는 의미도 될 수 있을 것이다.

    대상을 응시하는 시인의 시선이 복잡한 것처럼, 실상 지금 여기의 일상을 이끌어가는 에너지들은 다양한 실타래로 얽혀 있는 것 또한 사실이다. 그 묶음들이 쉽게 펼쳐지리라 기대하는 것은 단지 희망에 불과할 정도로 현실이 제기하는 상황들은 복잡하기 때문이다. 그러나 우리가 발 딛고 있는 이곳 상황에 대해 어떤 정답을 요구하는 것은 어리석은 일이 될 것이다. 우리가 살고 있는 근대 사회란 기본적으로 파편화된 것이고 부조리한 현실에 밑바탕을 두고 있는 까닭이다.

인간의 삶들은 근대가 준 현실로부터 단 한 번도 자유롭지 못했다. 넘지 못할 거대한 절벽처럼 가로막고 있는 이 괴물은 인간을 끊임없이 괴롭혀왔다. 그러나 근대라는 거대 서사가 이것이다라고 쉽게 말할 수 있는 근거 또한 매우 모호한 것이어서 그 특징이나 현상을 단선화시켜 말하는 것 역시 매우 어려운 일이었다. 그렇기에 사유의 주체들은 그 부조리한 매개나 원인에 대해 한두 가지 국면만을 제시해서 그 해법을 말해왔을 따름이다.

근대가 뿌려놓은 불온한 삶과 현실에 대해 전부 말하는 것은 불가능한 일이거니와 그 대략의 개요만이라도 제시할 수 있다면, 근대를 살아가는 주체들이 할 수 있는 최선의 임무는 다한 것이 아닐까 한다. 오늘날 시인들에게 요구하는 근본 임무 또한 여기서 자유롭지가 않은 것 또한 사실이다.

신진 시인이 말하고자 하는 대상이나 주제는 쉽게 간추려지지 않는다. 다시 말해 현실의 몇몇 부조리한 상황에 대해 한두 가지로 결론짓거나 섣부른 진단을 내리지 않고 있는 것이다. 그만큼 시인이 시속에 던지는 의문들은 매우 다층적으로 구현된다. 이런 다양성이야말로 근대인으로서 갖추어야 할 기본 요건이며 시인의 의무일 것이다. 이는 그의 시들이 그만큼 현실의 깊은 웅덩이에 뿌리를 내리고 있다는 것이고, 현실의 제반 문제들에 대해 어느 하나로 완결된 충족을 얻어내기가 무척 어렵다는 뜻도 내포되어 있을 것이다.

시인이 불온한 현실에 던지는 의문들은 두 가지이다. 하나는 내적인 요인에서 비롯된 자기 수양의 문제이고 다른 하나는 외적인 것과 관련된 문제이다. 그렇다고 이 두 요인이 전연 다른 기원과 원인을 갖고 있는 것은 아니다. 어떻든 그의 작품들을 이렇게 도식화했다고 해서 그가 던지는 현실의 물음들이 단순하지는 않다. 그의 사유들은 근원에 닿아 있는 것이기도 하고, 본질과 분리하기 어려운 것이기도 하며, 또 근대라는 형이상학적인 문제로부터도 결코 자유로운 것이 아니기 때문이다.

> 다들 버렸다는데
> 내가 버린 것들은
> 버린 후에도 남아있다
>
> 마저 부르지 못한 이름
> 버린다고 떠나는 것이 아니다
>
> 금박지에 싸서 버려도
> 자질구레, 방안에 먼저 와 기다린다
>
> 6월이 못되어 장마 비 내리고
> 10월이 되지 않아도 단풍 물든다
>
> 이승에서 버린 것들은
> 숨겨놓은 것에 불과한가?
>
> 돌아서면 다시 소매 당기며 속 파고드는
> 결별의 찰나마다 다시 명패를 드는
>
> 자질구레들, 마저 부르고나면
> 금박지 속 남은 숨, 마저 스러질까?

다들 버리고 손 탈탈 터는 것 보면
나도 어디선가 버려지긴 버려진 모양인데

                                          ―「미련」 전문

　시인이 이번 시집에서 던지는 첫 번째 의문이랄까 시적 주제는 존재론적 완성에 관한 것이다. 「미련」에서 말하고 있는 자기 수양이 바로 그것인데, 우선 수양이란 존재론적 완성에 대한 희망 의식에 걸리는 것이기도 하지만 인간의 근원에 대한 질문과도 분리하기 어려운 것이다. 완성의 이면에 존재하는 것이 미완성에 대한 불안 의식일 것이다. 신을 잃어버린 인간, 영원을 잃어버린 인간 속에 끊임없이 내재되어 있는 사유가 그 선험적 고향으로 되돌아가고자 하는 욕망에 뿌리를 두고 있기 때문이다. 그러한 도정이 있기에 생의 에너지가 생기는 것이고 삶의 존재 의의가 확보되는 것이다. 그러나 그러한 도정이 인간의 희망처럼 쉽다거나 실존적 자기 결단에 의해 간단히 이루어질 수 있는 문제는 아니다. 끊임없는 배제와 선택에 의해서 긍정성과 부정성을 구분해서 걸러내야 하는 자기 결정 혹은 수양의 과정이 수반되어야 하기 때문이다.

　근대가 인간에게 부여한 부정성은 아마도 지칠 줄 모르는 거침없는 욕망일 것이다. 인간의 존재 의의가 욕망에 그 기원을 두고 있음은 성서의 아담 신화가 일러주는 주요한 전언이긴 하지만, 그러나 다른 한편으로 그것은 인간에게 제어할 수 없는 힘으로 기능해오기도 했다. 영원이라는 선험성이 사라진 뒤에 그 욕망은 더욱더 인간의 조건을 규정해온 것이다. 무차별적으로 확산하는 욕망하는 기계, 그것이 곧 근대적 인간형의 근본 요건이 되어버렸다. 존재론적 완성의 길이란 그것과 어떻게 '결별'하느냐

에 성패가 달려 있을 것이다. 그러나 그것은 쉽지 않은 피드백 과정으로
계속 우리를 괴롭히고 있을 뿐이다. 여기서 헤어나는 것은 오직 신의 영
역일 것이다.

근대가 일러준 또 하나의 교훈은 이른바 견고한 것의 상실에서 찾을 수
있을 것이다. 모든 경계가 사라지는 휘발 효과야말로 근대가 지시해준 특
이한 표명일 것이다. 그러나 이것은 어디까지나 형이상학의 영역에서 유
효한 것일 뿐 실제 생활 영역으로 내려오게 되면 정반대의 현상이 펼쳐지
게 된다. 이른바 고정관념이라는 절대 불변의 성역이 새로이 만들어지는
것이다. 이 음역은 그 경계가 지독히 견고한 것이어서 웬만해서는 그 간
극이 무너지지 않는다. 경계가 강하면 강할수록 고정관념은 더욱 견고해
질 수밖에 없다. 합리적 기초 위에 서 있지 않은 관념이 강해지면 강해질
수록 그것은 더욱 강력한 틀로 귀착하게 된다. 고정관념이란 객관화된 지
시성을 상실한 기호 체계이다. 그렇기에 그것의 남용은 강한 주관성 내지
는 부정성만을 남기게 된다. 그것이 어떤 결과를 낳게 하는가 하는 것에
대해 굳이 우리의 주의를 환기시킬 필요는 없을 것이다. 그것이 주는 폐
해란 너무 뻔한 결과를 가져오기 때문이다.

> 물이 물을 넘을 때는
> 부글부글 소리 지른다
>
> 추운 날은 근육을 세워
> 시간을 지우는 단단한 날(刀)이 된다
>
> 물이 물을 넘을 때도

단단한 날일 때에도
물은 흐름 안에 웅크리고 있었다

아래로 아래로 흐르는 율격
마주보며 서로 섞이며
서로 아래가 되는 포옹
흐름에서 재가 되고 다시 불타는 미학

그동안 물의 실상은
흐름의 장막에 가려져 있다

세상의 모든 과학과 미학
고정관념과 고정감각일 뿐이다

시퍼런 물 칼 한 자루 쥐고
나는 바람 든 물을 자르고자 한다

운동화 끈이 잘리는 순간
물은 내 칼 위에서 물로 살아난다

— 「물의 정체」 전문

　물의 속성이 흐름에 있음은 상식에 속하는 일일 것이다. 그런데 그러한
상식을 넘어서서 물은 단지 '흐름의 장막'에 가려 있는 여타의 속성들이
제대로 파악되지 않고 있다는 것이 시인의 판단이다. 또 그렇게 사유되는
것이 사회 일반의 고정관념이다. 시인이 판단하기에 이 관념을 만들어낸
것은 아이러니컬하게도 세상의 모든 과학과 미학이다. 시인은 그러한 관

념을 만들어낸 주체가 과학이라든가 미학이라고 에둘러 표현했지만 실상은 지금 여기를 살아가는 인간이 만들어낸 것에 불과할 뿐이다. 보다 정확하게는 근대의 세례를 받은 인간이, 욕망에 사로잡힌 인간이 만들어낸 고정관념일 뿐이라는 것이다. 물의 기능적 속성이 흐름이긴 하지만 그것이 펼쳐보이는 것은 오히려 순리에 충실히 따르는 대상으로 시인의 눈에는 비춰지는 것이다. 물론 위에서 아래로 흐르는 물의 경우도 섭리이긴 하지만, 물은 이 외에도 보다 중요한 습성을 가지고 있다는 뜻이다. 그 습성이야말로 고정관념을 뛰어넘는 새로운 사유이고, 물의 진정한 가치일 수 있다는 것이다. 물은 흐르는 속성만 있는 것이 아니라 "물이 물을 넘을 때는/부글부글 소리 지르기도 하고", "추운 날은 근육을 세워/시간을 지우는 단단한 날이 되기도" 한다. 뿐만 아니라 단순히 흘러가기만 하는 것이 아니라 "아래로 아래로 흐르면서 율격"을 만들어내기도 하고, "마주보며 서로 섞이며", "서로 아래가 되는 포옹"을 하기도 한다. 이런 행태야말로 물이 단지 흐름이라는 속성만을 갖고 있을 뿐이라는 고정관념을 뛰어넘는 요소가 된다는 뜻이다.

시인은 이렇듯 물이라는 속성 속에서 여러 함의를 읽어낸다. 대상에 대한 이런 다층적 해독이야말로 신진 시인이 표명하는 득의의 영역이며, 시인은 이를 통해서 새로운 사유를 만들어낸다. 그것은 현실을 지배하는 고정관념이 아니라 현실을 만들어내는 새로운 관념 체계의 형성이다. 이 관념이야말로 지금 여기의 현실을 올곧게 만들 수 있을 것이라는 소박한 희망이야말로 이 시인이 도달할 수 있는 최대의 미덕 혹은 사회적 실천이 아닐까 한다.

황혼을 안고 걸어가면
세상의 끝에서
걸어오는 사내가 있다

황혼을 안고 걸어가면
세상의 끝을 향해
걸어가는 사내가 있다

모양은 같아도 길이 다르고
서로 달라도 같은 길에 섰다

세상의 끝으로 가던 사내와
세상의 끝에서 오던 사내가
하나로 스며드는 지점

비껴간다, 서로
모르는 사이다

— 「황혼」 전문

고정관념은 상대적인 위치에서 비춰보아야 비로소 깨지게 된다. 이 작품이 지시하는 의장은 크게 두 가지이다. 하나는 황혼이 주는 의미이고 다른 하나는 시점의 교차가 주는 지시성의 혼란이다. 황혼이란 경계를 무화시키는 이미지이다. 경계의 혼란이야말로 고정적 관념을 흩뜨리는 적절한 시적 장치가 아닐까 한다. 그리고 다른 하나는 시점의 교차이다. 상대성의 원리만큼 상대방의 입장을 잘 일러주는 것도 없을 것이다. 이 작품이 주는 교훈이나 지시성은 이로부터 자유롭지 않은데, 시인은 이런 경계 소멸을 통해 견고한 어떤 틀을 계속 무화시키고자 한다.

근대가 우리에게 준 시련은 어느 한 부면의 해결을 통해서 쉽게 해소될 수 있는 성질의 것은 아니다. 그것은 인간에게 존재론적 완성을 실현시켜 나가야 하는 과제를 주기도 했고, 지금 여기의 사회를 혼탁하게 만든, 고정관념이라는 왜곡된 시선을 교정해야 할 과제를 부과하기도 했다. 뿐만 아니라 인간으로 하여금 욕망하는 기계를 마음속에 내재시키기도 했다. 욕망의 끝에 걸린 것은 인간적 만족이 아니라 인간적 파멸이었다. 욕망이 상승할수록 파괴도 똑같은 질량으로 그 수위를 높여온 것이다. 인간적 삶이 그리워질 때, 욕망하는 기계도 그 동력을 잃게 될 것임은 자명한 일일 것이다.

뻐꾸기소리 들리는
숲 속 지나며 옷 다 벗네
홀라당, 꼴깍
뻐꾸기 소리에 빠지네

매미소리 자욱한 숲 그늘 지날 때
껍질 다 벗네
공항의 보안 검색기 지나듯
매! 매애 매애 매!
미리 떨며 흉기 다 내놓네

숲 그늘에 누워서 바라보는 하늘
빈 허공 속으로
철탑 위의 고공 농성
물귀신이 된 수학여행단

칙칙폭폭 폭폭폭폭폭

매미소리 뻐꾸기소리 조용히 실려 가네

숲에 누워 숲 소리 듣고 있으면

세상에 흉기 아닌 것 없고

사람들 사이사이 상처 아닌 것 없네

매미소리 뻐꾸기소리

나무 숲 사이사이

내 껍질, 내 상처 잠시 널어 말리네

— 「숲 그늘에서」 전문

　욕망이 물질을 낳고, 다시 물질이 욕망을 낳는 것이 근대 사회의 특징
이다. 물질 중심주의의 사고는 인간 중심주의 사고를 파괴했다. 그리하여
물질이 먼저인 세상에 살다 보니 사람이 먼저인 세상이 그리워질 수밖에
없다. 특히 그 그리움에 불을 지른 것이 "철탑 위의 고공 농성"이라든가
"물귀신이 된 수학여행단" 등등이다. 인간적 그리움은 물질을 희생시키며
자라는 나무에서 피어오르는 정서이다.

　욕망에 편승한 개발 논리가 낳은 것이 문명이고, 물질 중심의 사회이
다. 역사와 시대를 바꾸어갈 새로운 패러다임에 대한 전망의 부재는 이
시대의 위기를 현존하는 것들 가운데 집요하게 천착하도록 만들었다. 이
른바 대안 담론에 대한 모색인데, 이는 구세주에 대한 갈망이며 새로운
세상에 대한 갈망과도 밀접한 관련이 있는 것이었다. 새로운 대항 담론이
무엇인가에 대한 미래적 모색은 절대적 신이 아닌 이상 그 실체라도 붙잡
는 것은 난망한 일이 아닐 수 없었다. 따라서 현재의 실체에서 미래의 대
안을 찾는 것이야말로 가장 적절한 대안으로 떠오르게 되었다. 자연이 새

로운 화두로 등장하게 된 데에는 바로 그러한 저간의 사정이 있었던 것이다. 근대와 더불어 시작된 물질문명의 확산 속에서 그 대척점에 놓인 것이 자연이었기 때문이다. 자연의 하락과 물질의 상승은 서로 반비례 관계에 놓여 있었던 것인데, 그 하나가 참이면 다른 하나는 거짓이 될 운명에 처해 있었다는 의미이기도 하다. 따라서 문명이 부정될 때, 자연이 긍정되는 것은 당연한 이치가 될 것이다.

인용 시에서 보듯 인위적인 것과 자연적인 것의 대립 속에서 시인의 시선이 가 닿은 것은 후자의 감수성이다. "숲에 누워 숲 소리 듣고 있으면/세상에 흉기 아닌 것 없고"라는 사유야말로 자연의 선험적 가치에 대한 표명일 것이다. 건강한 자연력에 대한 회복이야말로 위기의 관점으로 다가오는 현 시대를 극복할 수 있다는 것이 이번 소시집에서 피력한 시인의 의도일 것이다. 자연스러움과 모성스러움, 또 영원주의로 표상되는 자연의 이법 속에서 물질 중심이라든가, 고정관념 혹은 편견의 부정적 사유들은 모두 녹아내리게 된다고 이해하는 듯하다. 따라서 자연은 그런 흔적들을 무화시키고 거름 삼아서 올곧은 진정성이 확보되는 새로운 패러다임을 만들 수 있는 매개라는 것이 시인이 이번 작품 세계에서 펼쳐보인 궁극적 주제라 할 수 있을 것이다.

인간 존재를 완성하는 두 가지 방식
— 서대선의『레이스 짜는 여자』와 문현미의『그날이 멀지 않다』

1. 부재와 그리움의 정서

삶의 목적이 무엇이든 인간은 그것에 이르기 위해 끊임없이 노력한다. 그 목표가 도구적인 것이든 아니면 본질적인 것이든 간에 인간은 여기에 이르는 길을 위해 자신의 사유에 최선을 다하게 된다. 그런데 이러한 노력의 원천이 모두 인간다운 것 혹은 동일체적인 것에 대한 그리움에 그 뿌리를 두고 있다는 것은 틀림없는 사실일 것이다. 인간이 가상의 진실을 만들어내거나 훼손되지 않은 기억의 선험성에 대해 끊임없이 갈망하는 것도 이와 무관하지 않다.

인간의 본래적인 욕구가 이런 사유와 분리하기 어려운 것이라면 인간의 의식 속에 내재된 근원적 감수성이 그리움의 정서에 닿아 있음은 당연하다 할 것이다. 그것은 결핍의 사유 속에서 길러지는 것이고, 또 완전성에 대한 희망 속에서 배태되기도 한다. 그렇기에 서정시가 만들어가는 과제 가운데 하나가 그리움의 정서 속에서 시작되는 것이 아니겠는가.

이번에 상재된 서대선의 『레이스 짜는 여자』와 문현미의『그날이 멀지 않다』가 탐색하는 부분도 여기에 놓여 있다. 이들은 여성이라는 섬세한 감각을 최대한 이용해서 자신의 의식 속에 감추어진 그리움의 비밀을 해독해낸다. 그 비밀은 시인의 내밀한 자의식에 뿌리를 두고 있는 것이어서 섣부른 정답을 얻어내기가 쉽지 않다. 그럼에도 그러한 정서들이 시인의 난해한 의식 속에 갇혀서 헤어 나오지 못하는 암호의 차원에 그치지는 않는다. 왜냐하면 그들이 고민하는 흔적은 그들만의 문제에서 그치는 작은 틀에 머물러 있는 것이 아니기 때문이다. 그 보편적 음역을 서대선은 섭리나 이법과 같은 근원을 통해서, 문현미는 절대 신성을 통해서 읽어낸다. 그러나 이 목표를 향한 그들의 시야의 폭과 넓이가 상이하다고 해도 결국은 하나의 정점에 그 뿌리를 두고 있다. 인간이 추구하는 보편이란 결국 하나의 절대 진리, 절대 이성으로부터 분리되어 있는 것은 아니기 때문이다.

2. 완결을 향한 지난한 도정

서대선의 『레이스 짜는 여자』는 시인의 두 번째 시집이다. 늦깎이로 문단에 나온 시인치고 시에 대한 열정과 의미를 엮어가는 솜씨가 매우 남다른 경우이다. 그의 시들은 깔끔하고 군더더기가 없다. 이런 세련성이란 의식의 단일성과 순일성 없이는 성립하기 어려운 것들이다. 이 시인에게는 의식의 분열이나 해체와 같은 서정의 영역을 벗어나는 시적 작업은 오히려 사치스런 일이 된다. 그러한 목표 의식이 그의 시들을 깔끔한 서정의 틀에 갇히게 하는 것이 아닐까. 서정의 열정 속에서 만들어지는 시인의 작업이 목표로 하고 있는 것은 일차적으로 그리움이다.

불을 올린다
하이얀 한지위로 사르륵 사르륵
그대 이름이 날개를 달고
내 손을 떠나간다

손 안에 내려앉을 듯하다가는
진저리치며 날아오르는
그대 그림자
불의 날개로 스쳐 가는
그리움이여

따끔거리는 기억
소지의 불꽃으로 툭툭 떨어지며
타다 남은 그대의 모서리가
예리하게 면도날을 그으며
마음의 변방으로 사라진다

―「그리움을 소지한다」 부분

그리움은 원초적인 감각에 불과한 정서에 속하는 것이지만 그것이 소망의 차원을 넘어서 선험적인 어떤 것으로 전화하게 되면, 보다 강력한 힘으로 기능하게 된다. 그 한 가지가 인용 시에서 보듯 주술적인 영역으로의 침범이다. 시인은 자신의 심혼 속에 맹렬히 타오르는 그리움의 감수성을 주체하지 못해 이를 열망하는 의식의 차원으로 끌어올려 놓는다. 그럼에도 시인의 자의식은 여기서 충족되지 않고 거듭 고양된다. 그런 충만된 의식의 열기 속에서 말아 올려지는 것이 종이를 태우며 소원을 비는 주술의 영역으로 틈입하게 된다. 소지 의식은 이른바 일상의 영역을 뛰어넘는 신비적 행위이다. 이는 인간의 힘과 능력이 한계에 부딪힐 때 어쩔 수 없이 기대게 되는 샤먼적 의식이다. 이렇듯 시인의 그리움의 정서는 주술에 의하지 않고는 해독되지 않을 정도로 강력한 기제 속에 형성되고 있는 것이다.

시인의 시를 이끌어가는 힘은 이렇듯 그리움의 정서이다. 그런데 그 정서는 주술의 힘에 기댈 정도로 매우 강력한 자장을 갖고 있다. 그것이 어떤 정서이기에 시인에게 이토록 강력한 기제로 다가오게 되는 것일까.

그러나 많은 기대에도 불구하고 시인이 그리워하는 대상은 의외로 단순한 모양을 취하고 나타난다. 그것은 누구나 쉽게 상정할 수 있는 님으로 구현되기 때문이다. 그것은 사랑하는 님(「레이스를 짜는 여자」)일 수도 있고, 또 세속을 넘어서는 어떤 님(「봄비」)일 수도 있다. 그러나 그 어떤 것이든 여기에 이르는 길은 녹록하지가 않다.

> 십자가 하나 만들고 싶다
> 못 하나 나무 두 개
>
> 가도 가도
> 모래뿐인 사막
>
> —「아주 작은 소망」 전문

네 블로그 어딘가에서
키보드를 누르고 있을 너,
피가 도는 진짜 네게 닿기 위해
징검다리를 놓으마,
이 다리를 건너 내게 와다오
내 징검다리를 딛고 와다오,
피라미처럼 거슬러 와다오

—「징검다리」부분

님에게 다가가는 길은 험난하다. 때론 십자가를 짊어지고 다가가려 하지만 가도가도 모래뿐인 사막, 곧 척박한 환경이 가로막고 있다. 뿐만 아니라 징검다리를 역으로 겨우 거슬러 올라가야만 이를 수 있는 길이기도 하고, 주린 배를 움켜쥐고 넘어야 하는 심리적, 육체적 고난이 동반되는 길이기도 하다(「춘궁기」).

시인의 시세계는 이처럼 님을 갈급하는 정서의 충만함으로 가득 들어차 있다. 그 갈증의 한 끝에 그리움의 감각이 놓여 있고 그 반대편에 님의 실체가 놓여 있다. 시인은 그리움을 등에 지고 완벽한 동일성을 이루기 위해 님을 찾아 나선다. 그 탐색의 열정들이 모여 만들어진 것이 이번 시집의 특색이고 서정의 동력학이다. 그런 에네르기가 있기에 시인의 시들은 활력이 있고, 죽은 서정의 영역으로부터 멀찍이 벗어나 있다. 해체와 분열과 같은 극렬 자의식을 자신의 서정 속에 담아내지 않더라도 그의 시들 속에서 힘이 느껴지는 것은 이런 역동성 때문일 것이다.

그러나 이런 힘과 정열에도 불구하고 시인이 탐색해 들어가는 님은 단순화된 형태로 나타나지 않는다. 그것은 세속적인 형태의 님으로 구현되기도 하고 보다 형이상학적인 형태로 나타나기도 하는 등 매우 다층적인 형태를 취하기 때문이다. 그것이 이 시인만이 가지고 있는 시적 특장일 것이다. 가령, 이성적인 님으로 실체화하기도 하지만, 사랑과 같은 관념적인 형태를 띠기도 한다(「나도 꽃」). 그리고 경우에 따라서는 모성과 같은 근원적인 것(「생강나무 아래서」)이기도 하고 순리의 세계를 지칭(「고물거리다」)하기도 한다. 또 때로는 이 모두를 포괄하는 다층적인 형태로 구현되기도 한다(「장독대가 있는 풍경」).

붉은 고추, 검은 숯이
동동 든 맑은 간장을 뜨는
할머니 곁에
걸음마가 한창인 손자가
오줌을 갈긴다
간장 뜨던 할머니 "장하다"며
대견해 하신다

아기 오줌발 세례 받은 채송화
꽃잎에선 젖내가 솔솔
장독대를 맴돌던 빨간 고추잠자리
채송화 꽃술 속으로 귀를 열고

아기 오줌 같은 맑은 간장
속에 채송화를 닮은 젊은
새댁이 웃고 있다

— 「장독대가 있는 풍경」 전문

이 시가 지향하는 것은 동일성의 세계이고 절대 진리의 세계이다. 나와 너, 인간과 자연이 자연스럽게 소통하며 만들어내는 대합창의 세계가 시인이 찾아 나서는 궁극적 님의 실체일지도 모른다. 갈등과 모순의 통일, 의식과 무의식이 완전한 동일성을 이루는 절대 진리의 세계야말로 모든 인간이 꿈꾸는 이상이기 때문이다. 이에 이르는 도정이 무엇인지 묻고 고민하는 것, 그것이 시인의 갈급하는 구경적 그리움일 것이다.

3. 절대 신성을 통한 자아의 완성

인간이 감각하는 존재의 불구성은 어느 하나의 지점에서 형성되는 것은 아니다. 좁게는 심리적인 국면에서 넓게는 종교적인 영역에서 만들어지기도 한다. 그러나 그것이 어떤 경우에 의한 것이든 간에 이런 트라우마에 갇히게 되면, 존재 완성에 대한 열망은 더욱 강렬해질 수밖에 없다. 문현미 시인이 이번 시집에서 탐색하게 되는 근본 의문 가운데 하나도 여기에 집중되어 있다. 인간은 유토피아를 잃어버렸다는 것뿐만 아니라 존재 그 자체도 완전하지 않다는 것이 이 시집의 근본 동기이자 출발이기 때문이다.

존재의 완벽에 대한 향수가 만들어낸 것이 그리움의 감수성일 것이다. 시인은 선험적으로 존재했을 법한 동일체에 대해 기억하고 이에 다가가기 위해 지난한 노력을 기울인다. 그러한 열정이 만들어낸 것이 그리움이다. 시집의 제목이기도 한 「그날이 멀지 않다」는 그러한 열망을 상징하는 언사가 아닌가 한다.

당신을 알고부터
무릎을 꿇는 버릇이 생겼습니다

산비탈 지붕마다
어둠을 가르는 연기가 솟아오르면
떨리는 두 손으로
가랑잎 등잔에 불을 켭니다

드문드문 어린 평화를 실은
별들이 저마다 눈을 뜨고
크고 작은 상처의 무덤에 빛이 들면
내게 주신 책을 펼칩니다

미리내에 말갛게 씻은 별 하나가
방금 길을 찾은 눈동자 속에서
상한 심지를 찾아내어 기워줍니다

당신을 알고부터
캄캄한 울음을 약속처럼 그치고
목청껏 하늘 노래를 부르곤 합니다

— 「그날이 멀지 않다」 전문

여기서 말하는 '그날'이란 절대자가 가르쳐준 교훈이고, 그러한 가치를
온전히 실천으로 옮길 수 있는 때이다. 시인이 살아온 날은 "크고 작은 상
처의 무덤"이고 "캄캄한 울음"의 세계의 연속이었다. 그런데 이런 부정성
들은 신의 의지와는 애초부터 무관한 것이었고 오히려 이를 어긴 것은 인
간의 탐욕이었다. 인간이 현재의 비극을 초래한 것은 신의 계시를 어기고

신과 똑같은 존재가 되려한 그릇된 욕망 때문이다. 그 결과 신과 비슷한 영역을 만들고 인간의 존재성과 독립성을 과도하게 확장시켜왔다. 그렇게 거침없이 팽창해가는 욕망이 인간을 불구화시키면서 현재의 부조리한 삶의 조건을 만들어온 것이다. 이를 유토피아의 상실과 억압으로 설명되어왔음은 당연한 일이거니와 시인이 주목하는 부분도 여기이다. 인간에게 처음부터 부여되었던 선험성이 회복되는 것은 절대자의 음성을 들으며 그가 비춘 빛을 온전히 받아들일 때일 것이다.

> 살아온 시간과 더께를 모두 내려 놓고
> 당신의 하늘 시계를 바라봅니다
>
> 처음 빚어 세상에 내 놓으셨을 때
> 그 모습 그대로를 찾아 무릎을 꿇습니다
>
> 홀로 깊어져서 고요히 넉넉해지는 호수처럼
> 때가 되면 제 무게로 낮아지는 열매처럼
> 주어진 길을 가고 싶습니다
>
> 함께 있어도 느끼지 못하는 공기 속에서
> 얼핏, 당신의 인기척을 느낄 때
> 눈 뜨는 새벽 바다의 붉은 문장을 읽습니다
>
> 당신의 목소리가
> 순은의 종소리로 들리는 그때에
>
> ―「순은의 그때」 전문

이 시에서 표명된 '순은의 그때'란 아마도 태초의 그때가 아닐까 한다. "태초에 말씀이 계셨다"가 말해주듯 여기서 언표된 언어야말로 가장 청정하고 순수한 상태일 것이다. 그런데 앞서 언급대로 인간이 이 영역으로부터 추방된 것은 인간적 가치를 너무 높이 올려놓았던 탓이다. 따라서 다시 그 이전의 상태로 회복되기 위해서는 인간이라는 존재 자체가 낮아져야 한다. 그래야만 태초의 그때로 무매개적으로 들어갈 수 있지 않겠는가.

태초의 그곳, 곧 순은의 그때로 되돌아가는 위해서는 인간이라는 존재성이 무화되어야 한다. 그러한 존재적 위상은 높이의 감각에서 시작되었다. 높이는 위계질서적 층위이다. 그 간극은 부조화의 감각이고 정신적 불구성을 만들어낸 기본 동인이 된다. 태초로의 회귀는 이런 불구성을 회복하기 위한 단초이다.

인간에게 주어진 원초성을 회복하기 위한 도정이 바로 이 시인에게 지속적으로 언표되고 있는 기도와 그리움의 정서이다. 이 시집은 그 길로 향하는 끊임없는 자맥질을 보여준다. 그러한 행위 가운데 하나가 「그날이 멀지 않다」와 「순은의 그때」에서 표 나게 표명되는 '낮추기' 행위이다. 바로 '무릎꿇기'가 그러하다. 인간의 비극이란 내세우기, 높이기 등등의 자립적 욕망에서 비롯된 것이기에 이를 회복하기 위해서는 본래의 감각을 회복해야 한다. 시인의 '낮추기'란 여기서 시작된 것이다. 엎드려서 인간이라는 존재성을 지우는 것인데, 시인의 이런 행위들은 '죽이기'(「죽어서 다시 핀 꽃」), '씻기'와 '닦기'(「어디쯤 와 있는가」) 등등으로 계속 시도된다. 이런 행위들은 모두 인간이라는 흔적 지우기와 불가분의 관계에 놓인 것이다. 인간이라는 흔적이 지워질 때, 절대자가 처음 인간에게 부여한 전일성의 상태로 되돌아갈 수 있다는 것이 시인이 이번 시집에서 보여준 시도 동기이다.

문현미 시인은 인간의 불구성을 신이라는 절대 신성을 통해 회복하고자 한다. 자신을 한없이 낮추면서 인간이라는 이기성과 욕망을 무화시키는 것이 태초의 인간성을 회복하는 지름길이라고 믿고 있는 것이다. 그렇기에 존재의 완결체인 신은 그의 시에서 절대적인 어떤 것으로 구현된다. 자칫하면 호교적인 측면으로 기울어질 위험성을 내포한 채, 그의 시들은 현저하게 종교의 영역으로 흘러 들어가고 있는 것이다.

그럼에도 불구하고 그의 시들 속에서 어느 특정 종교를 비호하는 특정적인 단면들은 잘 드러나지 않는다. 그의 신성들은 인간 속에 내재된 선험적 가치 회복을 위한 매개로 기능하기 때문이다. 이런 사유야말로 그의 시들을 종교의 늪으로부터 탈출하게 만들어준다. 뿐만 아니라 신성에 기대는 그의 시들은 수직적으로 향하고 있는 것이 아니라 수평적으로 나아가고 있다. 이는 과거 몇몇 시인들에게서 볼 수 있었던 절대자에 대한 수직적 찬양의 시들과는 무관한 것이라 할 수 있다. 그의 시들은 신성에 기대면서도 이로부터 거리화되어 있다. 이런 분리가 그의 시들을 호교의 위험으로부터 구출해낸다. 신성은 단지 인간의 선험성을 확인하는 수단일 뿐만 아니라 시인으로 하여금 수평적인 실천으로 나아가게 하는 매개일 뿐이기 때문이다.

이제부터는 내가 사는 것이 아니라
붙들려 살아가는 복종의 길을 가겠습니다
까마득히 잊었거나 애써 외면했던 이웃에게

처음으로 착한 호흡의 말을 건네겠습니다

먼 길 돌아 당신께 드리는 한 마디
지난 날의 처음과 오늘의 밥상이
모자라지도 넘치지도 않습니다

은빛 바람을 일으키는 새들의 날개처럼
투명한 문장 하나 익어가는 가지에 걸립니다

— 「두 가지 질문」 부분

　수평적 실천의 한 동인이 인용 시에서 보듯 사랑의 구현이다. 시인의 시선은 위로 올려져 있는 것이 아니라 수평적으로 넓게 퍼져 나가고 있다. 위로만 향하는 받듦의 정신이 아니라 옆으로 평등하게 펼쳐지는 사랑의 실천으로 나아가고 있는 것이다.

　문현미는 인간의 영역을 견고하게 만들어서 신의 영역과 대립하려 하지 않는다. 온갖 부조리와 불구성을 가져온 근본 원인이 욕망에 휩싸인 인간의 존재성임을 알고 있기에 그러했다. 시인은 그러한 인간성을 신성으로 치유하고자 했다. 그러한 도정으로 가는 길이 시인으로 하여금 그리움을 낳게 했고 그의 서정 정신을 이끌게 했다. 호교성에 기울지 않으면서 신성을 서정의 영역으로 자연스럽게 이끌어 들인 것이 이번 시집이 갖는 근본 함의가 아닌가 한다.

싱싱한 혼돈, 태초를 향한 힘찬 발걸음

― 이중도의 『새벽시장』

1993년 박사 논문을 준비하고 있던 무렵 하숙집에 어떤 학생이 찾아왔다. 그는 이제 막 시인으로 데뷔한 법학을 전공한 학생이었다. 그는 이성보다는 감성이, 법보다는 문학이 좋다고 하면서 문학의 길을 올곧게 가고 싶다고 했다. 나는 법학을 전공하면서도 문학을 할 수 있으니, 우선 전공 공부를 충실히 할 것을 권장했으나 그는 고개를 가로저었다. 세상은 순수가 압도할 정도로 녹록한 사회가 아님을 잘 알고 있기에, 그 순수를 뛰어넘을 세속적 의지 또한 의미 있는 있는 것이 아닐까. 그런데 시를 향한 그의 마음은 확고해 보였기에 나는 그의 마음을 돌리지 않기로 했다. 그 이후 그와의 만남은 더 이상 이루어지지 못했다. 그런데 오랜 기억의 저편 속에서 그는 다시 내 앞에 가면을 쓰고 나타났다. 첫 시집 『통영』이 바로 그것이다. 그의 첫 시집은 등단한 시기치고 꽤 늦은 것이었는데, 나는 이 간극을 시에 대한 방황쯤으로 이해하고 싶었다. 현실로 나아가고자 하는 욕망과 이를 붙들어 매고자 하는 욕망 속에서 그가 정주해야 할 공간에 대한 고민의 흔적을 이 시집 속에서 읽어낼 수 있었기 때문이다. 그는 그 시간의 공백과 헤맴의 끝자락에서 고향 통영을 발견해내었다. 따라서 그에게 이곳은 생물학적 고향이라기보다 문학의 고향에 가까운 것이었다. 그는 그곳에서 문학의 길, 인생의 길을 새롭게 시작하자 했다. 그 오랜 방황과 출발의 기로에 놓인 것이 『통영』이었던 것이다.

2013년 첫 시집 『통영』을 출간한 이후 그는 두 번째 시집 『새벽시장』을 상재했다. 인간의 실존적인 삶에 주의를 기울이고 있다는 점에서 『새벽시장』은 첫 시집과 크게 달라 보이지 않지만 현실에 대한 인식은 훨씬 앞서 나아가고 있다. 일상적 현실에서 고투하고 있는 인간의 삶이 더욱 구체적으로 그려지고 있다는 점이 『통영』과 차질되는 것이라 하겠다. 마음의 고향이자 시의 고향인 '통영'에서 그는 현실에 대한 부화를 새롭게 시작하고 있는 것이다.

이 시집은 1부 '이 땅의 아버지들'과 2부 '남쪽에서 놀다', 총 2부로 구성되어 있다. 1부에서는 '아버지'를 표상으로 각박한 현실과 그 현실을 '살아내는'(「이 땅의 아버지들 7」) 다양하면서도 어딘지 닮아 있는 여러 군상들을 그리고 있다면 2부에서는 자연 속에서 체득한 삶에 대한 통찰과 예지를 발현하고 있다.

1. 이 땅의 아버지들

살맛나는 세월은
어디쯤에 있을까
그럭저럭 살 만한 세월은

또 어디쯤에 있을까
살아내야 하는 세월을 등에 지고
홍해를 갈라 줄 복권
주머니에 접어 넣고
낙타처럼 걸어가는
애굽 땅

— 「이 땅의 아버지들 7」 전문

먼저 시인이 '이 땅'을 '애굽'으로 인식하고 있음을 눈여겨볼 만하다. 애굽은 잘 알려진 바와 같이 이스라엘 민족이 노예로 살다가 모세의 인도로 탈출하게 된 땅이다. 그러므로 '이 땅'을 '애굽'에 비유하고 있다는 것은 시인이 현실을 그만큼 척박하게 느끼고 있다는 의미가 된다. "살맛나는 세월"까지는 아니더라도 "그럭저럭 살 만한 세월"조차도 요원하게 느껴지는 것이 현실이다. "살아내야 하는 세월을 등에 지고, 낙타처럼 걸어가는" 것이 우리네 '아버지'들의 삶인 것이다.

이러한 삶의 기저에는 모든 것이 교환가치로 환원되는 자본주의적 삶이 자리하고 있다. 시인이 현대인의 표상을 굳이 '아버지'로 상정한 것도 이와 무관하지 않은 일로 보인다. '아버지'가 물론 한 가정의 정신적인 주축이 되는 존재인 것도 사실이지만 무엇보다도 부양이라는 경제적인 책임을 지고 있는 상징적인 존재가 바로 '아버지'이기 때문이다.

이 시집에 근대의 제반 모순이라든가 자본주의적 사회구조에 대한 날선 비판이 드러나고 있는 것은 아니지만 '이 땅의 아버지들'의 모습을 통해 시인은 이러한 사회가 발전함에 따라 우리가 잃어버리게 되는 것들, 우리의 삶에서 사라져가는 것들이 무엇인지를 여실히 보여주고 있다.

가난만 한 체가 어디 있으랴

소란스럽던 전화벨 소리
소리도 없이 걸러진다
눈치 빠른 사기꾼들은 스스로 걸러지고
눈치 없는 친구들은 머뭇거리다 걸러진다
사랑?
웬만한 사랑은 체의 구멍보다 날씬하고
장담하던 혈연도 돌아보면 없다
외상 술집 주모의 미소마저 걸러지면
인생의 즙은 모두 걸러지고

몇 톨의 자갈만 남는다

아이들의 식욕에 대한 근심과
늘어 가는 아내의 흰머리에 대한 아쉬움과
밀어내지 않는 산그늘에 대한 고마움과
미련하디미련한 벗들의 따뜻함

몇 톨의 한숨만 남는다

　　　　　　　　　　　　　　　　— 「이 땅의 아버지들 9」 전문

　　짐멜(Georg Simmel)에 따르면 오늘날 돈의 존재는 인간의 객관적인 경제행위가 개인적 색채 및 고유한 자아로부터 더욱더 명확하게 분리될 수 있도록 만든다. 이는 인간의 관계 설정에도 연관되는 것으로 결국 인간의 모든 외적 관계에 있어 개별적이고 특수한 자아, 고유한 자아는 내면적인 차원으로 회귀하게 되고 객관적이고 계층적인 자아가 그 자리를 대신하게 되는 것을 의미한다.

자본주의는 철저하게 교환의 법칙으로 구동되는 사회이다. 이 객관적이고 계층적인 자아와 모든 대상과의 관계 또한 교환 법칙의 체계에서 예외적인 것이 될 수 없다. 자본주의가 발달할수록 개인들이 파편화되고 사회적 유대가 무너지는 것은 이러한 맥락에서이다. 자본주의 사회에서 파편화된 개인은 자본의 권력 앞에 외롭고 취약한, 그리고 이러한 모든 것을 자기 자신의 책임의 무게로 짊어져야 하는 개체일 수밖에 없다. 이중도 시의 "이 땅의 아버지들"이 바로 그러한 존재들인 것이다.

한편 우리가 사는 세계에는 결코 돈으로 따질 수 없는 것들이 있다. 돈으로 따져서는 안 되는 것들이 있다. 진정한 '관계 맺음' 또한 여기에 해당될 터이다. 그러나 이 돈으로 따질 수도 따져서도 안 되는 가치들은 자본주의적 가치 체계에서 벗어나는 것들, 상충되는 것들이라 할 수 있다. 이를 방증이라도 하듯 자본주의 사회에서 이러한 가치들은 돈의 위력 앞에 너무도 무력하기만 하다. 위 시에서 드러난 바와 같이 사랑과 신뢰를 바탕으로 형성되었다고 믿어왔던 관계들이 돈에 의해 쉽게 변질되거나 무의미해지는 경우를 우리는 쉽게 접할 수 있기 때문이다.

이것이 바로 오늘날 돈의 위력을 보여주는 단적인 예다. 인간에게 있어 경제활동의 단순한 매개체에 불과했던 화폐의 가치는 자본주의 사회에서 전복되었다. 언제부터인가 돈은 수단이 아니라 목적이 되었으며, 인간의 내·외면적 삶을 실질적으로 지배한다는 점에서는 가히 신의 위치에 자리하고 있다고 해도 그리 틀린 말은 아닐 것이다.

이러한 현실이기에 '가난'이라는 '체'에 걸러보면 진실이라는 것은 대번에 판명 날지 모르지만 경제적 가치를 뛰어넘는 진실을 찾아보기는 힘들다는 것이 시인의 판단이다. 지난한 삶을 그나마 지탱하게 해주는, '인생의 즙'이라 여겨왔던 '친구'나 '사랑', 피를 나눈 '혈연'마저도 '가난'이라는 '체'에 남아 있지는 못했던 것이다. 변함없이 남아 있는 것이라고는 일상의 소소한 근심과 아쉬움, 있는 그대로 품어주는 자연과 "미련하디미련한 벗들"뿐이다.

> 바다가 오른손으로 키운 동무야
> 서울말 쓰는 마누라 긴 손가락으로 매어 주는
> 물 건너온 넥타이에 묶여 사는 공처가 놈아
> 잘 있느냐?
>
> 바다가 왼손으로 키운 동무야
> 하루 종일 차 밑에서 뒹구는
> 네 마음에 묻은 기름때마저 깨끗이 빨아 준다던
> 물 건너온 마누라 물 건너온 미소는
> 아직 물 건너가지 않았느냐?
>
> 바다가 팔꿈치로 키운 못난 자식은 바다에 남아
> 손톱이 독수리 발톱이 다 되었다
> 갈라지는 손등이 싫어 새끼 두고 떠난 여자
> 떠나지 않는 살냄새 붙들고
> 과부가 따라 주는 바닥없는 소주잔에 처박히는 세월뿐
> 잡아챌 것 아무 것도 없는 인생인데 말이다
>
> 추석이 코앞이구나
> 일식과 안주 없는 소주만큼 멀리 떨어져 오래 못 만난 동무들아
> 한번 모이자

보름달보다 넉넉한 멍석 위에
한번 모이자
우리들 모두 몰래 사랑했던 덕순이 종아리처럼 허연 막걸리
철철 넘치게 따라 보자
흩어져 제 옷 입기 전 우리들 모두 벌거숭이였던 그 시절로
돌아가 보자
바다의 품에서 젖 먹던 그 시절로
돌아가 보자

— 「이 땅의 아버지들 5」 부분

흔히 돈으로 안 되는 일이 없다고들 한다. 이젠 개천에서 용 나는 일은 불가능하다고도 한다. 자본주의 사회가 발달함에 따라 삶의 질에 관련된 대부분의 조건들은 자본에 의해 결정됨을 이르는 말들일 터이다. 위 시에서도 이러한 현상을 여실히 드러내고 있다. "바다가 오른손으로 키운 동무"는 소위 화이트칼라로 "서울말 쓰는 마누라"에 "물 건너온 넥타이"를 매고 산다. "바다가 왼손으로 키운 동무"는 "하루 종일 차 밑에서 뒹구는" 블루칼라로, 우리보다 못사는 나라에서 "물 건너온 마누라"와 산다. 그나마 이들은 바닷가 고향을 떠나 도시에서 사는 부류들이다. 고향에 남아 있는 화자는 "바다가 팔꿈치로 키운 못난 자식"으로 고생스러움에 지친 '마누라'가 '새끼'까지 두고 떠나버린 것이 그의 현실이다.

이처럼 자본은 사는 지역과 교육, 직업, 배우자 등 이 사회에서 살아가는데 필요한 모든 조건에 직간접적으로 연결되어 있다. 또한 이 연결고리는 폐쇄적이고 순환적인 것이어서 이미 선험적으로 주어진 환경적 경제적 조건을 벗어나기란 그야말로 개천에서 용 나는 일만큼이나 어려운 일

에 해당되는 것이다. 한 고향에서 났지만 그 삶의 질에 있어 '일식'과 '안주 없는 소주'만큼 큰 간격을 보이는 것은 결국 '오른손으로 키우고 왼손으로 키우고 팔꿈치로 키운 차이', 즉 부모로부터 이어져 내려온 포괄적 의미의 환경의 차이였던 것처럼 말이다.

화자는 흩어져 있는 동무들에게 모이기를 주문한다. 흩어져 있다는 것이 단순히 공간적인 차원을 의미하는 것이 아님은 물론이다. 화이트칼라니 블루칼라니, 수도권이니 지방이니 하는 계층적인 중심과 주변의 경계를 허물어보자는 것이다. '동무'의 관계란 계층의 '옷'을 벗어놓고 "모두 벌거숭이였던" 유년의 자아, 고유한 자아로 회귀할 때만이 가능해지는 것이기 때문이다. "제 옷 입기 전"의 '우리들'이 모두 몰래 사랑했던 대상은 "서울말 쓰는 마누라"도 아니고 "물 건너온 마누라"도 아닌 계층과는 상관없는 '덕순이'였다는 것도 이러한 맥락에서 이해해볼 수 있는 것이다.

이중도의 시에서는 이처럼 자본주의적 사회의 모순이 자주 노출되고 있다는 특징이 있는데 그 가운데서도 시인이 주로 초점을 맞추고 있는 것은 인간과 인간, 인간과 대상 간의 관계성에 대해서이다.

> 저수지를 퍼마셨다
> 이유는 없었다
> 모태에서부터 술꾼인 양
> 그냥 퍼마셨다
> 이 할은 뱃속에 들이부었고
> 팔 할은 가슴에 뚫린 구멍
> 허무의 무저갱(無底坑) 속에 들이부었다
> 참 많이도 들이부었다
>
> ─「이 땅의 아버지들 4」 부분

"이 땅의 아버지들"은 '독한 하루를 희석시키'기 위해 "저녁마다 소주를 마"셔야 하는 존재이다. 이렇게라도 하지 않으면 "몸 전체가 간(肝)이라도 못 버틸 것 같"은 하루하루가 "이 땅의 아버지들"의 삶인 것이다(「이 땅의 아버지들 11」). "모태에서부터 술꾼인 양" 퍼마시는 것은 "가슴에 뚫린 구멍/허무의 무저갱(無底坑)"을 메워보고자 하는 마음에서이다. '무저갱'이란 영원히 헤어날 수도, 메울 수도 없는 구렁텅이라는 점에서 "가슴에 뚫린 구멍", 이 "허무의 무저갱"이 단순히 핍진한 현실에서 비롯되는 것이 아님을, 더 근원적인 것에 연관되어 있음을 간취할 수 있다.

결국 시인이 체감하고 있는 현실의 척박함이란 경제적인 곤궁함이라든가 담보되지 않는 미래도 원인은 될 수 있겠지만 그것만이 다가 아니었던 셈이다. 오히려 경제적 가치의 위계질서를 초월하는 것들, 우리가 잃어버린 어떤 것들, 그러한 세계에 시인의 시선은 가 닿아 있었던 것이다. 그의 시에서 이 세계는 고향(「이 땅의 아버지들 5」)으로 표상되기도 하고, 흙, 바다, 숲 등속의 자연으로 표상되기도 하며, 나아가 태초의 원시 세계로 발현되기도 한다.

2. 남쪽에서 놀다

1부에서 '이 땅의 아버지들'을 표상으로 도구화된 인간, 자본주의적 위계질서에 편입된 인간으로서 진정한 관계 맺음을 상실하고 있음을 보여주고 있다면 2부에서는 이러한 상실 이전의 세계를 구현하고 있다. 이 세계의 표상이 바로 '남쪽'이다. 이중도의 시에서 '남쪽'은 중층적인 의미를

담지하고 있는 시어이다. 현실 층위에서는 '수도'와 대척되는 의미의 고향
을, 초월적 층위에서는 태초의 원시 세계를 표상하고 있으며 포괄적인 의
미망에서는 자연을 표상하는 것으로 볼 수도 있기 때문이다.

　　　　수도에 살 때는
　　　　놀아 보려고 악을 썼다
　　　　남쪽에 사니
　　　　저절로 놀아진다

　　　　산이 커다란 잔이다
　　　　요즘 내 혈관 속에는
　　　　팔 할이 수액이다
　　　　바다가 무변(無邊)한 잔이다
　　　　취하다 보면
　　　　가끔
　　　　내가 없어진다
　　　　너도 없어진다
　　　　동백 잔은
　　　　들기만 해도
　　　　마음이 숯불이 된다

　　　　놀아지니
　　　　있어진다
　　　　소유냐 존재냐
　　　　그런 거창한 것보다
　　　　놀아지니
　　　　저절로 있어진다
　　　　(이게 순전히 착각일지라도

착각이면 또 어떠리)

— 「남쪽에서 놀다 10」 전문

위 시에서 '남쪽'은 좁은 의미로는 '수도'와 대척되는 '고향'으로, 확장된
의미로는 자연으로 보아도 무방하다. 대도시에서의 삶이란 익명성과 군
집성을 그 특성으로 한다. 타자와의 관계에 있어, 비도시와 비교할 때 공
간적으로는 밀집도가 높지만 오히려 더 먼 심리적 거리를 내재하게 되는
것은 이러한 특성에서 기인하는 것이다. 대도시에서 타자에 대한 판단이
란 그야말로 입고 있는 '옷', 즉 교육이나 소득 수준, 살고 있는 지역, 소비
양태 등등의 지표에 의해 구획된 계층적 지위가 결정적 근거로 작용하게
된다.

또 한편 자본주의적 사회, 그중에서도 특히 대도시에서의 삶에는 현재
란 없다. 현재는 미래를 위해 담보되어 있는 상태라 할 수 있으며 늘 유보
되어야 하는 어떤 것이다. 따라서 현재의 쉼 또한 고유한 자아로서의 온
전한 쉼이 될 수 없다. 현대사회에서 '논다', '쉰다'는 것은 가장 기피하는
단어에 해당되며 정도에 따라서는 죄로 인식되기도 하기 때문이다.

위 시에서 '논다'라는 의미나 '수도'라는 공간성 또한 이러한 맥락에서
이해되는 의미들이다. '수도'에서는 '노는' 것 또한 '악을 써'야만 가능한
것이 된다. 내일의 생산 활동을 위한 대기 상태랄까 혹은 불안한 기다림
이 아닌 감성과 환경이 조응하는 진정한 '놀기'란 도시에서는 '악을 써'야
만 획득된다는 의미이다. 그러나 '남쪽'에서는 다르다. '남쪽'에서는 노력
하지 않아도 '저절로 놀아지'며 여기에서 '논다'는 것은 "내가 없어"지고
"너가 없어"지는, 즉 자아와 세계가 동일화를 이루는 경지에까지 이르는

것을 의미하고 있다.

주목할 만한 것은 "놀아지니 있어진다"는 대목이다. "소유냐 존재냐/그런 거창한 것"을 말하는 것이 아니라고 하지만 여기에는 어떻게 살 것인가 하는 시인의 존재론적인 사유가 내포되어 있다. '수도'에서의 삶이란 '소유'와 소비의 메커니즘으로 설명할 수도 있다. 이러한 메커니즘에서 존재는 도구화되고 대상화될 뿐 고유하고 개별적인 자아로 존재할 수 없게 된다. 그런데 '남쪽'은 '저절로 놀아지'는 곳이다. '저절로 놀아지는' 과정은 존재가 획일적인 객체에서 고유한 자아로 회귀하는 과정이며 고유한 자아와 자아가 동일화를 이루는 것에 다름 아니다. "놀아지니 저절로 있어진다"라는 언표의 의미는 이러한 맥락에서 간취되는 것이다.

> 아, 바람 한잔!
> 겹겹의 섬에 걸러진
> 청주(淸酒) 한잔!
>
> 취한 마음 흘러간다
> 꿩 새끼 한 마리 발 딛지 않은
> 눈밭으로
> 말[言] 발자국 하나 없는
> 선사(先史)로
> 흰 돛 달고 흘러간다
>
> 아, 저기 사라지는 마음도 있다
>
> — 「남쪽에서 놀다 5」 전문

인용시는 자아가 의식의 소멸을 통해 궁극적으로 자연의 일부가 되는 과정을 이미지화하고 있다. 이러한 과정이 구현되는 신비스러운 세계가 바로 '남쪽'이다. 화자는 '바람 한잔', '청주(淸酒) 한잔'에 마음이 취한다. 취한다는 것은 의식과 무의식의 경계가 무화된다는 것이고 이성적 판단을 유보하는 경지이다. 의식이 망각된 '취한 마음'이 흘러간 곳은 매우 순수하면서도 신비스러운 세계이다. 이 세계가 공간적으로는 "꿩 새끼 한 마리 발 딛지 않은/눈밭"으로, 시간적으로는 '말[言]'의 흔적조차 없는 '선사(先史)'로 표상되고 있기 때문이다. 미물의 흔적조차 없는 역사 이전의 시기란 태초를 이르는 것이며 이 세계를 향해 "흰 돛 달고 흘러간다"는 것은 결국 의식의 소멸, 혹은 의식과 비의식의 분리조차 없었던 절대 순수에로 나아가는 과정이라 할 수 있는 것이다. 이 세계로 들어서면 궁극에는 태초에로 이끄는 매개였던 '취한 마음'까지도 사라지고 자아는 완전하게 자연 그 자체가 되기에 이른다.

　　　　산을 허물어야 한다
　　　　이고 받들어야 할 하늘은
　　　　온 데도
　　　　간 데도 없고
　　　　더 치솟는 것만이
　　　　제 하늘이 되어 버린 산
　　　　정수리에 묵직한 바위로
　　　　눌러앉은 욕망이
　　　　풍화에 저항하는
　　　　산을 허물어야 한다
　　　　허물어져

다시 흙으로 돌아가야 한다
형상도
길도 없는
눈먼 황토
피보다 싱싱한 혼돈으로
돌아가야 한다
다시
태초로 돌아가야 한다

— 「다시 태초로」 전문

　인용한 시는 '태초'가 보다 구체적으로 형상화되어 있고, 제목에서도 드러나는바 태초로 회귀하고자 하는 주제 의식 또한 명징하게 표출되어 있는 작품이다. 위 시에서는 독특하게도 자연물의 하나인 '산'이 인간의 욕망의 세계를 구현하고 있다. 이러한 상상력은 산이 함의하고 있는 축적성, 수직적 상승성 등을 기반으로 발현된 것으로 보인다.

　이 시에서 '산'에 대척되는 세계는 '하늘'이다. '하늘'은 "이고 받들어야 할" 절대의 무엇이자, 인간이 끝까지 포기해서는 안 되는 마지막 보루라 할 수 있다. '태초'에 이 '하늘'은 땅과 까마득한 거리를 상정하고 있었다. 그러나 인간의 욕망은 점점 '치솟아' '하늘'까지 잠식해 들어가려 한다. 이제 인간에게 "이고 받들어야" 하는 것은 더 이상 '하늘'이 아니라 "더 치솟는 것" 그 자체가 되어버렸다. 자연의 순리인 '풍화'에까지도 저항하고 있기에 '산'은 허물어야 할 대상이 된 것이다. '산'은 허물어져 다시 '흙'으로 돌아가야 한다. "형상도 길도 없는 눈먼 황토", 이것이 시인이 상상하는 '태초'이다. 아직 아무것도 결정지어지지 않은 가능성의 상태, 질서의 측면에서 보면 '혼돈'이라 할 수 있지만 생성의 가능성은 이 '혼돈'을 "피보다 싱싱한" 그것이게 만드는 역능으로 기능하고 있는 것이다.

그렇다면 위 시에서 인간이 "이고 받들어야 할 하늘"은 무엇일까. 인간이 끝까지 포기해서는 안 되는 그것은 무엇일까. 이를 무엇이라 단선적으로 답하기는 어려울 것이나 시인의 시선이 끊임없이 가 닿았던 것에서 그 일말의 단서를 간취해볼 수 있을 것이다. 시인은 "이 땅의 아버지들"의 모습을 통해 욕망에 의해 구동되는 이 세계의 부조리와 모순을 드러내 보이면서 또 한편으로는 진정한 관계성이랄까, 그 속에서 우리가 상실해왔던 것들을 끊임없이 호명해왔다.

'남쪽'으로 표상되는 대안의 세계, '태초' 또한 동궤에 자리하는 의미이다. 이중도의 시세계에서 '남쪽'은 일관되게 현실을 초월하는 이상향의 세계로 상정되고 있지만 결국 시인이 그 태초의 세계를 통해 드러내고 싶었던 것은 우리가 발전을 담보로 포기해왔던 것들, 너무 당위적인 것이지만 또 한편으로는 바로 그러한 이유 때문에 쉽게 놓아버렸던 것들, 이를테면 사랑 같은 것의 토대 위에서 생성되는 지극히 인간적인 것들, 이러한 것이 아닐까. "다시 태초로" 돌아가기를 요청하는 시인은 이렇게 말하는 듯하다.

태초에는 "피보다 싱싱한 혼돈"이 있었다. 그리고 사랑이 있었다.

곧추 선 사람
제발 비틀거리세요
비틀거리는 사람
아예 쓰러지세요

쓰러진 사람
세상모르고 주무세요

시퍼렇게 깨어 있는 사랑도 있나요?

           — 「설악산 천불동 단풍으로 끓어야」 부분

자연과 모성적 상상력의 생생한 교직

── 손진은의 최근 시

　손진은 시인이 관심을 갖고 있는 작품의 소재는 자연이다. 이번에 발표한 신작 시의 중심 소재 역시 자연이다. 실상 자연이 문학의 중심 소재로 들어온 것은 어제오늘의 일이 아니다. 멀리는 강호가도를 표방했던 조선 시대의 시인부터 가깝게는 정지용과 청록파, 그리고 이성선 등에 이르기까지 그것은 수많은 시인들에게서 발견되는 단골 메뉴였다. 그리하여 이 소재는 정치적인 의미로 인유되거나 근대성의 제반 사유 속에 편입되거나 혹은 존재론적 차원에서 은유화되는 등 다양한 방식으로 차용되어왔다. 사용 빈도가 많다는 것은 그만큼 그것 속에 내재된 내포가 많다는 뜻이 될 것이다.

　그런 풍부한 함의에도 불구하고 근대 이전에 차용된 자연의 의미는 별다른 주목을 받지 못했다. 이른바 영원의 아우라가 포괄적으로 잠재되어 있던 시기에 자연의 가치는 역동적 힘을 발휘하지 못한 까닭이다. 그러나 근대가 진행된 이후, 곧 영원의 감각이 인간으로부터 사라진 이후 자연은 새삼 주목의 대상으로 떠오르게 된다. 이는 위기의 관점으로 다가오는 근대의 어둠과 밀접한 상관관계가 있는 것이었다. 근대가 파생시킨 것은 인간으로 하여금 영원의 감각을 제거한 것이었다. 영원하지 못하다는 것이야말로 근대인이 겪어야 할 최대의 실존적 고통이 아닐 수 없었다. 반면 상대적인 자리에 놓인 자연은 인간과는 전연 다른 길을 걷고 있었다. 그것은 절대적인 가치, 선험적인 가치로 군림하면서 불안에 노출된 인간들을 끊임없이 유혹했다. 영원이라는 매혹을 던지면서 한계상황에 처한 인간들을 계속 불러들였던 것이다.

따라서 자연과 인간이 어떻게 합일되어서 하나의 유기체로 거듭 태어날 수 있는가 하는 문제는 근대인들이 풀어야 할 최대의 당면 과제 가운데 하나가 되었다. 자연으로 되돌아가는 길이야말로 영원에의 도정이며, 인간적 삶을 완성하는 도정이기 때문이다.

자연과 인간의 접점이 만나는 자리, 바로 그곳이 손진은의 자연시학이 탄생하는 지점이다. 자연에 대한 손진은의 시선은 매우 독특한 자리에서 비롯된다. 그는 우선 자연을 투사의 대상으로 인식한다. 이른바 응시의 미학인데, 그는 이를 통해서 자연과 자아 사이에서 이루어지는 조응의 미학을 완성시킨다. 투사와 응시를 통한 자연의 서정화는 이 시인만의 독특한 의장이 아닐 수 없는데, 그럼에도 그는 자연을 단순히 묘사하거나 새롭게 창조하는 의욕의 과잉을 보이지 않는다. 곧 그는 자연을 미메시스의 차원으로 한정시키지 않을뿐더러 가공의 자연을 굳이 만들어내지도 않는 것이다.

발을 헛디뎠을까
차가 향기의 벼락 속으로 뛰어든 걸까

지품에서 진보로 넘어가는 국도변에
만삭의 노루가 앉은 듯 누워 있다

금방 어린 것이 나올 듯한 황갈색 배를 꿈틀거리며
기품 있는 목은 든 채
하트모양의 발굽 향기를 찍으며

—「점박이꽃」 1-2연

여기서 시인은 점박이꽃이 개화하는 모습을 만삭의 노루가 출산하는 것으로 비유했다. 식물성의 꽃 이미지를 동물성으로 전이시킴으로써 역동성을 확보하고자 한 것이다. 이런 전이적 상상력이 정적인 식물성의 이미지를 동적인 것으로 치환함으로써 자연의 역동성이 힘차게 살아 나오는 효과를 갖게 된다. 또한 시인은 자연의 살아 있는 모습을 인공적인 모습이나 가공의 형상으로 만들어가지도 않는다. 이는 자연의 의도된 창조가 가져올 수 있는 허구성으로 말미암아 시적 진정성이 반감되는 효과를 막아주는 장치가 된다. 시의 진정성이 사상될 때, 그것의 전언이 진실한 경우라 할지라도 시의 감동은 현저히 떨어질 것이다.

시인은 자연을 진정성 있게 들여다보고 그를 통해서 자신의 실존적 상황을 읽어낸다. 그러나 이 조응 관계는 처음부터 공정한 것이 못 된다. 하나는 완벽한 그 자체로, 다른 하나는 불구의 그것으로 사유되는 불균형성을 내포하고 있기 때문이다.

아무것도 모르고 까치는 날아와
발끝에 향기 찍어 상수리 나무 어깨로 날아간다

건듯거리는 바람이 왜 그래, 어깰 툭툭 치며
부신 햇살에 타는 털을 오래 만진다
저 빤히 쳐다보는 눈동자가 사라질 거라곤
곧 이곳을 방문할 죽음의 그림자도 생각 못 할 것이다

생의 아른한 둘레가 한 획 쉼표로 편안해질
한 마리 순한 짐승이 만드는 눈의 경전 앞에
내가 지은 경계가 사정없이 무너진다

— 「점박이꽃」 5-6연

시인 앞에 펼쳐진 자연의 모습은 전일적인 것이다. 사슴이 새끼를 잉태하듯 피워 올려진 점박이꽃 위로 까치가 날아든다. 그 발끝으로는 향기를 찍어 상수리나무 어깨로 퍼올린다. 또한 건듯거리듯 부는 바람은 꽃잎을 어루만지며 흘러간다. 하늘과 땅, 바람 등이 찬연히 피어난 점박이꽃으로 모여든다. 이들이 한데 어우려져 자연의 하모니를 만들어내는 것이다. 그런데 그런 조화 속에서도 "저 빤히 쳐다보는 눈동자가 사라질 거라곤/곧 이곳을 방문할 죽음의 그림자도 생각 못 할 것이다"라는 낙화가 주는 함의 또한 일러주고 있다. 곧 하늘과 땅, 바람의 조응이 자연의 섭리이듯 꽃의 낙화 또한 그러하다는 것이다. 그러한 조화를 응시하는 시인의 감각은 경외의 정서뿐이다. 그가 인간으로 할 수 있는 것은 그것에 몰입되어 그것이 지시하는 음역에 갇히는 일뿐이다. 이를 두고 경전이라고 표현한 것은 매우 적절하다고 할 수 있겠거니와 "내가 지은 경계가 사정없이 무너지는 것" 또한 자연스러운 일이 될 것이다.

손진은의 시에서 자연과 인간은 양립 불가능한 관계로 구현된다. 마치 근대에 편입된 사유가 분열적이고 해체적인 것이었듯이 그의 의식 또한 자연으로부터 멀리 떨어져 인식되고 있기 때문이다. 자연은 언제나 선험적인 어떤 거리로 위계화되어 있고, 시인은 그것에 육박해 들어가려 한다. 이 둘 사이에 빚어지는 팽팽한 긴장 관계가 그의 자연시의 요체라 할 수 있다.

자연과 인간은 이렇듯 언제나 평행선을 그어왔다. 그 좁힐 수 없는 간극은 인간의 존재론적 조건이기도 하고 근대가 준 숙명이기도 하다. 따라서 자연을 대항 담론으로 하여 형성된, 자연에 대해 형성된 '나의 경계'들이 허물어지는 것은 쉬운 일이 아니다. 물과 기름처럼 섞이기 어려운 것은 자연과 인간의 관계이긴 하지만, 그러나 그 합일에의 도정을 포기할 수 없는 것이 인간의 슬픈 운명이기도 하다. 그것이 포기되는 순간 어쩌면 끊임없이 갈망해왔던 유토피아의 꿈은 더 이상 이루어지지 않을지도 모를 일이기 때문이다.

해마다 개화 시기 수첩에 적으며
찾아다니는 김 교수
서둘러 달려가면 꽃봉오리 아직 숨었고
그리움 눌러 참고 다다르면 분분한 낙화 아쉬운 거라
오늘 아침에도 순천 시청 문화담당에다
전화를 넣었다
또 그 절정의 시기라고라?
아따 몇번씩 말해야 알아묵는다요
꽃 피는 거사 꽃나무 마음이제
전화벨처럼 화르륵 피어났다
받으려면 떨어지는 게 꽃이랑께요

정 답답하면 꽃나무에게 직접 전화 걸어 물어보듯가
무정한 落花처럼 전화는 끊기고
하, 그 뽀얀 이팝친구들이
전화를 받기는 할까
옆구리의 벨소리에 화들짝 흰밥 다 쏟아버리진 않을까

눈 앞에 삼삼한
새의 달뜬 날개와
지나가는 구름 궁둥짝을 당기는
설레는 빛 속

떨어지는 것이 어디 꽃뿐이랴
몇 트럭분의 시간들도 순식간에
뒤태도 보이지 않고 사라져버린다

— 「외로운 개화」 전문

　여기서 개화는 물리적 사실을 넘어서 자연의 이법 내지 섭리에 해당한다. 그런데 그런 원리에 무지한 인간은 그것의 속성에 대해 감히 알고자 한다. 그러나 본질에 다다르는 순간 그것은 멀리 작별을 고한다. 인간적인 영역을 철저하게 거부하는 것이다. 이런 부정의 담론은 경계지어진 인간과 자연의 함수 관계에 비추어보면 지극히 당연한 일이다. 자연의 질서는 곧 신의 영역이기에 그것을 범접하는 것은 가능한 일이 아니기 때문이다.

　따라서 이 작품의 제목인 '외로운 개화'란 표현은 인간의 관점에서 말해진 것이다. 하나의 원리나 섭리로 작동되는 것이 자연이기에 거기에는 어떤 인간적인 요소도 개입될 여지가 없다. 인간의 정서를 초월하여 존재하는 것이 자연이기 때문이다. 그렇기에 '외로운 개화'란 인간의 영역 속에 편입된 사유의 결과일 뿐이다. 인간을 중심에 두고 인간과 조응하지 못하는 개화 행위가 이 정서라는 것인데, 이런 맥락에서 시인과 자연의 거리랄까 조화는 하나의 유현한 꿈으로 현상될 뿐이다.

자연과 통합하고자 하는 상상력이 한계에 부딪힐 때, 인간과 자연의 거리는 훨씬 더 벌어질 수밖에 없다. 그러한 거리감이 만들어내는 정서는 희망, 꿈, 혹은 이상이 될 것이다. 자연의 섭리가 작동하는 것은 '하늘의 때'가 되어야 한다. 그것이 교시할 경우에만 자연은 생명력을 부여받고 움직이게 된다. 시인이 자연을 경외의 대상으로 보는 것은 이 때문이다.

> 흩어졌다 다시 대열을 이루는
> 저 수천의 깃들은
> 한사코
> 체온을 앗기 위해서만 높아지는 하늘의 때를 기다려
>
> 둥지를 부수고
> 집을 짓는다
>
> —「겨울 어치떼들」 부분

이러한 군무가 가능한 것은 자연이라는 경계 내에서뿐이다. 그러한 이법은 인간의 경계 내에서는 존재하지 않는다. 그렇기에 자연의 신비로운 모습으로 언제나 인간 앞에 나타난다. 손진은의 시에서 자연은 살아 있다. 여기서 살아 있다는 감각은 물활론적인 세계에 가까운 것이다. 그 모습이 자못 역동적이어서 지금 여기에서 빚어지는 영화처럼 생생히 살아난다. 이런 면들은 자연을 단지 관념의 대상으로 풀이한 이전의 자연 시들과는 현저히 구분되는 것이다. 그 차질되는 지점이 바로 생생함의 감각이다. 시인의 자연시들이 동물적 상상력으로 전이되어 생생한 현장감을 느끼게 해준다고 했는데, 이를 더욱 효과적으로 배가시켜주는 것이 의태어라든가 의성어의 구사와 활용법이다.

　　사시르르르 팍다그르르 스싯스싯 치잇치잇 햇살과 바람과 잎새, 가
　지 사이로 건너뛰는 노랑부리 멧새 소리까지 모아 땅에 허공에 찍는
　저 느티의 화문(畵紋) 가지와 잎맥 향맑은 묵선이 토독 톡토독 방울로
　흩어지다가 꼬리에 꼬리를 물고 나풀거리며 흐르다가 뒤뚱뒤뚱 데구
　르르 뭉친 화첩이 벌써 수천하고도 수백 권 일획이 수십 수백 획을 끌
　고가는
　　잔돌과 풀들 행인의 옷자락 자동차 볼에도 파닥이는 저 필치 슬픔도
　밝은 기운이 감돌아 휘섞이는 것이라는 듯 한 나절 옆 나무에 묵활 치
　다가 또 한나절 옆 나무 그림 받아주다가 저녁이면 또 펼쳤던 화폭 미
　련 없이 거둬가는
　　잎사귀며 바람의 살이 뚫린 몸 사운대며 질러가는 저 저 슬기로운
　운필 따가운 햇살 피해 이 사시르르르 팍다그르르 스싯스싯 치잇치잇
　의 물살에 적신 내 몸뚱이에까지 또 필묵 치려는 궁리를 하는
　　마침내 그것마저 바스락거리는 새로 날려버리고, 산쪽에서 시작된
　바람 일렁일 때마다 몸속 어리고 순한 느티 한 그루씩 심으면서 윗단추
　도 하나 풀어제끼고 씨익, 담배 꼬나물 궁리를 하는 저 느티나무 긴 팔

　　　　　　　　　　　　　　　　　　　　　── 「느티나무필법」 전문

　느티나무 밑을 한번이라도 걸어본 사람이라면, 이 시가 내포하는 의태어의 효과에 대해 충분히 음미할 수 있을 것이다. "사시르르르 팍다그르르 스싯스싯 치잇치잇"하는 소리는 햇살과 바람과 잎새, 혹은 가지가 만

들어내는 하모니이다. 그러한 소리 감각을 무의식의 뒤편에 간직한 사람
이 이 시를 읽게 되면, 그것이 마치 지금 여기의 현장에서 펼쳐지는 듯한
환상을 갖게 될 것이다. 그만큼 시인이 묘사하는 느티나무와 그 미메시
스의 감각은 생생한 것이라 하겠다. 이런 의장이야말로 손진은 시인만이
갖는 고유한 영역이 아닐 수 없는데, 그는 그러한 생생한 자연 묘사를 통
해서 인생과 삶에 대한 건강성을 확보하고자 한다. 그의 시들이 자연경
물을 단순히 읊은 풍경의 차원으로 떨어지지 않는 것은 여기에 그 원인
이 있다.

느티나무가 표명하는 언어의 지시성은 어느 한곳에 머무르지 않는다.
그것은 중심을 고정한 채, 거기서 나오는 생명의 언어들을 다방면으로 발
산시킨다. 즉 그것이 빚어내는 생명의 손길은 부채살처럼 광범위하게 펼
쳐지면서 여러 곳으로 향하게 된다. 가령, '잔돌'과 '풀들'에 이르기도 하
고, 행인의 옷자락이나 자동차의 불에까지 이르기도 한다. 뿐만 아니라
슬픔과 같은 인간의 정서에까지 그 치유의 손길을 보내기도 한다. 말하
자면 느티나무는 자연의 중심, 우주의 중심이 되어서 모든 사물과 대상을
관장하는 절대자의 위치에 올라서게 되는 것이다. 자연에 대한 경외심이
랄까 중심 사상은 시인 스스로가 경계지었던 자연에 대한 경계들을 무화
시키게 된다. 그 무화의 매개는 느티나무로 표상된 자연의 위대함이랄까
모성적 전능함에서 기인한다.

　　바람에 흔들릴 때마다
　　뾰족한 잎사귀로 공기의 허파며 가슴패기를 쿡, 쿠쿡
　　찔렀다 뺐다 한다

자연과 모성적 상상력의 생생한 교직 ｜ 243

저 끝없는 난자, 그러나
칼이 오기 전 먼저 터지고 싶은
공기의 맨살들 내장들
어느 자객이
저 바늘 잎사귀보다 더 빨리 더 유쾌하게
공기의 팔과 다리, 배를
베었다 감쪽같이 다시 붙여놓을 수 있을까
공기의 피를 마시고
뚝, 뚜두둑,
한가하게 허리 둘레와 키를 늘이는,
그러면서도 피의 굳기름 파리떼가 아니라
끊임없이 속삭이는 향기의 꽃 솔솔 뿌리는
푸른 눈의 저 武士를 보아라
가까이 가기만 해도
출렁거리는 피톨의
가는 빛과 그늘을 목덜미에 가지런 뿌려대는
참빗학교의 개설자
그 푸른 피로 어린 새들 구름을 날게 하고
양팔 벌려 쇄쇄 비와 빛줄기 보르고
연신 토실토실한 벌레를 키우는

—「유쾌한 검객」 전문

인용 시는 소나무를 검객으로 은유한 작품이다. 솔잎의 날카로움을 검
객의 칼에 비유한 상상력이 재미있다. 이 작품 역시 이 시인이 보지하는
특색답게 생생한 힘이 느껴진다. 단순한 치환 비유가 아니라 소나무를 의
인화해서 이를 역동적인 에너지로 만들어내기 때문이다. 그 힘이란 생명
의 건강성이다. 생명의 에너지가 강렬할 때, 그것의 건강성은 비례적으로

담보된다. 자연을 생명의 샘이나 모성적인 것으로 사유하고자 했다면, 이런 생생한 비유야말로 가장 효과적인 시의 의장이 될 수 있을 것이다. 그런 건강성과 역동성이 이 작품의 특색인데, 시인은 그런 생명의 힘을 통해서 삶의 건강성이 어떤 것인지를 풀이해내고자 했다.

검객으로 의인화된 솔잎의 역동성은 이 작품을 지배하는 가장 강력한 요소이다. 그것은 공기 속을 끊임없이 오가면서 생명의 에너지들을 충당한다. 그러나 그러한 보충은 스스로를 위한 내적인 용도에서 그치는 것이 아니다. 자신만의 충만에서 끝나는 것이 아니라 이를 외부로 확산시키기 때문이다. "끊임없이 속삭이는 향기의 꽃"을 솔솔 뿌리기도 하고, 생명체들의 필수 요건인 "출렁거리는 피톨"을 만들어내기도 하는 것이다. 그 결과 일상의 사물들에게 생의 에너지를 제공해주는 "참빗학교"라는 제도를 세우기까지 한다. 그리하여 이 검객이 만들어놓은 에네르기들은 어린 새들로 하여금 구름을 날게 하고 비와 빛줄기를 브르게 한다. 게다가 벌레 등등을 토실토실하게 키우기까지 한다. 이쯤 되면 그가 묘파해낸 자연이란 생명의 저장소이며 모성적 상상력의 중심으로 거듭 태어나게 된다.

근대를 살아가는 인간은 영원을 상실한 존재이다. 그러나 그것의 상실은 단순히 사라졌다는 물리적인 차원에서 그치는 것이 아니라 인간으로 하여금 좌절과 불안 또한 안겨주었다. 그런 인식의 불구성은 인간에게 선험적 고향이었던 영원을 끊임없이 탐색해 들어가도록 했다. 그러나 그러한 갈증에도 불구하고 영원이란 무엇이고 그 궁극적 실체가 무엇인지에 대한 의문은 계속 제기되어왔다. 그런 의문들에 하나의 실마리를 제공해 준 것이 자연이다. 끊임없이 순환하는 자연이야말로 인간이 영원을 감각할 수 있는 좋은 매개가 되었기 때문이다. 따라서 자연을 통해 영원의 감각을 이해하고 이를 인식의 사유로 삼는 것은 지극히 자연스러운 일이 될 것이다.

손진은 시의 미학은 자연의 서정화이다. 그는 이 감각을 통해서 그것의 궁극적 의미를 이해하고 이를 사유의 틀로 이해했다. 자연이 영원이라는 것, 그것이 인식의 불구성을 완결시켜준다는 측면에서 보면, 시인의 그러한 접근은 지극히 당연한 것이라 할 수 있다. 그럼에도 자연에 대한 그의 서정화 방식은 이전 시인들의 경우와 매우 다르다. 그는 자연을 단순히 묘사하는 것이 아니라 이를 동물적 상상력으로 전이시켜 이를 감각화시켰다. 이런 감각 작용이 지시하는 것은 자연 속에 내재된 생명의 의미를 더욱 고양시키는 데 있다. 감각성의 고양과 생명성의 충일이라는 정비례 관계야말로 손진은 시인이 보여준 자연시의 핵심적 의장이다. 그에게 자연은 경외의 대상이면서 생생히 살아 있는 실체이다. 그런 생명성과 감각성이 이전의 자연시와 차질되는 시인만의 고유한 영역일 것이다.

말의 가시를 뭉그러뜨리는 순례자

— 최서림의 『버들치』

1. 잃어버린 태초의 언어

　최서림 시인이 『버들치』라는 제목으로 여섯 번째 시집을 내었다. 그런데 이 시집의 주된 관심사도 기왕의 시집처럼 '말'에 관한 것이다. 게다가 이미 시론집 『말의 혀』까지 낸 바 있으니 '말'은 그의 시학의 핵심으로 자리 잡고 있다 하겠다. 어쩌면 그는 자신의 작품에서 언급한 것처럼, "말에 붙잡혀 사는 자"(「욜랑거리다」)인지도 모르겠다. 시집의 서문도 '말'로 시작한다.

> 말이 곧 시가 되고 노래가 되는
> 말이 곧 법이 되고 밥이 되는 때로 돌아가기. 아니
> 말이 곧 목화가 되고 햇콩이 되는 때가 다시 돌아오기까지
> 물렁물렁한 말의 혓바닥으로
> 깨어진 말의 사금파리에 베인 상처 핥아주기
>
> 　　　　　　　　　　　　　　—「시인의 말」 전문

여기서 시인이 이야기하고자 하는 바는 크게 두 가지이다. 하나는 "말이 곧 시가 되고 노래가 되는/말이 곧 법이 되고 밥이 되는 때로 돌아가는 것"과 다른 하나는 "물렁물렁한 말의 혓바닥으로/깨어진 말의 사금파리에 베인 상처 핥아주는 것"이다. 곧 올곧은 말이 원칙이 되는 사회로 되돌아가는 것, 그리고 그러한 사회를 위해서 해야만 하는, 베인 상처를 말의 혓바닥으로 핥아주는 것이 이 시인이 시를 써나가는 목적이 되는 셈이다. 따라서 시인이 인식하는 말은 두 개의 의미항으로 구성된다. 그것은 가해자이면서 피해자가 되는데, 마치 동전의 앞뒤처럼 하나의 말에는 두 가지 복합적인 의미가 혼종된다. 가해자인 말, 시인은 그것을 말의 가시로 부르고 있는데, 이를 물렁물렁한 혀로 녹여내어서 가시를 무화시킨 상태, 곧 말 본연의 상태로 되돌리는 일이 그의 시의 주제가 되는 것이다.

시인에 의하면, 현재의 말들은 그 본연의 상태를 잃어버리고 변질되어 있다. 경우에 따라서는 가시를 드러내어 남에게 상처를 입히기까지 한다. 말은 의사소통의 매개라는 단순한 진리를 넘어서서 남을 위해하고 핍박하는 도구로 전락한 것이다. 도대체 말이 왜 지경에 이른 것일까. 시인은 말의 그러한 모습을 본질로부터의 거리감에서 찾고 있다.

> 너무 멀리 왔구나
> 말이 곧 밥이 되고 법이 되던 땅으로부터
>
> 토해내지 못해
> 안으로 타들어간 말들이 끄는 대로
> 두 눈 멀쩡히 뜨고 여기까지 흘러왔다
> 바람 빠진 공 모양 쭈굴렁쭈굴렁 굴러왔다

길을 찾지 못해
쌓이고 쌓여 헝클어진 말덩어리가
쭈글쭈글한 몸 여기저기 불쑥불쑥 찌르며 비집고 나오는데
어두운 몸을 찢고 나온 혼돈의 말들은
화려한 독버섯이 되고 사금파리가 되고
이 땅의 모든 불씨를 사위어버리게 하는 얼음이 되고

너무 멀리 떠나왔구나
말이 곧 목화가 되고 따뜻한 구름이 되던 땅으로부터
구름을 타고 하늘을 만지고 놀던 때로부터

—「목화」 전문

"너무 멀리 왔구나"라는 첫 번째 시행은 말 본연의 모습과 현재의 말 사이의 거리감을 말해준다. "말이 곧 밥이 되고 법이 되던 땅으로부터" 떨어져 나와 인간의 제반 실타래와 얽히면서 변질되어버렸다고 보는 것이다. 그것은 "바람 빠진 공모양 쭈굴렁쭈굴렁"거리기도 하고, "길을 잃고 헝클어진 말덩어리"가 되기도 했다. 뿐만 아니라 "화려한 독버섯이 되고 사금파리가 되기도" 하는가 하면, "이 땅의 모든 불씨를 사위어버리게 하는 얼음이 되기"까지 했다. 말이 이렇게 화학적 변화를 일으킨 것은 말의 원형질을 상실한, 어떤 근원으로부터 분리되었기 때문이다. 다시 말해 "말이 곧 목화가 되고 따뜻한 구름이 되던 땅으로부터/구름을 타고 하늘을 만지고 놀던 때로부터" 너무 멀리 왔던 것에 그 원인이 있다고 인식한다.

말은 명명의 주체나 의사소통의 매개이지만 인간의 사유가 배어 있는 의식의 장이기도 하다. 그러나 말은 애초에 지극히 순수한 상태로 존재했다. '태초에 말씀이 계셨다'에서 알 수 있듯이 본연의 말들은 미정형의 순

수한 형태로 존재했고 기능했다. 그러나 인간이 신의 계율을 어기고 말을 불법적으로 점령하면서 태초의 순수했던 말의 세계는 사라지게 된다. 이른바 말의 유토피아를 잃어버린 것이다. 시인이 「목화」에서 말하고자 한 거리감은 그러한 신화적 배경 속에서 나온 것이다. 인간이 만들어낸 이 선험적 거리야말로 말의 가시를 돋게 한, 화려한 독버섯이 되게 한 원인이라는 것이 시인의 판단이다.

실상 말에 관한 시인의 이러한 신화적 상상력은 이전 시집들에서는 볼 수 없었던 방법적 원리가 되고 있다는 데 그 의의가 있는 경우이다. 이전의 시세계에서 말에 가시가 있다는 주장은 단지 선언에 불과할 뿐 그 방법적 기원에 대한 설득력이 부족한 것이 사실이었다. 그러나 시인은 이제 그 말에 가시가 생기게 된 원인을 원리적으로 알게 된 것이다. 그것이 이번 시집의 커다란 성과이자 의의라 할 수 있을 것이다.

그의 말이 내 입안에서 설익은 밥알같이 설정설정 씹힌다 설정거리는 그의 말을 맞대놓고 씹어대는 내 말이 내 입안에서 설정거린다 머릿속에서 벌어지는 설익은 말들의 전쟁, 큰 말이 작은 말을 잡아먹는다 피가 홍건하다 비린내가 온 몸 구석구석 파고든다 목향 이파리를 닦아줘도 비린내가 혹 끼쳐온다 아침부터 살강살강 씹히는 붉은빛 햇살 때문에 백란은 하루종일 입속이 개운치 않다 천리향은 새삼 고슴도치 같이 웅크린 선인장이 가시로 공격해 올까 봐 잔뜩 움츠리고 있다 겁먹은 눈도 가릴 겸 비린내도 내쫓을 겸 대극도는 넓은 잎으로 살랑살랑 부채질하고 있다 비린내는 부챗살 모양으로 번져나가고 있다 약한 말을 집어삼킨 힘 센 말이 집 구석구석을 계엄군처럼 장악하고 있다

— 「설정거리다」 전문

유토피아를 잃어버린 말, 본향을 잃어버린 말은 소통을 위한 매개라든가 명명 행위와 같은 말 고유의 기능과는 무관하다. 그러한 말들은 내 말들과 조화되지 못하고 "설정설정 씹히"는 이물성으로 감각되는 까닭이다. 그런데 말의 부조화는 여기서 그치지 않고, "큰 말이 작은 말을 잡아먹기도"하고, 그 결과 "피가 흥건하여", "비린내가 온 몸 구석구석 파고" 들어오기까지 한다. 말의 순수성과 본질성의 상실이 가져온 결과는 이렇듯 조화롭지 못한 삶의 세계를 형성한다. 시인은 그러한 감각을 '비릿한', '설정설정' 등과 같은 후각적 이미지와 촉각적 이미지를 통해서 탁월하게 표출하고 있다. 감각적 이미지가 주는 효과는 정서의 깊이에 있을 것이다. 따라서 시인이 묘사하는 언어의 부조화들이 마치 지금 여기 독자의 정서에 호소하는 듯한 느낌을 주는 것은 감각적 이미지들의 효과 때문일 것이다.

실상 시인이 이번 시집에서 시도하는 감각적 이미지의 구사는 다양하다. 가령, "질겅질겅 씹어도 씹히지 않고 미끌거리며 식도로 넘어가는"(「미끌거리는」)에서는 촉각적 이미지를, "어떤 말은 입가에 묻은 밥알 같다"(「비릿한」)에서는 시각적 이미지를 구사하고 있는 것이다. 특히 작품 「비릿한」은 일차적 이미지라 할 수 있는 감각적 이미지를 모두 동원하여 말이 갖고 있는 이질성에 대해 다양하게 묘파해내는 역량을 보여주고 있다.

시인은 언어 속에 내포된 가시의 의미를 선언으로 말하지 않는다. 주장이나 명제가 강하면 강할수록 시는 개념으로 떨어지기 마련이고 시의 맛도 반감될 수밖에 없다. 언어 속에 생장하고 있는 가시의 함의를 직접 말하지 않으면서 그것의 음역을 정서의 깊이를 통해 묘출해내는 것도 쉬운 일은 아닐 것이다. 말의 가시에 대한 시인의 경계가 호소력 있게 다가오는 것은 감각적 이미지가 주는 정서의 깊이 때문일 것이다.

2. 말의 원형질 확보를 위하여

시인의 언급대로 말에 가시가 생기게 된 원인은 그 본향을 상실한 탓이다. 말이 곧 밥이 되고, 법이 되었던 세상으로부터 떨어져 나온 것이 그 일차적인 원인인 것이다. 마치 신의 계율을 어기고 에덴동산으로부터 쫓겨난 인간의 경우처럼, 말의 유토피아를 상실했기 때문이다. 시인은 이에 대해 명시적으로 언급한 바는 없지만, 이 시집의 저변에 깔려 있는 배음을 듣게 되면, 그 원인의 일단을 알 수 있게 된다. 그것은 바로 제어할 수 없는 인간의 욕망 때문이다. 욕망이 작동하는 순간 위계질서가 생기고 약육강식의 세계가 생겨났다고 시인은 판단한다. 모두가 수평적 존재였던 에덴동산의 경우 말의 위계상의 차이는 상상할 수 없는 일이었다. 그러나 그런 세계로부터 멀리 떨어져 나와 말들은 결국 '혼돈의 말'이 되었고, '독버섯의 말'이 되었다. 그러한 말들은 삶의 지난함이라든가 위악이라든가 불온한 사유만을 지상에 뿌려놓게 된다.

말의 가시가 뿌려놓은 그러한 세상을 시인은 우선 고달픈 인생의 파노라마로 오버랩시킨다. 특히 성장기에 체험했던 고단한 삶의 울림들을 대중가요 속에서(「애수의 소야곡」 등), 혹은 화랑에서 보았던 어느 화가들의 이미지(「고갱 1」 「고갱 2」) 속에서 읽어낸다. 물론 이런 병치의 의장이나 인유의 방식이 어떤 미학적 의미를 갖고 있는 것은 아니다. 포스트모던에서 흔히 볼 수 있는 혼성 모방의 기법, 가령, 대중가요와 시의 만남이나 미술과 문학과의 만남이라는 경계 해체의 방식을 취하고 있긴 해도 이 사조가 추구하는 미학과는 거리가 있다는 뜻이다. 이 작품에서 차용하는 상호텍스트성의 기법은 말의 가시가 가져온 상황을 인증하기 위한 수단일 뿐, 그것이 주는 미학적 의의를 읽어낼 수는 없기 때문이다.

　　　강 건너 공장에 영혼을 찌를 듯한 불빛,
　　　푸른 새벽 실밥처럼 풀어져 돌아오곤 했다
　　　희뿌연 백열등 아래서도 박쥐처럼 오그라드는 누나는
　　　불도 켜지 않고 쓰러져 누웠다
　　　간호보조원 시절부터 그랬다
　　　언제나 실밥처럼 툭, 툭 끊어지는 삶,
　　　도무지 모아지지 않는 삶을 끌어모으려다
　　　그만 확, 불 싸질러버리고 싶은 때가 있었다
　　　별수없이 그냥 살아내야 했던 나날들이
　　　자갈길에 경운기 지나가듯 갔다
　　　오늘도 마포를 떠나지 못하고 용강동 식당에서
　　　허드렛일이나 하고 있는 누나,
　　　쭈글쭈글한 마음속에 추적추적 겨울비가 내린다
　　　희미한 잿빛 욕망조차 놓아버린 나의 누나,
　　　타박타박 인생의 종점을 향해 가고 있다
　　　추억의 먼지 자욱한 유리창 너머로
　　　강 건너 영등포의 불빛이 모과빛으로 아른거린다

　　　비에 젖어 너도 섰고 갈 곳 없는 나도 섰다
　　　강 건너 영등포의 불빛만 아련한데

　　　　　　　　　　　　　　　—「마포종점」 전문

　이 작품에서 구사되고 있는 기법은 동시성에서 찾을 수 있고 또 시와 음
악과의 만남이라는 혼성 모방에서 찾을 수 있다. 덧붙이면 고급 예술과
저급 예술의 교차라는 포스트모던의 수법을 그대로 가져오고 있는 것이

다. 그럼에도 이 작품에서 중심의 해체와 같은 탈현대성의 미학을 읽어낼 수는 없다. 이는 작품상에서도 그러하거니와 리리시즘의 회복과 그 유원한 전개를 평생의 시적 방법론으로 간주하고 있는 시인의 세계관에서도 그러하다. 그것은 단지 말의 가시가 가져온 현실이고, 그로부터 탈출할 수 없는 페이소스 짙은 회한만이 담겨 있을 뿐이다.

말의 가시는 이렇듯 상처를 남기고, 갈등을 남겼다. 또한 삶의 고난함과 어둠 역시 지금 여기의 일상에 스며들게 했다. 그러한 세계가 시집의 2부에 수록된 시들의 목록일 것이다. 자아와 세계의 끊임없는 불화가 서정시의 출발이자 목적이라고 한다면 시인의 이러한 세계 인식은 지극히 자연스러운 것이라 할 수 있다. 특히 온전한 서정 정신의 회복에 대해 꾸준한 자기 노력을 보여온 시인으로서는 윤리 의식에 가깝기조차 하다.

> 살아 있는 집
> 말로 지은 집
> 그의 시에는 보신탕 냄새가 난다
> 마늘 냄새, 김치 냄새도 난다
> 썩지 않도록
> 소금으로 간도 쳐져 있다
>
> 사람 때문에 무너지지 않는
> 사람의 이야기가 지붕이 되고 서까래가 되어
> 견고히 서는 집
> 귀가 두툼하게 커가는 집
> 품이 넉넉한 집
> 참새들이 홍시처럼 매달려 있는

물렁물렁한 집, 그의 시는
신경을 찢는 소음을 삼켜서
계곡물 소리로 만들어낼 줄 안다
폐유를 들이마시고 삭여낼 줄 안다
구멍투성이 그의 시는
해머 같은 폭력을 받아낼 줄을 안다
바보처럼 웃기만 하는
위대한 소성(塑性)이 있다

— 「말의 집」 전문

인용 시에서 보듯 말의 가시는 쉽게 없어지는 것이 아니다. 그것은 마치 불사조처럼 "잘라도 잘라도"(「가시나무」) 계속 솟아오르기 때문이다. 말의 가시들은 왜 이렇게 쉽게 잘라지거나 무화되는 것이 아닐까. 이에 대한 물음은 마치 기독교적인 죄의 의미를 묻는 것과 똑같은 것이 아닐 수 없다. 회개하고 용서하면서 구도자의 길을 걸어도 죄의 가면이 쉽게 사라지지 않는 것처럼, 말의 가시 역시 똑같은 힘과 자장을 갖고 있기 때문이다. 그것은 욕망이라는 인간의 두꺼운 겹이 속살 깊은 곳에 간직되어 있기에 그러하다. 그럼에도 시인은 그러한 말의 가시를 결국은 다시 말로 뭉그러뜨릴 수밖에 없음을 알고 있다. 말의 가시를 궁극적으로 "뭉그러뜨릴 수 있는 것도 역시 말뿐"(「가시나무」)이기 때문이다.

「말의 집」은 방법적인 측면에서 「가시나무」의 연장선에 놓인 작품이다. 시인은 여기서 시와 시인의 존재를 말하고 있는데, 이런 면에서 이 작품은 일종의 시론시라 할 수 있다. 시는 "살아 있는 집/말로 지은 집"이다. 또한 그것은 "사람 때문에 무너지지 않는/사람의 이야기가 지붕이 되고 서까래가 되어/견고히 서는 집"이기도 하다. 시인이 서문에서 말한 대로

"말이 곧 법이 되고 밥이 되는 집", "목화가 되고 햇콩이 되는 집"인 셈이다. 삶의 원형질이나 긍정성이 회복되는 것이 시의 임무라면, 시인은 그러한 집을 만드는 목수가 될 것이다. 그러나 시인은 단순히 시를 만드는 장인의 차원에서만 머무르지 않는다. 왜냐하면 시인은 작품의 단순한 생산자가 아니라 윤리를 자신의 임무 가운데 하나로 인식하는 자이기 때문이다. 뿐만 아니라 세상의 온갖 가시를 스스로 포획하고 이를 새로운 집으로 만들어내려 하는 자이기도 하다. 그의 몸이 "구멍투성이"가 된 것은 이런 이유 때문이 아니겠는가.

그는 세상의 가시를 받아내어 새로운 질의 변화를 만들어내고자 한다. 단순한 물리적 변화가 아니라 전연 다른 형태의 화학적 변화를 꾀하면서 말이다. "신경을 찢는 소음을 삼켜서" "계곡물 소리로 만들어내고", "폐유를 들이마시고 삭여내"는 것처럼, 그의 혀나 작품 속에 삼투되고 나면 그러한 불온성들이 전연 다른 성질의 긍정성들로 질적 변화를 하는 것이다.

시인은 세상의 가시를 받아내어서 이를 자신의 시 속에 녹여내고, 전연 다른 형태의 물질이나 세계상을 구현해낸다. 그것은 가시가 아니라 세상을 부드럽게 감싸는 물렁물렁한 질이다. 그는 세상을 아름답게 그리고 인간답게 만들어내고자 한다. 그러한 도정은 말의 가시를 부러뜨리는 과정이다. 윤리나 도덕 없이 이런 일을 하기란 쉽지 않다. 그런 윤리 의식이 그의 시를 이끌어가는 서정적 힘이다.

중택이는 버들치의 청도 사투리다 중학교 때부터 중택이란 별호(別號)를 얻은 까까머리 친구가 있다 1급수에만 사는 버들치같이 맑은 눈을 가졌기 때문인지 중 같은 머리 때문인지 지금도 청도서 가장 깊은 계곡 버드나무 숲 속에다 집을 짓고 산다 버드나무 숲 때문인지 눈물

많은 중택이 때문인지 이곳 바람은 눈물처럼 맑고 푸르다 으레 술자리
가 막 벌어질 즈음이면 주식 얘기, 군대 얘기 다음으로 먹는 얘기가 따
라나와서 개, 개구리, 뱀 잡아먹던 얘기로 마무리되지만, 물이 맑고 길
이 곧은 청도서 나온 우리들에겐 뻐구리, 송사리, 버들치 얘기로 끝이
난다 한밤에 차를 몰아, 버들치같이 해맑은 얼굴로 산림청 서기를 하
다가 이제는 진짜로 버들치가 되어버린, 바위틈에 숨쉬고 산다는 중택
이를 찾아가는 친구들도 있다

—「버들치」 전문

말의 가시가 시인의 물렁물렁한 혀를 거치고, 또 품이 넉넉한 시의 집
에서 소성을 마치고 나면 어떤 모습이 되는 것일까? 시인은 이미 물화된
현실의 대항 담론으로 이서국의 전설이라는 아련한 신화 세계를 찾은 바
있다. 그 신화 세계의 연장선에 놓인 작품이 인용한 「버들치」의 세계이다.
중택이는 버들치의 청도 사투리이면서 중학교 때의 친구 이름이기도 하
다. 묘하게도 버들치와 중택의 이미지는 비슷한 의미항으로 중첩되어 있
는데, 우선 일상을 초월하고 있다는 점, 물화된 현실과 반대의 위치에 서
있다는 점, 그러한 일상의 병들을 치유하는 매개체로 기능하고 있다는 점
에서 그러하다. 말의 가시를 더듬어 이를 무화시키고 새롭게 찾아 나선
곳이 버들치의 세계이다. 여기에서 시인이 이 작품을 시집의 제사로 한
이유를 알게 된다. 그가 꿈꾸며 만들고 싶었던 세상이 바로 버들치의 세
계와 동일한 것이었기 때문이다. 그것은 잃어버린 에덴동산이고 말의 가
시가 없는 둥근 말의 세계이다.

시인은 여태껏 말의 가시를 찾아내고 그것의 기능적 의미를 밝혀왔다.
그가 인식한 세상의 고난과 삶의 불온성들은 모두 이것이 뿜어낸 형벌이

었다. 시인은 말의 가시를 뭉그러뜨리고 말의 원형질을 회복하기 위하여 그 스스로를 희생자 내지는 순례자로 자임했다. 세상의 가시를 맨몸으로 받아내서 이를 육화시키려 했던 것이다. 그러한 도정이 새로운 질로의 변화였다. 단순한 물리적 변환이 아니라 화학적 변환이 그의 시의 요체였던 것이다.

시인의 물렁물렁 혀를 거치면 가시는 녹아내렸다. 또한 그러한 가시들은 시 속에 들어가면 따듯한 집, 건강한 집으로 거듭 태어났다. 그러한 혀와 시에 대한 집착이 그의 서정 정신의 본질이고 그의 시세계가 추구하는 근본 방향일 것이다. 시인은 이 시대의 위대한 순례자이다. '버들치'의 모습은 그러한 도정의 시작점이라는 점에서 의미가 있는 경우이다.

세계를 쓰다듬는 '따뜻한 혀',
그 대지적 모성성

— 이태순의 『경건한 집』

이태순 시인이 2008년 『경건한 집』 출간 이후 두 번째 시집을 상재하였
다. 시세계의 성격에 있어서 근원적인 것을 향한 기억의 도정을 감각적으
로 표현하고 있다는 점에서는 첫 시집과 일맥상통하고 있다고 할 수 있겠
다. 그렇다면 첫 시집에 견주어, 두 번째 시집 『따뜻한 혀』가 함유하고 있
는 발전적, 혹은 차질적인 점이 있다고 한다면 무엇일까. 그것을 다소 단
선적으로 언표화한다면 인식의 확장성이라 할 수 있을 것이다. 특히 이태
순의 시는 이러한 인식의 확장이 경계를 무화시키는 데에까지 나아가고
있다는 점에서 의미가 깊은 경우이다.

그의 인식의 틀은 자아의 내면으로부터 타자의 삶으로, 나아가 사회나
세계의 구조적 모순에까지 심화·확장되고 있으며 이를 통해 삶과 사물에
대한 존재론적 통찰을 성취하고 있다. 그런데 이태순의 시에서 이러한 과
정은 전통 서정과 리얼리즘, 모더니즘의 경계를 가로지르는 가운데 이루
어지고 있으며 나아가 인간과 사물, 주체와 객체의 경계를 무화시키기에

까지 이르고 있다는 점이 차질적이라 할 수 있는 것이다.

또 다른 한편으로 이러한 인식의 확장성에도 불구하고 이태순의 시에서는 어떠한 경우에라도 객체와의 대립각을 세우고 있지 않다는 점에 주목할 만하다. 자연에 동화되는 정서적 자아로부터 소외된 계층이나 그 구조적 모순에까지 확장되고 있는 인식성 속에는 그에 대한 비판 의식 또한 배태되어 있을 법하지만 이태순의 시에서는 이를 표 나게 드러내지 않고 독자의 몫으로 남겨두고 있다. 그의 시에는 그저 대상의 상처가 고스란히 드러나 있을 뿐이고 그 상처에 기투하고 있는 시적 자아의 연대가 형상화되어 있을 뿐이다. 이태순의 시에 대해서는 어떠한 주제의 시에서라도 따듯한 공명을 느낄 수 있을 것이라는 신뢰랄까 그러한 믿음이 생기게 되는데 이러한 신뢰 또한 동일한 맥락에서 연원하는 것이 아닌가 한다.

그렇다면 이러한 시적 특징은 어디에서 기인하는 것일까. 그것은 시적 자아의 심연에 내재해 있는 근원적인 것, 더 구체적으로는 뿌리 깊은 모성성으로부터 연원하는 것이라 할 수 있다. 그것은 다른 말로 하면 이태순 시의 특장이라 할 수 있는 웅숭깊은 서정성의 기반이 되고 있는 것이 바로 아픈 모든 존재를 긍휼히 여기고 따뜻하게 감싸 안는 대지적 모성이라는 의미도 된다. 이태순의 시 가운데 대체로 어머니에 관한 시, 모성을 형상화한 시에서 절정의 서정성을 발현하고 있는데 이 또한 동일한 맥락에서 설명될 수 있는 것으로 보인다.

　　"내 속을 뒤집으면 시커멓게 탔을끼라"

　　울 어매
　　청 무꽃 같은,

저녁 같은 그 말이

―「저녁 같은 그 말이」 부분

꿈을 꿨다,
풀 한 짐 지고 우두커니 서 있는

고요해서 슬펐다
풀 한 짐이 시들었다

천리 길 만리 떠나는 워낭소리 들렸다

핏물 밴 풀 뜯어먹다 배가 고파 울었다

붉은 흙을 뒤집어 쓴
어미 소가 걸어왔다

다 헐은 혓바닥으로 연신 핥아 주었다

―「따뜻한 혀 2」 전문

「저녁 같은 그 말이」에서 이태순 시의 모성성의 일면을 간취해볼 수 있는데 '시커멓게 탄 속'이 바로 그것이다. 어머니들에게서 흔히 들을 수 있는 "내 속을 뒤집으면 시커멓게 탔을끼라"라는 언술은 대체로 자식들 때문에 '애태우는 일이 많았다', '속상한 일이 많았다' 정도로 해석되는 것이 일반적인데 이태순의 시에서 그것은 보다 구체적으로 긍휼히 여기는 마음에 대한 형상화로 의미지어진다.

이는 이태순의 시 중에서도 백미라 할 만한 「따뜻한 혀 2」에서 "다 헐은 혓바닥으로 연신 핥아 주"는 행위와 등가를 이루는 언술이다. 보통 정서를 직접적으로 표출하는 경우 시적 긴장이 떨어지는 한계를 노정하게 되는데 위에서 인용한 「따뜻한 혀 2」에서도 "고요해서 슬펐다", "배가 고파 울었다" 등과 같이 형상화의 과정 없이 정서를 직접적으로 노출하는 양상을 확인하게 된다.

그런데 그럼에도 불구하고 이 시는 행과 행 사이, 연과 연 사이에서 팽팽한 긴장을 유지하고 있어 이채로운 경우에 속한다. 나아가 이러한 정서의 노출은 대지적 모성 앞에서의 나약한 유아적 자아를 형상화하기 위한 방법적 전략으로 보인다. 보호막 없는 외재적 존재로 현현되고 있는 시적 자아를 '어미 소'로 표상되는 모성은 '시커멓게 탄 속'으로 품어주고, '다 헐은 혓바닥으로 연신 핥아 주'고 있는 것이다.

그런데 이태순의 시에서 이러한 모성성은 단순히 어미와 자식의 관계성에 그치는 것이 아니다. 이 대지적 모성성이 인식의 확장된 영역만큼이나 다양한 대상들에 고루 미치고 있다는 데에서 이태순 시의 진정한 의의를 찾을 수 있는 것이다.

> 식솔들 업고 안고 실직가장이 차려놓은
> 묵은지 삼겹살 집 간판불이 환했다
> 아이 둘
> 식당 앞에서
> 밤늦도록 놀았다
>
> 별빛 달빛 틈틈이 손님처럼 오시는데
> 갈수록 텅 비어가는 묵은지 삼겹살집

아이 둘 식당 안에서
그림 가득 그렸다

길 건너 느티나무 긴 그늘 밟아가며
파지 실은 리어카가 저녁 무렵 지나가고
문밖에
쪼그린 식솔
새떼 같이 앉아있다

— 「문밖의 저녁」 전문

  우리 주변에서 너무 흔하게 볼 수 있는 경우에 해당되는 문제들의 경
우, 그것이 그 대상에게는 아무리 고통스러운 실존의 문제라 하더라도 제
삼자에 해당하는 객체에 있어서는 보편적, 일반적이라는 명명 아래 구체
적이고 개별적인 사안으로 인식되기 어려울 수 있다.

  위의 인용 시에서 그리고 있는 상황 또한 우리 주변에서 흔히 접하게
되는 문제에 해당하는 것인데, 실직 가장, 혹은 퇴직 가장이 '식솔들'과
살 방편으로 퇴직금을 털어 마련한 식당이 부진해 절망적 상황에 놓이게
되는 경우가 바로 그것이다. 그런데 위 시에서는 직접적으로 정서를 언
술화하고 있는 「따뜻한 혀 2」에서와는 달리 정서의 표현을 극히 절제하
고 있으며 구구절절한 사연 또한 생략하고 있다. 단지 고통의 현실에 피
투된 존재의 공간을 표상하고 있는 '묵은지 삼겹살 집'을 중심으로 어느
하루 저녁의 정경을 '아이 둘'의 동선을 따라 가며 담담하게 그리고 있을
뿐이다.

  "식당 앞에서/ 밤늦도록 놀"고 있는 아이들, 시간이 지나 "식당 안에서/
그림 가득 그"리고 있는 아이들의 모습을 따라가는 시적 자아의 시선에는

연민과 애정이 가득하다. 이 시선은 흡사 "다 헐은 혓바닥으로 연신 핥아주"고 있는 어미 소의 심정에 견줄 만한 것이다. 무구한 아이들의 행동 하나하나를 시적 자아는 애정과 안쓰러움의 눈빛으로 연신 쓰다듬고 있기 때문이다.

나아가 그 시선은 '파지 실은 리어카'를 끌고 가는 '길 건너'의 대상에까지 확장되고 있다. "길 건너 느티나무 긴 그늘 밟아가며/ 파지 실은 리어카"를 끌고 가는 인물이나 '문밖'에 '새떼 같이' 쪼그리고 앉아 있는 '식솔'들이나 경계 밖에 존재하는 대상들이라는 점에서는 공통적이라 할 수 있다. 시적 자아의 모성적 시선은 결국 경계 밖의 소외된 존재들에게로 향하고 있었던 셈이다.

> 여름이 다 가도록
> 한 뼘도 크지 못한
> 순이 닮은 봉숭아
> 병색이 완연하다
> 열여섯 끌려갔다가
> 돌아온 할머니처럼
>
> 핏방울만한 꽃봉오리
> 겨우 내민 처서 무렵
> 눈으로 더듬어도
> 손끝마다 이는 통증
> 충혈된 긴 밤을 지나
> 싸늘히 핀 꽃잎 한 장
>
> ―「꽃잎」 전문

「꽃잎」은 '열여섯에 끌려갔다가 돌아온' 위안부 할머니를 '봉숭아'로 형상화한 시이다. '열여섯'이라는 숫자에 담긴 아픔을 '핏방울만한 꽃봉오리'로, '할머니'가 홀로 감내해야 했던 상처와 고통의 긴 세월을 '충혈된 긴 밤'으로 표상하고 있다. 사실 우리에게 위안부 할머니들의 상처란 실존적인 것이 아니라 관념적이고 추상적인 차원에서 감지되는 것일 뿐이다. 그나마도 특별한 계기가 없는 한 이들의 상처가 우리의 일상 속으로 육박해 들어오는 경우는 거의 없다고 보아도 그리 틀린 말은 아닐 것이다. 이들의 상처는 우리에게 날것 그대로의 상처나 아픔으로 전달되는 것이 아니라 거기에서 한 차원 걸러진 어떠한 정서적인 것으로 전화되어 수신된다는 의미이다. "여름이 다 가도록/ 한 뼘도 크지 못한/ 순이 닮은 봉숭아"란 바로 사회의 인식 범주로부터 배제된 이들 존재를 표상하는 것이라 할 수 있다.

그런데 이태순의 시는 이렇게 경계 밖의 아픈 존재들을 끊임없이 호명하여 정서적·감상적 차원에서 실존적인 차원으로, 경계 밖의 존재에서 경계 안의 존재로 불러들이고 있다는 데에서 그 시적 특질을 찾을 수 있다. 이 시에서는 '눈으로 더듬는 행위'가 그것이라 할 수 있겠는데 눈으로만 더듬어도 시적 자아에게는 '손끝마다 통증'이 인다는 것에 주목해야 한다. 시적 자아에게 이들의 상처가 정서적인 것이 아니라 '통증'이라는 실존적 감각으로 인식된다는 데에서 의미를 찾을 수 있기 때문이다.

'손끝마다 이는 통증'에도 불구하고 '눈으로 더듬는 행위'는 멈추지 않는다. 이것이 '병색이 완연한' 봉숭아에서 '싸늘한 꽃잎 한 장'이나마 피워낼 수 있게 하는 모성적 힘인 것이다. 이는 "붉은 흙을 뒤집어 쓴" 채로 "다 헐은 혓바닥으로 연신 핥아 주"(「따뜻한 혀 2」)는 어미 소의 행위와 다른 것이 아니다.

> 소년이 누운 바닥 꽃물이 질펀해요, 비릿한 표정으로 소년이 날 쳐
> 다봐요, 텔레비전 화면을 난 자꾸 어루만져요, 흙먼지 뒤덮어 쓴 꽃물
> 이 뜨거워요.
>
> — 「슬픈 1월 — 아이티 소년에게」 부분

> FM 95.9에서 흘러나오는 갈잎 든 중년의 말
>
> — 고속도로 IC에서 도로비 내는 순간 그 얼굴 쳐다보고 깜짝 놀랐어
> 요 그 이름 석 자 한 눈에 알아보았어요 정신없이 빠져나와 갓길에 오
> 래 서 있었어요 …… 그대 꽃 같은 그대, 그대 꽃 같은 그대, 지금도 그
> 대는 나의 꽃입니다, 어디서든 행복하시길 빕니다,
>
> 첫사랑 가을이 머문 차창 밖은 오후 4시
>
> — 「오후 4시」 전문

'아이티 소년에게'라는 부제가 붙어 있는 「슬픈 1월」은 지진이 일어났던
아이티 지역에서 발생한, 구호품을 싣고 달리던 트럭에서 떨어진 쌀자루
를 줍던 소년이 경찰의 총에 맞아 죽은 사건을 소재로 쓴 시이다. 이 시에
서 시적 자아는 텔레비전 뉴스를 통해 사건을 접한 시청자와 죽어가는 소
년 당사자 사이를 오가며 처절하고도 긴박한 상황을 보고 형식으로 전달
하고 있다.

위 시는 두 가지 점에 주목하여 볼 필요가 있다. 하나는 이 시에서도 '어
루만지'는 행위가 나온다는 것이고, 또 다른 하나는 텔레비전이라는 물질

문명의 이기를 매개로 하고 있다는 것이다. 이태순의 시에서 '혓바닥으로 핥는' 행위, '눈으로 더듬는' 행위 등은 모두 모성성의 발현이라는 점에서 동일한 의미역에 속하는 행위라 하였다. 이 시에서는 '어루만지는' 행위가 바로 그러하다. 그런데 이 '어루만지는' 행위가 핥는다거나 더듬는 행위에 있어 차질적인 것은 대상과의 직접적인 관계가 이루어지지 않는다는 점이다.

'비릿한 표정으로 소년이' 시적 자아를 쳐다본다. 시적 자아는 그런 소년을 '자꾸 어루만' 진다. 그러나 그가 계속해서 어루만지고 있는 것은 죽어가는 '소년'이 아니라 '텔레비전 화면'이다. 일반적인 서정시의 영역에 서라면 물질, 특히 문명과 관계된 기계물질의 경우 정서라든가 정신적인 것과는 상충되는 의미역에 해당되는 것이다. 그런데 위 시에서는 감성의 소통에 있어서 물질이 전혀 문제되고 있지 않다. 오히려 시공간을 초월하여 시적 자아가 '소년'과 만날 수 있는 매개가 되고 있는 것이 바로 '텔레비전'이라는 물질인 것이다. 만약 '텔레비전'이라는 물질이 시적 자아와 '소년'의 닿을 수 없는 거리를 상징하는 차폐막으로 의미지어졌다면 텔레비전 속 '소년'의 '흙먼지 뒤덮어 쓴 꽃물'이 시적 자아에게 뜨겁게 느껴졌을 리가 없다.

물질이 대상과 대상 간의 감성적 연결의 매개가 되고 있다는 점에서 동일한 구도를 보여주고 있는 작품으로는 액자 형식의 모던한 시, 「오후 4시」가 있다. 이 시에서 매개가 되고 있는 기계 물질은 '라디오'인데 라디오에서 나오는 사연을 통해 시적 자아는 심연에 내재해 있는 첫사랑과 조우하게 된다. 이 시에서는 'FM 95.9'라든가 '고속도로 IC', '도로비' 등속의 도시적이고 문명적인 용어들이 틈입해 있지만 이러한 문명의 계측성을

상쇄시키고 있는 것이 '그대 꽃 같은 그대, 지금도 그대는 나의 꽃입니다'
와 같은 치기스럽달 수 있을 만큼의 무구한 순수 서정이라 할 수 있다.

　다시 「슬픈 1월」로 돌아가서, 이 시를 통해 환기해야 할 점이 있다면 경
계 밖의 존재라 할 수 있는 '소년'의 죽음이 피상적인 정서 차원에서가 아
니라 '뜨거움'이라는 직접적인 감각으로 육박해 들어오는 양태를 확인할
수 있다는 것이다. 이렇게 실존적이고 구체적인 감각의 층위에서 발현되
는 서정성이 이태순 시에서 반복적으로 확인된다는 것은, 그것이 우연성
에 의한 것이 아니라 시인이 적극적으로 그리고 전략적으로 취하고 있는
시의 방법적 의장이라는 사실을 방증해주는 것이기 때문이다.

　이러한 맥락에서 정제된 서정성이 감성적인 차원에서 머무는 것이 아
니라 실존적이고 구체적인 감각으로 현현된다는 것, 그것은 시간과 공간
의 경계, 유정물과 무정물의 경계를 무화시키는 데에까지 나아가고 있다
는 것, 이것이야말로 이태순만의 고유한 서정성이자 차질적 특질이라 할
수 있을 것이다.

　무정물과 유정물, 물질성과 서정성의 교융, 그 경계의 무화를 적실하게
보여주고 있는 작품으로 「동거」 「오래된 사육」 등을 들 수 있다.

　　　이제 생각해보니 십년도 넘었는걸,
　　　허기져 갈 때마다 속 깊이 헤집었던
　　　냉장고 문짝을 열면 오랜 노동의 냄새
　　　부글부글 들끓는 내 열기 식혀주며
　　　숨죽여 흘린 눈물 웅크리고 들어있나
　　　때 절은 얼룩점들이 부끄럽게 피어있다
　　　이별할 날 머지않아 그 옆에 누워본다

말없이 주고받는 뼈마디 삐걱거리고
익다가 죄 시어버린 우린 서로 익숙하다

             —「동거」 전문

도화 필 때였지 아마,
정순이가 찾아줬어
나 모르게 같이 커 온 얼룩무늬 또 하나의 나
송송송 주근깨 박혀 그늘에 숨어든 꽃

…(중략)…

얼마나 힘들었을까
벼랑 진 어깨 달라붙어
너무 오래 가두어 둔 사육 이제 끝낼게
내 왼쪽 날개를 뽑아 휘이휘이 가거라

             —「오래된 사육」 부분

  「동거」의 소재는 오래된 '냉장고'로, 냉장고는 무정물이며 문명의 이기로 불리는 물질에 해당한다. 그런데 인용 시에 등장하는 냉장고를 획일적인 범주에서의 '물질'로 명명하기에는 무리가 있어 보인다. 종국에 가서 이 '물질'은 시적 자아와 동일화를 이루면서 무정물과 유정물, 물질과 인간의 경계를 모호하게 만들고 있기 때문이다.

  우선 인용 시에서의 '냉장고'는 인간의 조작을 수동적으로 수행하는 도구로서의 '기계'가 아니라 능동적인 의미에서의 '노동'을 하는 객체로 존재한다. 뿐만 아니라 시가 진행되면서 '냉장고'는 물질성에서 벗어나 "부글부글 들끓는 내 열기 식혀주며" '숨죽여 눈물까지 흘리는' 유정물로 전화하게 된다. '버림'이 아니라 '이별'이라는 언표가 가능한 이유가 바로 여기에 있다. "이별할 날 머지않아 그 옆에 누워"보는 시적 자아는 "뼈마디 삐걱거리고/ 익다가 죄 시어버"렸다는, 경계 밖의 존재라 할 수 있는 그 동일성으로 하여 물질의 영역에 속하는 금속성의 기계마저도 '우리'라는 범주 안에 포회시키고 있는 것이다.

「오래된 사육」또한 무정물에 생명을 불어넣어 교감을 하고 있다는 점에서 「동거」와 동일한 구도에 놓이는 작품이라 할 수 있다. 단지 이 시에서는 기계적 물질이라기보다는 화자가 오랜 시간 동안 의식하지 못한 채 지니고 있어왔던 어깨 언저리의 모반과 같은 무정물이 객체로 등장한다는 점에서 차이가 있을 뿐이다. 이 시에서 시적 자아는 자신이 의식하지 못한 시간들에 대해서도 성찰하며 그 시간들을 "너무 오래 가두어 둔 사육"이라 칭한다. 나아가 이것과의 이별을 결심하는 순간에도 또한 "내 왼쪽 날개를 뽑아 훠이훠이 가거라"라며 시적 자아와 무정물과의 동일성을 해체하지 않는다.

이처럼 물질성까지 아우를 만큼의 탄탄한 서정성을 견지하고 있는 힘은 어디에서 연원하는 것일까. 이태순 시세계의 축이 되고 있는 서정성의 연원이랄까 그 기반을 묻는다면 다시 근원적인 것, 모성적인 것으로 되돌아가게 된다.

> 햇살 몇 개 부러진 오후만큼 기울어진
> 둥근 꽃밭 확 펼치자
> 무더웠던 그 여름
> 울 엄마 꽃송이 지고
> 내 생이 든 꽃그늘

꽃물이 뚝 뚝 질까
아까워 들지 못했을,

입술연지 혹 퍼지는
꽃밭 빙빙 돌리며

접었다 펴보는 사이 간간이 꽃이 피네

—「협립양산」 전문

우리집은 소침쟁이네 집이라고 불렸다
내가 지나갈 때도 소침쟁이 손녀라 했다
겁 많은 송아지처럼 할배 따라 다녔다

할배야 이상하다 왜 자꾸 소가 죽노
시방 땅속에서 소울음이 들린다카이
할배가 여 있었으믄 벌써 다 고쳤을낀데

—「할배야 참 이상하다」 부분

위 인용 시들은 각각 현재에는 부재하는 '엄마'와 '할배'에 대한 회상을 그리고 있는 작품들이다. 시적 자아에게 있어 '울 엄마'는 이미 져서 다시 돌아올 수 없는 '꽃송이'가 아니다. "울 엄마 꽃송이 지고/내 생이 든 꽃그늘"에서 보는 바와 같이 '엄마'의 생은 '양산'을 매개로 '내 생'으로 연결되고 있으며 "접었다 펴보는 사이 간간이 꽃이 피네"에서 드러나듯 '엄마'의 표상이라 할 수 있는 '꽃'은 현재의 자아의 삶에서 '간간이' 피고 있는 것이다.

'자꾸 소가 죽어'가는 불모적 현실에 처해 있는 시적 자아에게 있어

'여'(여기)에 없는 '할배' 또한 생명성으로 현현되는 존재이기는 마찬가지이다.

이태순의 『따뜻한 혀』에서는 '엄마'(「저녁 같은 그 말이」「따뜻한 혀2」「협립양산」 등), '아버지'(「검은 동굴」「그 여름날의 모자」 등), '할머니'(「새」), '할아버지'(「할배야 참 이상하다」) 등속의 시적 자아의 뿌리, 근원이라 할 수 있는 대상을 소재로 한 시가 많다. 그런데 그의 시에 등장하고 있는 이 근원적 존재들은 단순히 추억이라든가 그리움의 대상에 그치는 것이 아니다. 모든 거칠고 딱딱한 것들을 포용하고 용해하는 웅숭깊은 서정성을 구동하는 기제가 되고 있는 것이 바로 이들 근원적 존재들에 대한 기억 내지는 회상이라는 데 의미가 있는 것이다.

순도 높은 서정성을 견지하면서 사회적인 문제를 포지한다는 것이 그리 간단한 일은 아니다. 그런데 이태순이 포착하고 있는 사회적 문제들은 재개발 지역 문제(「흔들리는 저녁」)라든가 농어촌의 삶(「꽃은 핀다」), 베이비부머(「달」), 실직(「문 밖의 저녁」)과 같은 사회구조적인 층위에서의 문제에서부터, 북한(「철원여인숙」「팽팽한 봄」), 독도(「독도 아이야」), 위안부(「꽃잎」)와 같은 민족적 층위에서의 문제, 유기견(「죄송합니다」), 구제역 집단 매몰(「할배야 참 이상하다」)과 같은 생명 경시 문제에 이르기까지 실로 다각도적이고 광범위한 스펙트럼을 보여주고 있어 경이로울 정도이다.

세계의 경계 밖, 그 주변부에 산재해 있는 부조리라든가 모순, 그로 인한 존재의 상처를 시인 이태순은 결코 날선 비판으로 대응하지 않는다. '핥고 쓰다듬고 어루만짐'으로써 소통·포용하고 합일을 이루어내고 있는 것이다. 이처럼 사회의 제반 문제들을 간과하지 않으면서도 모성과 같은 서정의 깊이로 이들을 포회하는 것, 이것이 바로 이태순만의 고유한 서정 정신이라 할 수 있지 않을까. 이는 이태순 시의 본령이 대지적 모성성, 그 부드러우면서도 강인한 근원적 힘에 있다는 의미에 다름이 아니다.

아름다운 공존과 실존에 대한 윤리적 실천

— 최찬수의 『내 마음 읽어주소』

최찬수 시인이 시집을 상재했다. 그런데 시집 제목이 상당히 재미있다. 『내 마음 읽어주소』에서 보듯 시집의 제목이 매우 직설적으로 구성되어 있기 때문이다. 시는 일차적으로 자기 자신을 향한 목소리이다. 그것이 산문과 다른 것은 객관성의 여부에서 차이가 난다. 그만큼 시란 나 자신을 향한 목소리가 강렬하게 울려 퍼지는 장르이다. 시가 쓰여지고 창작되고 나면 나머지는 독자의 몫이 된다. 독자는 그 객관화된 시인의 음성을 담론이라는 매개를 통해서 간접적으로 듣게 된다. 따라서 나의 사유를 직접 들어달라고 요청할 필요는 없을 것이다. 문학의 기본 속성이 그러할진대 어째서 시인은 "내 마음을 읽어달라"고 표나게 말하는 것일까.

그것은 다음 두 가지 이유 때문에 그러한 것이 아닌가 한다. 우선, 최찬수 시인은 자연과학을 전공한 학자이다. 이 학문은 인문학과 달리 인과론 같은 합리성을 떠나서는 성립할 수 없다. 그것은 직관이 아니라 객관에 의해서 지배되고 감성이 아니라 이성에 의해서 형성되는 학문이다. 객관이나 이성은 인과론의 절차를 벗어나면 성립하기 어려운 것이다. 그것은 증명 가능한 것이기에 어떤 의혹도 남겨서는 안 되는 명쾌한 속성을 지니고 있다. 그러나 그런 정확성이랄까 객관성은 사유의 주체들로 하여금 기계주의적 사고의 틀 속에 갇히게 만드는 단점도 있다. 근대가 위기의 관점으로 받아들여지는 이유도 이런 고정된 체계가 가져온 한계 때문이었다. 그것의 한계가 가지고 있는 기계주의의 틀을 보충해주는 것은 감성의 영역이다. 이 영역은 무엇인가 명확한 증거를 필요로 하지 않는다. 뿐만 아니라 인간을 기계주의적 사고의 한계 내로 고정시키지도 않는다. 인과주의적 사고가 우위에 있는 경우 이 감성을 용인하기가 매우 어려워진다. 그것은 증명 가능한 것이 아니기에 그러하다. 이쯤 되면 시인이 시집의 제목을 이렇게 붙인 이유를 알게 된다. 그는 자신의 마음을 증명 가능한 것으로 만들고 싶었을 것이다. 물론 그것은 진정성에 대한 실천이랄까 실현 여부와 분리하기 어려운 것이다. 이것이 시나 시집에서 흔히 요구하는 상징성의 범위를 넘어서서 시인이 시집의 제목을 서술적으로 만든 이유가 아닌가 한다.

두 번째는 세상을 향한 그의 시선이다. 그는 과학도로서가 아니라 시인으로서 세상에 대해 발언하고 싶은 것이 많은 듯하다. 그의 관심 영역들은 작게는 존재론적인 인간의 문제에서부터 시작해서 가족의 일상사나 남북의 문제, 근대 문명에 이르기까지 광범위하게 펼쳐져 있다. 세상의 넓은 음역을 가로지르는 그의 시선들이 말하고자 하는 것은 존재론적 완성과 평화주의, 보편주의 등등에 걸쳐져 있다. 이런 진정성들의 실현에 대해 그는 마음껏 발언하고 싶고 또 이를 알리고자 하는 것이다. 시집의 제목 '내 마음 읽어주소'는 그러한 의지의 표현이었다. 세상에 대한 내 마음의 희구가 시집의 제목으로 고스란히 표출된 것이다.

최찬수 시인의 시를 이끌어가는 근본 힘은 일차적으로 밖에서 본 사유에서 시작된다. 그는 가난한 집의 유학생이었다. 그 시절에 얻은 지식욕이랄까 탐구욕이 시의 근원으로 자리한다. "모든 것을 조국에 두고" "이국 땅에서 희생을 감내하며/찬 이슬 밟으며/지식의 드넓은 바다에서/진주를 찾아 헤매는/가난한 유학생"(「가난한 유학생」)이 일차적으로 그의 시의 본향이었던 것인데, 그는 이 체험에서 얻어진 인식을 바탕으로 자신의 시를 일구어 나간다. 그의 시에서 여행 체험의 시들이 많이 나타나는 것은 여기에 그 원인이 있는데, 그는 이를 통해서 세상 속에 묻혀 있는 진주를 찾아 나서게 된다.

두만강 작은 다리의 숭산 세관은
왜 늘 인적이 뜸한지

이념의 정점을 향하여
숙명의 길을 가야만 한다고
문단속의 거창하고 섬뜩한 구호만
푸른 하늘에 펄럭이는
빈부의 불연속이 적나라한 현장이라 그런가

저리도 꽁꽁 묶어
"아얏" 소리도 못하게 하면
끝내 속으로 폭발하고 말 핵폭탄은
무엇으로 감당할 수 있을지

목숨을 뺏고 빼앗기는 전장에도

지고지순의 사랑은 꽃필 수 있는데

저 5호 농장 너머
혹한과 사막에도
과연 사랑이 꽃필 수 있을까

—「숭산세관」 전문

　이 작품은 시인이 연변 여행을 통해서 쓴 시이다. 이른바 국경 지대에
서 시의 발상을 얻은 것인데, 시인이 여기서 응시한 것은 평화와 사랑과
같은 보편주의이다. 시시한 이데올로기 우월주의가 아니라 나누어진 세
계, 곧 통일에 대한 통합의 사유이다. 시인은 그러한 통합을 위해 꼭 필요
한 매개로 사랑을 이야기한다. 사랑만큼 갈등과 분열을 치유해줄 매개도
없을 것이다. 근대 이성이 부과한 것도 엄밀히 따져보면, 구분과 갈등의
세계이다. 이런 간격은 나와 너를 분리시키는 경계에서 비롯된 것이다.
그런 틈을 메워줄 수 있는 것이 사랑과 같은 통합의 정신임은 당연한 일
이 아닌가.
　실상 이번 시집에서 시인이 말하고자 하는 주요 담론 가운데 하나는 사
랑 의식에서 찾을 수 있다. 그의 사랑은 남북의 화해나 통합 같은 거대 담
론에서 찾아지기도 하지만, 지극히 작은 영역에서도 찾을 수 있다. 그는
따뜻한 온정주의자이다. 그러한 그의 사유가 종교적인 뿌리에 근거한 것
일 수도 있고, 시인의 생리적인 감각에서 온 것일 수도 있지만, 그의 작품
속에 이 의식이 자리하고 있다는 자체만으로도 그의 시정신은 매우 건강
한 것이라 할 수 있을 것이다.

크리스마스 이브
아빠를 찾아오는 줄도 모르고
낯선 아저씨 손을 잡고
비행기를 타고 오면서
내내 울었다는 말을 듣고
가슴이 아려왔었네

어린 몸이 무릎 아래
칭칭 감겨오고
미끄럼틀에서
동무에게 "찰칵" 하고 손을 내젓던 네가

이제 어엿한 사슴 같은 숙녀가 되어
아빠의 고생을
모두 덜어주려는 대견한 네가 되다니

너의 약속대로
멋진 차를 사주지 않아도
이미 난 포만의 배를 두드리고 있구나

— 「딸의 성공」 전문

　시인은 딸의 성공을 통해서 가슴 뿌듯한 속내를 드러낸다. 어릴 적 딸
과 속삭이던 맹세가 현실로 다가오는 감각을 설명하고 있는 것인데, 이렇
듯 사소한 일상에서 얻어질 수 있는 시의 감성이야말로 그의 시세계의 폭
과 질을 담보해주는 것이라 할 수 있다. 이를 두고 소소한 가족주의적 한
계라고 치부할 수도 있겠지만, 이런 따뜻한 감수성 없이 그의 시세계를
말하는 것은 어불성설이다. 일상에서 시작되는 온유한 시선만이 세상에

대한 구원의 메시지가 될 수 있다는 것이 시인의 생각이다. 가족과 세상이 하나로 어우러지는 세상이야말로 사랑이 펼쳐질 수 있는 진정한 장이라 인식하고 있기 때문이다.

사랑과 같은 유기적 감수성은 무엇보다 결핍된 의식을 전제로 한다. 무엇이 충족되지 않았을 때, 이를 벌충하고자 하는 감수성이야말로 사랑의 본질이기 때문이다. 이럴 경우 그것은 생리적인 차원을 초월하게 된다. 딸에 대한 시인의 사랑이 가족주의의 틀을 넘어서서 보편주의적인 어떤 것으로 승화될 수 있었던 것도 세상에 대한 틈과 간극에서 형성된 것이었기에 가능했다.

오늘날 많은 사람들이 시대의 위기, 혹은 근대의 위기를 말하고 있다. 합리주의의 장밋빛 청사진이 무너진 것도 어찌 보면 근대의 위기와 불가분의 관계에 놓여 있는 것이었다. 근대의 위기를 말할 때, 우리가 흔히 목도하게 되는 것 가운데 하나가 인간의 욕망에 관한 부분이다. 자연과 인간의 조직적인 분리와 이에 기반한 인간 욕망의 무한한 팽창이 근대성의 기본 원리이다. 근대가 위기의 관점으로 인식되는 것도 무한 증식하는 인간의 욕망을 제쳐두고서는 그 설명이 불가능할 것이다. 파괴와 저주가 인간의 생존 조건을 무너뜨렸고, 그 결과 사랑과 같은 통합의 감수성을 필연적으로 요구받게 만들었던 것이다.

> 바람에 불려온 대전에
> 둥지를 틀려고
> 식장산을 바라보는 가오 지구에
> 아파트 삼십육 평에 당첨을 하고

앞으로 될 내 집과 똑같은 모델 하우스를
오며 가며 지나다 둘러보고
괜스레 들락 달락
커피도 얻어 먹는구나

거실의 소파 위에 조용히 앉아
불도저가 밀고 가는
시뻘건 황토를 바라보며
새 고향의 아늑한 나의 보금자리를
꿈꾸어 보는데

이 세상에서 집을 짓는 피조물은
인간만이 아니지만
이렇게 대대적으로 산을 밀고
벽을 높이 쌓아 하늘을 찌르는
엄청난 건설과 파괴를 일삼는 인간은
과연 누구를 닮은 피조물인가

하나님을 분노케 하던
바벨탑이여

꿇어앉아
하나님께 참회한다

— 「새 고향 — 가오지구 모델 하우스에서」 전문

　인간의 생존 조건을 위협하는 것은 개발이라는 이름으로 시행되는 파
괴이다. 인용 시가 암시해주는 것처럼, 근대 이후 인간과 자연은 끊임없

이 대립하여왔다. 근대 이전의 경우에, 곧 자연이 우위에 있던 시대에 인간과 자연은 공존의 관계였다. 인간의 삶이 자연의 일부라는 태도야말로 이들의 공생 관계를 증명해주는 보증수표였다. 그러나 근대화가 진행되면서 그러한 공존의 상태를 더 이상 유지할 수 없게 되었다. 문명이라는 우수한 무기를 손에 쥔 인간은 항변할 수 없는 자연을 거침없이 파괴해 들어가기 시작했다. 오직 인간 자신만의 이익을 위해서 욕망이 이끄는 대로 끊임없이 자연 속으로 육박해 들어간 것이다. 인간의 거주 공간을 위해서는 유기적 동일체인 자연쯤은 고려의 대상조차 되지 않았다. 욕망의 팽창과 그에 따른 파괴만이 존재했고, 소위 공동체의 이상에 대해서는 굳이 귀를 닫으려 했다.

자연이 문을 닫으면 인간의 삶도 더 이상 유지할 수 없는 것이 자명한 이치일 것이다. 따라서 시인은 그러한 자연 파괴와 인간의 욕망을 바벨탑의 신화에 빗대어 회개한다. 자연을 파괴하는 것은 신의 영역을 파괴하는 것이고, 신의 영역의 파괴란 곧 인간의 삶의 조건을 파괴하는 것과 똑같은 것으로 사유하고 있는 것이다. 시인은 인간과 자연의 대립을 이 시대가 맞이한 가장 중요한 당면 과제로 받아들인다. 현재의 실존이 문명의 이면으로부터 자유롭지 않음을 감안하면, 그의 이런 판단은 매우 적절한 것이라 할 수 있다.

근대성이 제기한 주요 과제들은 인간과 자연 사이에 놓인 간극을 어떻게 좁혀나가야 하는가에 놓여 있다. 뿐만 아니라 어떻게 인간답게 살 것인가에 대한 것도 이 영역으로부터 벗어나지 않는다. 따라서 진정성 있는 삶에 대한 시인의 의문들이 삶의 조건들, 특히 최근 들어 주요 화두로 제기된 생태주의 담론으로 향하는 것은 지극히 자연스러운 일이다. 인간과

자연이 어떻게 하나가 되어 공존해나갈 수 있는가를 모색하는 것이 생태
주의의 근본 요체이기 때문이다.

어린 소녀 서넛이 또르르 나와
아파트 분리수거 부대 앞에 오더니
각자 누런 종이봉투 하나씩을 휘익 던지는데

이미 쌓인 비양심의 둥치 어귀에
나뒹구는 폐지, 우유병, 가루 비누통, 통조림통들

이역만리 떨어진
북극 설원까지도 먹거리 황폐화로
아사의 눈물을 반찬으로 하고 있는
흰곰 가족과 바다코끼리의 가족의
절절함을 모르는지

아이는 어른의 거울이라는데
어찌 아무런 양심의 거리낌 없이
이 땅을 저리 어지를 수 있는 것인지

우리는 모두 잠깐 왔다가는 순례자일 뿐
생명을 잉태하고 기르는 하나뿐인 지구를
억만년도 더 가도록 고이 물려주려면
걸어온 뒤끝을
깨끗이 분리수거해야 되겠다
생각하였다

— 「분리수거」 전문

이 시는 생태주의의 이상을 실현하기 위해서 실현해야 할 방향 모색을 제시한 작품이다. 생태를 위협하는 요인들은 대단히 많을 뿐만 아니라 그 치유의 방향 또한 다각적으로 제시되고 있다. 그런데, 시인은 생태의 파괴와 원인 그리고 그 치유의 대책을 소위 윤리의 문제에서 찾고 있다. 제도나 이성의 규율이 윤리의 영역으로부터 자유롭지 않음을 감안하면, 이는 매우 적절한 판단이라 할 수 있을 것이다. 윤리는 제도의 의해 길러지고 그것은 다시 제도를 자극한다. 그래서 이 둘 사이의 관계는 상호 보족의 상태에 놓이게 된다.

그럼에도 중요한 것은 인간의 의식이 가미된 윤리의 영역일 것이다. 아무리 좋은 제도와 거기서 받은 교육이 중요하다고 하더라도 이를 올바로 실천할 수 있는 윤리의 영역이 부재한다면, 그것은 한갓 부질없는 허구에 불과하기 때문이다. 시인이 이 시의 마지막 연에서 "우리는 모두 잠깐 왔다가는 순례자일 뿐/생명을 잉태하고 기르는 하나뿐인 지구를/억만년도 더 가도록 고이 물려주려면/걸어온 뒤끝을/깨끗이 분리수거해야 되겠다"고 다짐한 것은 매우 적절한 것이라 하겠다.

시인은 꿈꾸는 자이다. 인간이라면 누구나 미래에 대한 희망이 있기 마련이지만 시인의 그것은 건강한 사회, 밝은 미래에 놓여 있다. 그러하기에 그는 현실의 부정성을 고발하고 자기 모럴의 덫을 놓기도 한다. 그리하여 이 기준에 미치지 못하면 그는 여지없이 자기 채찍을 가한다.

인간과 자연이 공존하기 위해서는 이들 사이의 경계가 없어야 한다. 자연에 대한 인간의 경계를 만들어가면 갈수록 자연은 인간으로부터 멀어져간다. 그러한 거리화가 가져오는 비극은 굳이 말하지 않아도 된다. 지금 여기의 현실에서 빚어지는 온갖 부정성들이야말로 그러한 비극의 단

적인 증거들이기 때문이다. 시인은 사회의 병폐를 치유하고자 생태주의
적 환경의 중요성을 설파했다. 시인이 시집의 제목에서 '내 마음을 읽어
달라'고 외친 것은 아마도 이와 밀접한 관련이 있었을 것이다.

　건강한 사회를 위한 것, 생태적 환경을 위한 시인의 외침이 공허한 것
이 되지 않기 위해서는 어떤 선언이나 외침만으로는 불가능하다. 그에 따
른 적절한 실천이 뒷받침되어야 한다. 시인은 그러한 에네르기를 제도와
같은 절대 이성에 기대지 않는다. 그는 자연과학도이지만 이성을 올곧게
신봉하지도 않는다. 도구적 이성이 범한 지구상의 위기를 염두에 두면,
이는 당연한 귀결일 것이다. 그는 그러한 제도보다는 감성과 같은 윤리의
영역에 보다 더 심혈을 기울인다. 윤리가 곁들어진 실천이 그것인데, 이
번 시집에서 존재에 대한 한계와 반성의 시들이 유달리 눈에 많이 보이는
것은 이와 밀접한 상관관계가 있다고 할 것이다.

　　용정에 가면
　　큰 거울을 만난다

　　일송정을 바라보면
　　푸른 솔이
　　푸른 깃을 세우고 있는데

　　넓은 벌을 지나는
　　해란 강을 바라보면
　　어느덧 말을 타고 달리는
　　내 마음

용정중학교에 가서
의를 목숨으로 지킨
옛 시인의 시비 앞에 서 있으면
내 영혼은 깊은 물 흐르듯 고요 속에 잠기는데

이기심과 황금만능주의로
목숨 걸고 달려온
나의 일생이
거울 속에 흉물로 비춰져

티 한 점 없이 깨끗해질 때까지
나는 수없이 나의 일생을 걸러내고 있었다

— 「용정에 가면」 전문

이 작품 역시 여행 체험을 통해서 얻은 지식을 바탕으로 쓴 시이다. 용정이 우리 민족에게 시사하는 바는 크게 두 가지이다. 하나는 독립운동의 근거지이고 다른 하나는 문학의 고향이다. 독립의 상징이 선구자 노래에 있음은 익히 알려진 일이거니와 그것의 배경이 되는 도시가 바로 용정이다. 따라서 그것은 단순한 지명 이상의 의미를 갖고 있다. 시인은 거기서 조국을 찾고자 만주벌을 달리던 선구자들과 일체화하는 환상을 경험한다. 그런 다음 순수와 염결의 시인인 윤동주를 환기시킨다. 윤동주가 우리 민족이나 시인들에게 규율하는 힘을 감안하면, 그것이 의도하는 바가 무언인지를 대번에 알게 된다. 용정과 윤동주는 시인에게나 우리 민족에게나 삶을 살아나가는 윤리적 기준이 무엇인가를 언제나 물어왔기 때문이다. 시인은 그러한 물음을 '이기심과 황금만능주의'라는 안티 담론으로 대응하게 된다. 곧 자신과 자신을 둘러싸고 있는 환경은 윤동주 등이 설파했던 것과는 전연 상이했다는 도덕적 자기 인식을 하게 되는 것이다.

　시인이 살아온 길은 멀고도 험한 것이었다. 그리고 앞으로 나아갈 길 또한 그리 녹록하지 않다. 그럼에도 존재의 완성에 대한 시인의 의지는 확고하다. "달려온 길은 길고도 먼 듯했는데/ 또 남은 인생의 길은 얼마이랴/가야 할 길이 아득하더라도/인생의 요점과 방향을 잃지 않았으면"(「왜플하우스」) 하는 자기 채찍을 끊임없이 하고 있기 때문이다. 시인의 그러한 모습은 어쩌면 순례자의 모습과 유사하다.

　　　낙타는
　　　몰아치는 모래바람
　　　열사의 열기 속을
　　　뚜벅뚜벅 걸어간다

　　　아득히 먼 곳에서 흘러오는
　　　물 냄새라도 영혼에 위로 삼고

　　　한발 한발 긴 다리를 내뻗으며
　　　벌룽대는 큰 코로

　　　갈급하나 차분히 자유와 평등 평화의 길을
　　　인고의 아리랑 길을
　　　낙타는 오늘도 타박타박 걸어간다

　　　　　　　　　　　　　　　　　　　　　　　　— 「낙타는 간다」 전문

낙타의 생존은 지극히 열악한 곳에서 펼쳐진다. 그것이 나아가는 길에는 몰아치는 모래바람도 있고, 열사의 열기 또한 있다. 이런 생존 조건에도 불구하고 낙타는 뚜벅뚜벅 자기 길을 갈 뿐이다. 낙타가 이런 위악성을 딛고 전진하는 것은 그 앞에 상존할 것으로 기대되는 "아득히 먼 곳에서 흘러오는 물 냄새" 때문이다. 그러한 이상과 목표가 있기에 현재의 열악성은 장애가 되지 못한다. 낙타의 이런 모습이 마치 시인의 행로와 유사해 보이는 것은 어떤 이유 때문일까. 현재의 갈증을 채워줄 생명수가 있기에 낙타가 나아가듯이 미래의 유토피아나 꿈이 있기에 시인 또한 나아가고자 한다. 그 길이란 시에 나타난 있는 것처럼, "자유와 평등 평화의 길"일 것이다. 이러한 목표가 있기에 시인은 지금도 낙타와 같이 "인고의 아리랑 길을" 타박타박 걸어가는 것이 아닐까.

최찬수 시인은 꿈꾸는 자이다. 그의 꿈이란 지극히 소박한 것에서 출발해서 범인류적인 것으로 확산된다. 작게는 가족에 대한 사랑이고 멀게는 인류에 대한 사랑이다. 그의 사랑은 인간다운 삶의 조건이 무엇일까에 대한 사색에서 비롯된 것이다. 그리하여 시인은 수많은 여행을 통해서 내부의 문제점을 관찰하고 이를 딛고 나아갈 방향성에 대해 탐색한다. 바깥의 시선이 중요한 것은 그것이 갖고 있는 객관성 때문일 것이다. 시인이 진단한 지금 여기의 현실이 매우 시의적절한 것 또한 그가 진단한 현실의 정확성과 객관성 때문일 것이다. 그는 이를 토대로 인간다운 삶을 꿈꾸고, 자신의 윤리성을 다듬어나갈 것이다. 존재의 완성에 대한 영원한 꿈들이 이런 사색과 실천을 통해서 이루어질 수 있다면, 그의 고민은 매우 의미 있는 것이라 하겠다.

어찌 밤하늘에 나는 게
여름밤 잠 못 들게 하는 모기뿐이며
풀 섶에 명멸하며 반짝이는
반딧불뿐이랴

사랑에 눈멀어 수만 리를 날아가는
불나방도 있고
불만 켜면 달려드는 풍뎅이도 있듯

깊은 바다에 납작 엎드려 가자미처럼
모두들 사랑 앞에선
사시(斜視)를 하고 살아가지만

난
서로를 내어주며 화음을 내는
풀벌레처럼
오묘하고 넓은 우주의 여름을
밤새도록 노래하고 싶구나

— 「어찌 밤하늘에 나는 게 모기뿐이랴」 전문

　자연과 인간이 공존하는 대합창의 세계이다. 모든 것들이 본능에 충실한 삶을 살고 있다. 이성의 전능이나 도구성을 비판할 때, 본능만큼 훌륭한 대항 담론도 없을 것이다. 그것은 비인위적인 세계, 곧 자연의 세계이기 때문이다. 시인은 나만의 영역이 아니라, 또 인간만의 영역이 아니라 자연과 더불어 사는 세계를 꿈꾼다. 그러한 사유만이 이념으로 갈라진 세계, 자연과 대항하는 세계를 통어할 수 있을 것으로 믿고 있다. "서로를 내어주며 화음을 내는 풀벌레처럼" "오묘하고 넓은 우주의 여름"이야말로 그가 꿈꾸어온 세계일 것이다. 그는 이 세계를 위해 갈등을 치유하고 대상을 사랑하며, 궁극적으로는 완벽히 하나가 되는 세계를 희구할 것이다. 그의 앞으로의 작품 활동이 기대되는 것은 바로 이 때문이다.

순수의 세계와 수평의 시학

─이중도의 『당신을 통째로 삼킬 것입니다』

2013년 『통영』, 2014년 『새벽시장』에 이어 이중도 시인의 세 번째 시집 『당신을 통째로 삼킬 것입니다』가 상재되었다. 첫 시집 이후 매년 한 권씩 시집을 낸 셈이니 실로 왕성한 창작열이라 할 만하다. 그런데 금번에 상 재된 시집은 제목에서도 드러나듯 처음 두 시집과는 현저한 차이를 보인 다. 그 첫 번째 상위는 작품의 배경에서이다. 앞선 시집들의 주요 소재였 던 '통영', '새벽시장'은 공간적 개념이다. 이중도 시의 주조를 이루고 있 는 모티프가 민초들의 실존적인 삶에서 발현되는 것이라 할 때 그 삶이 이루어지는 공간의 표상이 '통영'이고 '새벽시장'이었던 것이다.

제3시집의 제목은 그 양상이 다르다. 무엇보다 '당신을 통째로 삼킬 것 입니다'라는 제목에서 보듯 공간적 배경이 큰 위치를 차지하지 못하는 것 이다. 특히 여기서 어떤 결연한 의지를 드러내는 선언의 형태라는 점에서 매우 이질적인 경우이다. '통영'과 '새벽시장'이 관찰자적 자아를 연상시 킨다면 '당신을 통째로 삼킬 것입니다'는 삶의 현장에 기투한, 행동하는 자아를 연상시키는 것이다. 실제로 『당신을 통째로 삼킬 것입니다』에서 삶의 현장은 보다 구체적이고 입체적으로 그려지고 있으며 시적 자아의 언술에는 진솔하고도 직핍한 힘이 느껴진다. 이는 시인이 모진 세파에 거칠고 투박해진, 혹은 주류에서 벗어나 있거나 소외된 민초들의 삶 속으로 더욱 깊숙이 스며들어가 있음으로 해서 가능해진 것으로 보인다.

한편, 이처럼 시에서 서사가 강조될 경우 직접적 진술이 전경화되는 까닭에 압축, 절제, 낯선 상상력 등과 같은 시적 미학의 측면은 배제되기 쉽다. 그러나 이 시인의 경우에는 이런 통례에서도 한발 비껴서 있다. 그의 시에서는 다소 거친 호흡의 진술 속에서도 시인의 경험과 관찰, 독서와 오랜 사유가 빚어낸 치열한 서정과 거기서 빚어지는 독특한 결을 느낄 수 있기 때문이다.

1. '수평의 삶'에 대한 연민과 사랑

이중도 시의 주조적 정서라 하면 연민과 사랑이라 할 수 있다. 이 시집에서는 그 대상이 되는 인물들이 매우 다양하면서도 구체적으로 그려지고 있다는 특징이 있는데 이들의 실존을 표상하는 시어가 바로 '수평'이다. 그렇다면 '수평의 삶'이란 어떠한 모습일까. '수평의 삶'에 포지되어 있는 의미와 가치는 무엇이라 할 수 있을까.

사흘 춥습니다 바람에서 매운 무맛이 납니다 지난 가을에 씨 뿌린 겨울배추 시금치 바짝 엎드려 있습니다 알몸에 서리 눈망울 또렷합니

다 물의 찌끼만 남은 노년의 시래기들 난민처럼 흩어져 있습니다 수직
의 삶은 여기 없습니다 수직의 삶이 기어오를 벼랑도 수직의 삶이 바
라볼 만년설 이고 있는 산정도 여기에는 없습니다 삶을 수직으로 밀어
올릴 끓는 물도 여기에는 없습니다 이곳에는 수평의 삶들 벼 그루터기
같이 총총히 박혀 있을 뿐입니다 이들 마구 그림자 늘여도 붉은 흙 따
뜻하고 넉넉할 뿐입니다 늘 혼자인 당신의 그림자 포근히 깃들일 가슴
하나 먼 산 너머 바라보고 있을 뿐입니다

—「이곳에는」 전문

매운바람에 "바짝 엎드려 있"는 서리 맞은 "겨울배추 시금치"가, 그리고
"난민처럼 흩어져 있"는 "물의 찌끼만 남은 노년의 시래기들"이 바로 '수
평의 삶'을 표상하고 있는 시적 대상들이다. 위 시에는 '수평의 삶'과 대
척적 개념에 해당하는 '수직의 삶'도 등장하고 있다. '수직의 삶'이란 멀리
"만년설 이고 있는 산정"을 바라보며 '벼랑'을 기어오르는 삶이고 이렇게
"삶을 수직으로 밀어 올"리게 하는 매개는 '끓는 물'로 암유되고 있는 욕
망이다. 즉 결코 채워질 수 없는 욕망에 의해 끊임없이 추동되는 삶이 바
로 '수직의 삶'이며 이러한 욕망조차 거세당한 혹은 삭아질 대로 삭아진
삶이 '수평의 삶'인 것이다.

시적 자아가 지칭한 '여기', '이곳'은 '겨울 밭'이라는 단순한 물리적 공
간을 의미하는 것이 아니다. '여기', '이곳'은 시적 자아가 선택한 삶의 가
치가 함의되어 있는 정신적 공간이다. 즉 '수직의 삶'이 없는 곳, "수평의
삶들 벼 그루터기같이 총총히 박혀 있을 뿐"인 곳이 바로 시적 자아가 굳
건하게 발 딛고 서 있는 '여기'이자 '이곳'이다. 매운바람 속에 엎드려 있
는 '서리 맞은 배추', '시래기들'로 표상되는 '수평의 삶'은 어쩐지 무기력

하고 현실도피적으로 느껴지기까지 한다. 그러나 시적 자아의 시선은 이들에 대한 가치판단이 아니라 '이들이 마구 그림자 늘여도 따뜻하고 넉넉'하게 품어주는 "붉은 흙"에 닿아 있다. "늘 혼자인 당신의 그림자 포근히 깃들일 가슴 하나"란 바로 "붉은 흙"과 동일화되어 있는 시적 자아의 의식이자 마음이다.

> 고향이 탯줄이 되어주지 못한 벗들 생각이 납니다 난마의 세상 어느 기슭에 쓸려가 있는지 오래 소식 끊어진 벗들 생각이 납니다 밟히고 부서져도 상처가 칼날이 될 수 없는 벗들 우악스런 손아귀를 향한 사금파리조차 될 수 없는 벗들……
>
> ―「부표 ― 텃개 5」 부분

> 조개 파는 아낙 살짝 드러난 속살 같았던 벗
> 세상길에 익숙지 않아
> 물 위를 걸어 나가 다시 돌아오지 않는 벗
> 지금도 물비늘 아득한 길을 걸어가고 있을
> 벗의 이름 안주 삼아 술을 마신다
>
> 세상이여, 오늘만큼은 너무 친한 척하지 말자
>
> 자, 속물들을 위하여!
>
> ―「설날」 전문

　인용 시들에서 '수평의 삶'의 보다 구체적인 모습을 확인할 수 있다. "고향이 탯줄이 되어주지 못한 벗들", "세상길에 익숙지 않"은 벗들이 바로 '수평의 삶'을 사는 인물군 중 하나이다. '탯줄'은 태아에게 있어 모체와의 연결고리이자 생명줄이다. 나고 자란 공간, 부모가 있고 이웃이 있고 벗들이 있는 유대와 통합의 공간인 고향은 인간 존재에게 생의 근원지이자 생을 지탱하게 해주는 버팀목이 된다는 점에서 '탯줄'에 비길 수 있을 것이다.

그러나 자본주의의 모순이 팽배한 "난마의 세상"에서 '고향'은 더 이상 '탯줄'이 되어주지 못한다. 경제적 요인으로 벗들은 고사하고 가족과도 소식을 끊을 수밖에 없는, "세상길에 익숙지 않"은 이들이 허다한 것이 오늘날의 현실이기 때문이다. "고향이 탯줄이 되어주지 못"하는 이들이 어떠한 세상길이라고 익숙해질 수 있겠는가. "물 위를 걸어 나가 다시 돌아오지 않는 벗"은 이러한 존재의 극단적 예라 할 수 있을 것이다.

시적 자아는 이들을 "밟히고 부서져도 상처가 칼날이 될 수 없는 벗들", "우악스런 손아귀를 향한 사금파리조차 될 수 없는 벗들"이라 명명하고 있다. '수평의 삶'에 연민의 정서가 발현되는 까닭이 여기에 있다. 이들은 이들을 '밟고 부수며 상처'를 주는 "우악스런 손아귀"를 향해 '칼날'은커녕 '사금파리'조차 될 수 없는 존재들이다. 주어진 삶을 천명으로 알고 고통을 삶의 일부분으로 받아들이거나 스스로를 책망할 뿐이다.

이러한 현실이기에 시적 자아의 시선에 살아남은 자, 세상에 익숙해진 자는 모두 어느 정도는 '속물'인 것이다. 이들의 욕망이 톱니바퀴처럼 맞물려 생성해나가는 세계에서 '탯줄'까지 잃은 존재들이 설 자리는 없기 때문이다. "세상이여, 오늘만큼은 너무 친한 척하지 말자"라는 진술은 곧 '속물'로 세상에 타협해 왔던 스스로에 대한 고백이자 성찰인 셈이다.

저물녘!

시간의 가장 순한 마디를 밟고 서성거리는 마음 앞에서
그대의 등은 안쓰럽다

진창에 죄 찍으며 걸어온 내 젊은 날도
죄스럽기보다 안쓰러워
꽃 핀 주막 속으로 들어가
알전구 하나로 매달아 놓는다

—「저물녘」 부분

"진창에 죄 찍으며 걸어온 내 젊은 날"이 아마도 '수직의 삶'이었을 터이다. 이 '수직의 삶'은 '세상과 친한 척하려는 속물'의 삶이기도 하다. 그런데 시적 자아의 이러한 삶에 대한 정서는 '죄스러움'이 아닌 '안쓰러움'이다. 어떠한 삶에 대한 옳고 그름의 분별이 아닌 세상에 던져진 존재에 대한 연민이 발현되고 있는 것이다.

눈여겨볼 점은 저물녘쯤 '수평의 삶'들이 모여들 만한 공간인 '주막'을 "꽃 핀 주막"으로 표현했다는 것이다. 아울러 "진창에 죄 찍으며 걸어온" 시적 자아의 "젊은 날"들이 이 공간의 불빛이 된다는 사실 또한 주목할 만하다. 전언한 바와 같이 시적 자아는 어떠한 삶에 대한 가치판단을 내세우고 있지 않다. 중요한 것은 '안쓰러운 삶'이 또 다른 '안쓰러운 삶'에 "알전구 하나"로 작용할 수 있다는 인식인 것이다.

'수평의 삶'의 정수를 보여주는 시로 「지팡이」를 들 수 있다.

기역자 할머니 폐지 가득 포개 싣고 정량천 건너갑니다 도와주려
해도 손사래 치며 달팽이처럼 건너갑니다 리어카 없이는 한 발자국도
갈 수 없다고 합니다 늙은 리어카에 기대야 집까지 간다고 합니다

평생 밀고 다닌 짐이 지팡이가 된 것입니다 다리가 된 것입니다 오십 넘은 아들 바나나우유 빨리며 데리고 다니는 옆집 할머니 이제 코 흘리는 아들 지팡이 삼아 짚고 다닙니다 손잡고 시장도 보고 노인정에도 갑니다

쓴 운명 그냥 끌고 다니는 사람 마음에 쌓인 언덕 늦은 봄 저녁 같은 언덕이 아름답습니다

발기된 생만이 지팡이가 될 수 있다기에 더 단단하게 발기되지 않으면 지팡이가 될 수 없다기에 지팡이 없이는 걸어 다닐 수 없는 세상이라기에 이 땅에 태어나 지팡이 만들다 보낸 세월 제법 울창한 한 그루의 세월 이제 낙엽 지우렵니다

— 「지팡이」 전문

"평생 밀고 다닌 짐이 지팡이가 된 것", 이것이야말로 '수평의 삶'의 정수라 할 만하다. 이 세상은 "지팡이 없이는 걸어 다닐 수 없는 세상"이며 "발기된 생만이 지팡이가 될 수 있다"는 세상이다. "발기된 생"이란 '수직의 삶'이라는 의미에 다름 아니다. 따라서 "지팡이 만들다 보낸 세월"이란 "진창에 죄 찍으며 걸어온 내 젊은 날"(「저물녘」)과 동궤에 자리하는 의미인 것이다.

'지팡이'란 결국 삶을 지탱해나갈, 혹은 삶을 추동하는 힘의 표상이라할 수 있다. 탄탄한 '지팡이' 하나 만들기 위해 "진창에 죄 찍으며 걸어"온 삶인데, 이러한 삶이 "제법 울창한 한 그루의 세월"쯤 되어야 겨우 의지할 '지팡이'를 마련할 수 있는 것이 현실이라 하는데 시적 자아의 시선에 포착된 '수평의 삶'은 달랐던 것이다.

허리가 기역자로 굽은, 폐지 줍는 할머니의 삶, "오십 넘은 아들 바나나우유 빨리며 데리고 다니는 옆집 할머니"의 삶 모두 '수평의 삶'이라 할 수 있을 것이다. 폐지 운반하는 '리어카'나 '코 흘리는 오십 넘은 아들'은 분명 이들 할머니들의 평생 짐이었을 터이다. 그런데 바로 이 '평생 짐'이 이들의 '지팡이'가 된 것이다.

결과적으로 '수직의 삶', '수평의 삶'에 모두 '지팡이'는 마련된 셈이다. 그렇다면 이들 양자의 삶에 지팡이를 마련할 수 있게 한 각각의 요인은 무엇일까. 단선적으로 말할 수 없는 부분이긴 하지만 거칠게나마 대별한 다면 '수직의 삶'의 경우 '지팡이'를 마련하는 힘은 속물적 욕망에서 비롯 되는 것일 터이고 '수평의 삶'의 경우엔 포용과 사랑에서 비롯되는 것이라 할 수 있을 것이다.

"쓴 운명"을 삶의 한 부분으로 받아들여 그 고통까지를 긍정할 수 있을 때 포용과 사랑이 가능해지는 법이다. 위 시에서 "쓴 운명 그냥 끌고 다니는 사람 마음에 쌓인 언덕"이 시적 자아에게 아름답게 인식되는 것 또한 이러한 맥락에서이다. "지팡이 만들다 보낸 제법 울창한 한 그루의 세월"을 "이제 낙엽지우"고자 한다는 시적 자아의 의지는 이와 같은 통찰에서 비롯된 것이다. 모든 속물적 욕망과 그 결과로 축적되어온 것들을 이제 비우고자 하는 것이다. 이는 '수평의 삶'에 대한 연민과 사랑에서 나아가 스스로 '수평의 삶' 속으로 스며들어가고자 하는 의지라 할 수 있다.

2. 모성의 세계, 그 영원한 '사랑의 전설'

인간이 삶을 영위하는 데에는 의지가 되어줄 무엇이 필요하다. 그것이 정신적인 것이든 물질적인 것이든 말이다. '수평의 삶'들 중 어느 누구는 평생의 짐을, 삶을 지탱하는 '지팡이'로 삼기도 하고 또 어느 누구는 스스로 생을 저버리고 마는 경우도 있는데, 이러한 삶의 차이는 생의 버팀목이 되어줄 존재의 유무에 있는 것이 아닌가 한다. 시인이 이 시집에서 모성을 표나게 강조하고 있는 이유 또한 이러한 맥락에서 찾을 수 있을 것이다. '고향이 탯줄이 되어주지 못하는 세계'에 익숙해질 수 없는 '수평의 삶'들에게 근원적 합일을 함의하고 있는 모성의 세계만큼 안온하면서도 강력한 버팀목이 되어줄 세계는 없을 것이기 때문이다.

> 먼 옛날 경주 남산 서쪽에 살던 사람 어느 날 집 동쪽 시냇가에서 놀다가 수달 한 마리 잡아먹고 절로 갔습니다 살 다 먹히고 버려진 뼈 다시 일어나 집으로 간 수달을 보고 밤새도록 피 흘리며 걸어가 새끼 다섯 마리 뼈로 안고 있던 수달을 보고 경주 남산 기슭에 살던 사람 머리 깎고 중이 되었습니다 아마도 이맘때쯤 나무들 뼈만 남겨 놓은 늦은 가을 이맘때쯤…… 경주 남산 서쪽 기슭에 살던 그 사람 살 벗어 놓고 뼈로 걸어 나갔습니다
>
> —「늦은 가을 이맘때쯤」 전문

모성은 근원에 속하는 것이며 종과 시공간의 경계를 초월하는 성질의 것이다. 근대 이후 급격한 사회변동에 의한 제반 가치의 변화 속에서도 불변의 가치를 포지하고 있는 것이 모성의 속성이 아닌가 한다. 모성의

속성이라 하면 희생과 헌신, 아낌없는 사랑을 꼽을 수 있을 것이다. 위 시에서 '수달'은 이러한 모성의 속성을 구현하고 있는 시적 대상이다. 살은 다 먹히고 뼈밖에 남지 않았지만 그 "버려진 뼈"는 "밤새도록 피 흘리며" 집으로 걸어가 뼈로 새끼를 안고 있었다.

모성을 형상화한 시로 「무화과」도 있다. "깎아 먹히고 깎아 먹히고 껍질만 남는" 무화과에서 시인은 "제 꽃 하나 피우지 않는 어미의 붉은 심장, 붉은 간"을 연상한 것이다. 두 시에는 모성이 모두 '먹힘'과 관련하여 이미지화되어 있다는 공통점이 있다. '먹힘'은 희생과 헌신의 표상이다. 위 시에서는 '먹힘'이 그저 '먹히는' 것에서 그치고 있지 않음에 주목할 필요가 있다. 정작 살을 다 발라먹었던 '그 사람'이 절대적 모성 앞에서 스스로 "살 벗어 놓고 뼈로 걸어 나"가고 있기 때문이다.

여기에서 우리는 시인이 단순하게 모성의 위대함과 그것의 구현에 초점을 맞추고 있는 것이 아님을 간취할 수 있다. 시인은 모성의 속성을 드러내면서 그 의미역의 확장에 초점을 두고 있는 것이다. 이는 그의 여러 시편들에서도 확인되는 바이다.

> 로마교회에 보내는 바울의 편지를 읽다가 문득 그저께 헐린 까치집이 생각났습니다 날개 여물지 못해 날아오르지 못하고 절뚝거리며 땅을 헤매던 새끼 주변을 맴돌던 어미의 쉰 목청 생각이 났습니다 사랑과 율법에 대한 사도의 뜨겁게 날선 문장을 읽다가 새끼 까치를 위해 빈 꽃바구니로 새 집을 지어 준 아장아장 걷던 아이와 젊은 엄마 생각이 났습니다 새 집에서 얼마 살지 못하고 떨어져 죽은 새끼 곁에 해종일 앉아 돌에 부리를 찧어 대며 퍼덕거리던 어미 생각이 났습니다

경전 한 권을 다 읽고 나면 저 쉰 목청까지 빈 꽃바구니까지 돌에 찧
는 부리까지 가는 길이 보일까요 경전 한 권을 다 외우고 나면 길 끊어
진 곳에서 물고기와 자라가 떠올라 다리를 만들어 줄까요

세상 어미들 울음이 처음 솟아난 그 샘까지 가고 싶은 밤입니다 잃
어버린 성배를 찾는 기사처럼

— 「어떤 울음 — 사랑의 전설 5」 전문

시적 자아는 "로마교회에 보내는 바울의 편지"를 읽고 있다. 내용은 "사
랑과 율법"에 관한 것이다. 그런데 시적 자아의 의식은 이 "사도의 뜨겁게
날선 문장"에 머물지 못하고 계속 어미와 새끼 까치에게로 흐르게 된다.
다시 경전으로 마음을 돌려보지만 이내 "새끼 까치를 위해 빈 꽃바구니로
새 집을 지어 준" 아이와 젊은 엄마가 의식 속으로 틈입해 들어온다. 시적
자아의 의식은 마치 "사랑의 전설"을 찾아 헤매듯 경전 속 '말씀'과 미물
의 모성, 아이의 순수한 사랑 사이를 오가고 있다.

"새끼 주변을 맴돌던 어미의 쉰 목청"이나 "죽은 새끼 곁에 해종일 앉
아 돌에 부리를 찧어 대며 퍼덕거리던 어미" 등등 위 시에서도 모성이 발
현되는 상황이 부각되어 그려져 있다. 그러나 전언한 바와 같이 시인의
시의식은 모성 그 자체에 주안을 두고 있는 것이 아니다. 시적 자아의 인
식이 '아이와 젊은 엄마'의 약한 대상에 대한 연민과 사랑으로 확장되고
있고 나아가 스스로의 내면을 성찰하는 데까지 이르고 있는 것에서도 알
수 있다.

'까치'는 본능이라 할 수 있는 애끓는 모정을 보여주고 있고, '젊은 엄
마'는 아이를 돌보는 심정으로 여리고 아픈 것들을 보살피고 있다. 시적

자아는 스스로 이러한 사랑에 이르지 못하고 있음을 성찰하고 있는 것이다. 경전을 읽고 외우는 행위도 결국 "쉰 목청까지 빈 꽃바구니까지 돌에 쪼는 부리까지 가는 길"을 찾기 위함임이 드러난다.

모성이란 의식이나 이성이 개입되기 이전의 본능적이고 직관적인 사랑이라 할 수 있다. '사랑해야 한다'가 아니라 '저절로' 사랑하게, 헌신케 되는 것이다. '어미'가 아닌 이상 이러한 사랑은 속물적 계산이나 분별을 모두 걷어낸 본연의 마음에서만 가능해지는 것이라 할 수 있다. 따라서 "세상 어미들 울음이 처음 솟아난 그 샘까지 가고 싶"다는 시적 자아의 고백은 모든 대상과의 동일성이 담보되는 그러한 순수한 태초의 마음에 이르고 싶다는 뜻으로 읽을 수 있다.

> 명절 때 못한 어머니 무덤 벌초하고 돌아오는 길 저만치 아래 황토밭 한 뙈기 누워 있습니다 고구마 넝쿨 모두 걷어낸 벌거벗은 흙은 살아 계실 적 어머니 마음의 나신 같습니다 참 신기하지요 여인은 어머니가 되면 흙이 됩니다 누가 가르쳐 주지 않아도 스스로 흙이 됩니다 쑥쑥 자라 큰 열매 맺어라 세상은 발기하는 것만 가르치는데 발기하지 못한 생은 죽은 고목에 붙어서 버섯처럼 살아가야 한다고 간도 쓸개도 없이 살아야 한다고 해도 달도 없이 살아야 한다고 으름장을 놓는데 밭이 되라고 흙이 되라고 아무도 가르치지 않는데 세상의 모든 어머니는 스스로 흙이 됩니다 슬그머니 들어가 밟아 보는 붉은 밭 한 뙈기 성자의 붉은 혓바닥 같습니다 목소리 쩌렁쩌렁합니다

— 「황토밭」 전문

위 시에서는 모성을 부각시키는 시인의 의도가 보다 분명하게 드러나고 있다. 시적 자아에게 세상은 "발기하는 것만 가르치는" 곳이다. "발기

하지 못한 생은 죽은 고목에 붙어서 버섯처럼 살아가야 한다고 간도 쓸개도 없이 살아야 한다고 해도 달도 없이 살아야 한다고 으름장을 놓는" 곳이 세상이다. 그런데 '어머니'의 세계는 이러한 세상과 적확하게 대척되는 지점에 위치해 있다. "밭이 되라고 흙이 되라고 아무도 가르치지 않는데 세상의 모든 어머니는 스스로 흙이" 되고 있기 때문이다.

"어머니 마음"과 등가인 "붉은 밭"이 '성자의 말씀'이 아닌, 말이 생성되기 이전의 "붉은 혓바닥"에 비유되고 있음에 주목할 필요가 있다. 시인이 로고스적이 아닌 직관적 사랑, '말'이 아닌 '행함'에 우위를 두고 있음이 드러나는 대목이기 때문이다. 그의 시에서 모성이 자주 운위되는 까닭 또한 바로 여기에 있는 것이다. 위 시는 "발기하는 것만 가르치는" 세상에서 어떠한 '말'도 '가르침'도 아닌 스스로 흙이 되는 길을 택하고자 하는 시인의 의지를 간취할 수 있다는 점에서 의미가 있는 작품이다.

3. 분별 없는 순수의 세계

모성의 세계는 속물적 계산은 물론 어떠한 조건이나 분별도 없는, 근원의 세계이자 순수한 사랑의 세계이다. 이중도의 시에서 드러나고 있는 '수평의 삶'이나 모성의 세계에 대한 천착은 궁극적으로는 이와 같은 분별이 없는 순수의 세계, 그 사랑의 세계를 구현하고자 하는 열망에서 비롯되는 것이라 할 수 있다.

　　귀뚜라미 짖는 소리에 잠 십자가에 쫓겨난 귀신처럼 달아나 버리고
　　비갠 밤하늘 또렷한 큰곰자리처럼 돋아나는 생각 하나 지금까지 나에

게만 한눈팔고 살았구나 예수 말씀 읽는다고 두툼한 책 끼고 다닌 게 기껏해야 내 주린 배에 한눈판 것이었구나 부처 공자 그윽한 한문도 기껏해야 내 말[言] 머리에 동백기름 바른 것이었구나 하물며 산에 한눈판 게 인仁과 무슨 상관이며 물에 한눈판 게 지智와 무슨 상관인가 다 내게 한눈판 것 어떤 것은 돋보기 쓰고 어떤 것은 선글라스 끼고 어떤 것은 맨눈으로 한눈판 것 질리지도 않고 나에게만 한눈팔아온 세월이 내 인생이었구나 너에게도 눈 좀 돌려보라는 성인 말씀이 때때로 멱살 잡던 시절도 지나가 꿈속도 태평천국이니 이제 마음 놓고 한눈팔아도 되겠구나 네가 바다 백리 너머로 떠나가든 말든 해 데리고 달마저 데리고 떠나가든 말든 영혼이야 캄캄한 밤이 되든 말든

— 「나에게만 한눈팔고 살았구나」 전문

깨달음이란 꼭 고된 수행을 통해서만 얻을 수 있는 것은 아니다. 비루한 일상 속에서도 문득 "비갠 밤하늘 또렷한 큰곰자리처럼 돋아나는 생각 하나"가 깨달음일 수 있다. 위 시의 시적 자아가 깨달은 바는 세속적인 것들에 거리를 두며 나름대로 열심히 살아왔다고 자부한 날들이 사실은 "나에게만 한눈팔고" 살아온 날들이었다는 것이다. 때에 따라 다양해 보이는 여러 양상의 삶들도 안경만 바꿔 낀 것일 뿐, 결국 "나에게만 한눈팔아온 세월"이었다는 점에서는 매한가지라는 사실이다.

시인의 자기 응시는 냉정하다 못해 가혹하게 여겨지기까지 한다. "질리지도 않고 나에게만 한눈팔아온 세월이 내 인생이었다"는 통렬한 고백도 그러하거니와 "눈 좀 돌려보라는 성인 말씀이 때때로 멱살 잡던 시절도 지나가" 이제는 아무런 자의식 없이 "나에게만 한눈팔"며 살고 있다는 대목도 그러하다. 여기에서 '너'는 시적 자아의 의미로도, 타자의 의미로도 읽을 수 있다. 이러한 중의적 기법은 '너'와 관계없는 삶, "나에게만 한눈

파는 삶"이 결코 '나'를 위한 삶일 수 없음을 드러내는 시적 장치로 작용하고 있다.

위 시에서 "네가 바다 백리 너머로 떠나가"게 되면 세계는 '해'도 '달'도 없는 암흑 속에 놓이게 된다. '내'가 외면하는 '너'의 영혼도 암흑이겠지만 '너'의 영혼이 '해'와 '달마저' 데리고 떠나간 까닭에 '나'의 영혼 또한 캄캄한 밤이 되는 것은 마찬가지이다. '너'와 '나'의 분별이 없는 세계, '너'의 아픔이 '나'의 아픔이고 '너'의 암흑이 곧 '나'의 암흑이 되는 세계는 이중도의 시에서 줄곧 강조되어오던 모성의 세계와 다른 것이 아니다. 이는 시인이 지향하는 세계이기도 하다.

이 시집에서 분별의 경계를 무화시키고자 하는 시적 자아의 부단한 각성과 의지를 구현하고 있는 시편들이 많은 까닭 또한 동일한 맥락에서 찾아지는 것이라 하겠다.

> 왕이라면 포석정이나 경회루쯤에서 궁녀 끼고 주지육림 술판도 벌려 보겠지만 본이름 말고도 자나 호 덕지덕지 달고 다니는 양반이라도 된다면 식영정이나 소쇄원쯤에서 댓바람 소리에 거문고 줄 고르는 척도 하겠지만 돈이 주主인 세상 주 은혜 풍성하다면 요트 할리데이비슨 콘도 골프 회원권 따위 계급장처럼 달고 다녀도 보겠지만 왕도 양반도 아니고 충성된 종도 아닌 내 형편에는 돼지고기 오리고기 구워 배 터지게 먹고 낮잠 자다 소나기 맞는 평상 하나가 사치입니다 우주와 터놓고 지내는 호도 자도 본이름도 없는 평상 하나가 내 무위입니다 모자라는 놈 실성한 놈 말더듬는 놈 한 쪽 다리 짧은 놈 왼손잡이 곰배팔 태몽 없이 태어난 놈 운명이 비빔밥이 된 놈 모두 들락거리는 평상 하나가 내 이념입니다
>
> ―「평상」 전문

'왕'과 '양반', '돈의 충성된 종' 등등 위 시에는 존재를 규정하는 여러 계층의 명칭이 등장한다. 그런데 이 모든 계층들은 시적 자아와는 관계가 없다. "호도 자도 본이름도 없는 평상 하나가" 시적 자아의 '무위'이자 '이념'일 따름이다. '평상'은 높고 낮음, 귀하고 천함, 많고 적음 등의 분별이 없는 세계를 표상하는 상관물이다.

"호도 자도 본이름도 없는", 즉 무엇으로도 규정되지 않는 것은 아무것도 아닐 수도 있지만 역설적으로 모든 것일 수도 있는 것이다. "우주와 터놓고 지"낸다는 것의 의미역은 이러한 맥락에 닿아 있는 것이며 아무것도 아니지만 동시에 모든 것인 존재들과의 소통을 함의하고 있는 것이다. "모자라는 놈 실성한 놈 말더듬는 놈 한 쪽 다리 짧은 놈 왼손잡이 곰배팔 태몽 없이 태어난 놈 운명이 비빔밥이 된 놈 모두 들락거리는 평상"이란 바로 분별의 경계가 무화된 순수의 세계를 표상하는 것이라 할 수 있다.

이중도의 시에서 이러한 원초적 순수의 세계를 표상하는 시적 대상은 '평상'뿐 아니라 '흙마당'(「촌놈」 「꽃밭이나 하나 만들어」), '빈 그릇'(「섭패」), '갯벌'(「적덕 고모 — 사랑의 전설 6」), '골짜기'(「춘삼월」) 등등 사물에서 자연에 이르기까지 매우 다양한 양상으로 등장하고 있다. '실성한 주막'(「실성한 주막 — 사랑의 전설 3」)도 그중 하나이다.

> 오거라 망망한 바다 술 취한 망나니로 떠돌던
> 바람아 마누라 새끼들 다 도망가고 이빨마저 도망간
> 바람아 박 바가지 하나 들고 백발 거지 되어
> 오거라 장작불로 개장국 끓여 주마
> 복숭아뼈 익는 구들장에 낮밤을 재워
> 보리밭 끝없는 네 고향으로 보내 주마

캄캄한 구름아 장대비로 울며불며

오거라 아름드리 살구나무 활짝 핀 꽃으로 서서

흠씬 두들겨 맞아 주마

흠뻑 네 눈물 머금고 꽃비 되어 주마

네 슬픔의 자궁까지 흘러가 주마

오거라 세상에 다 털린 사람아 실성한 동무야

술값도 밥값도 계산도 모르는 실성한 주막 되어

나 여기 있으니

— 「실성한 주막 — 사랑의 전설 3」 전문

　'실성'이란 사전적인 의미로는 정신에 이상이 생기는 것, 정신을 놓아
버리는 것을 뜻하는 말이지만, 여기에서는 이성, 분별을 놓아버리는 의미
로 읽을 수 있다. 정신을 바짝 차리지 않으면 언제 "세상에 다 털린 사람"
으로 전락하게 될지 모르는 곳이 바로 우리가 살고 있는 세상이다. 이러
한 세상에서 소위 '제정신', '정상'에 속하는 사람이라면 "세상에 다 털린
사람"에게 손 내미는 것조차 '현실'이라는 이름으로 불안해하며 망설이게
될 것이다. 그런데 시적 자아는 오히려 "세상에 다 털린 사람", "실성한 동
무"를 호명하여 불러들이고 있다. 스스로 "실성한 주막"이 되어 '여기'에
있을 테니 "망나니로 떠돌던 바람"으로든, "울며불며 달려드는 장대비"로
든 오기만 하라고 손짓하고 있다. '실성한 동무'의 슬픔의 근원에까지 이
르기 위해서는, '너'의 슬픔과 '나'의 그것의 분별이 사라진 세계에 이르기
위해서는 "술값도 밥값도 계산도 모르는 실성한 주막"이 되어야 하는 것
이다.

개망나니 지아비 진창에 싸질러 놓은 하루치 생을

지문 닳은 손으로 주워 모으면 시골마당

찌그러진 세숫대야 가득한 똥개 밥 한 그릇

삼생이 잡탕 된 고봉의 똥개 밥 한 그릇

용왕도 천신도 비워 주지 않는 지은이도 심청이도 닦아 주지 않는

똥개 밥 한 그릇 부뚜막에 쪼그리고 앉아 비우고 닦아온

긴 세월 이제 일장춘몽이라 느껴지는 쪼그랑박 팔순

평생 비우고 닦아온 지아비 그릇에 이제 쌀 반

보리 반으로 지은 밥이나마 담기는데

당신 그릇은 어디에 있나요

제 그릇 다 찾아간 당신 아들 딸 모두 찾으라고 성화부리는

당신 그릇은 어디에 있나요

그럴 때는 늘 웃기만 하는 그릇이 뭔지도 모르고 웃기만 하는

당신은 지금 갯벌에 있습니다

억만이 구멍 파 숨 쉬고 살아가는 갯벌

가슴 파고들어 살아가는 것들의 숨을 제 숨으로 삼는

갯벌 한가운데 기역자로 굽어 있습니다

—「적덕 고모 — 사랑의 전설 6」 전문

"계산도 모르는 실성한 주막"이 표상하는 바를 보다 구체적이고 사실적으로 구현하고 있는 인물이 "적덕 고모"이다. "적덕 고모"는 평생 "개망나니 지아비"가 "진창에 싸질러 놓은 생을" 비우고 닦아왔다. 시적 자아는 이를 "똥개 밥 한 그릇"이라 명명하고 있다. "개망나니 지아비"가 '똥개'와 등가인 셈이다. 평생 '똥개', 지아비의 그릇은 비우고 닦아왔지만 정작 자신은 "그릇이 뭔지도 모르고 웃기만" 하고 있다. 시적 자아가 "당신 그릇은 어디에 있"는지를 직서적으로 묻고 있는 이유도 여기에 있다. "적덕

고모"의 가슴에서는 네 그릇 내 그릇이 따로 있지 않은, 네 숨 내 숨이 별 개의 것이 아닌 순수의 세계가 구현되고 있는 것이다. "억만이 구멍 파 숨 쉬고 살아가는 갯벌", "가슴 파고들어 살아가는 것들의 숨을 제 숨으로 삼 는 갯벌"이 바로 "적덕 고모"의 가슴이기 때문이다.

이중도의 시에 구현되고 있는, 분별의 경계가 사라진 순수의 세계는 재 생과 부활의 세계, 모든 대상이 가능태로 존재하는 세계라 할 수 있을 것 이다. 이러한 의미를 「촌놈」이라는 시의 "집 없는 산들바람 낙태한 달 족 보 없는 돌배나무 모두 넘어오는 돌담 훌쩍 넘어 오세요 내 구들장에 안 기면 딱 사흘만 안기면 새순 돋아납니다 고사목 같은 당신의 복사뼈에도 새순 돋아납니다 두리번거리지 마세요 그냥 넘어 오세요"라는 대목에서 구체적으로 묘파해내고 있다. 이러한 의미가 위 시에서는 "개망나니 지 아비"가 "적덕 고모"의 가슴 파고들어 살아오는 동안 "똥개 밥"이 담기던 '그릇'에 어느새 "쌀 반 보리 반으로 지은" 소위 '인간의 밥'이 담기는 것으 로 드러나고 있다.

재래시장 바닥에 앉아 지나가는 손님 애타게 바라보는 할머니 양파 비파 마늘 가난하게 펴 놓은 할머니 무릎 툭 튀어나온 몸뻬는 소로우 월든 자발적 가난 운운했던 간밤의 술자리를 머쓱하게 만들었습니다 탁주 한 사발에 양념 조미료 떡칠된 김치 우적우적 씹어 먹는 뱃사람 들 선상 조식 곁에서 깐깐한 무염식 찾아다니는 생은 힐끔힐끔 눈치 를 봤습니다 동이 서융 남만 북적 오랑캐 시커먼 봉두난발 앞에 선 어 설픈 땡추 머리 같았다고나 할까요 적장을 삶아 고깃국으로 먹는 고 대의 식성 앞에 선 희멀건 채식주의자 같았다고나 할까요 잇바디 사 나운 상어 배 속 출렁거리는 대양 앞에서 합죽이 입 뻐금거리는 붕어 같았다고나 할까요 합죽이 입으로 내뱉어온 내 모든 사랑이 부끄러워

졌습니다

　　돌아가 다시 당신을 만나면 뭣 빼고 뭣 빼고 하는 까다로운 입맛 따
위 회 쳐 먹어 버리고 당신을 통째로 삼킬 것입니다

　　　　　　　　　　　　　　　　　—「당신을 통째로 삼킬 것입니다」 전문

　시인이 끈질기게 "사랑의 전설"을 탐색해나간 결과 발견하게 된 세계는
바로 분별이 없는 순수의 세계였다. 우주의 섭리에서 보면 인간의 분별이
란 너무도 사소하고 비루한 것이자 헛된 환상에 불과한 것이다. 시인은
이제 존재와 마주하게 되면 "뭣 빼고 뭣 빼고 하는" 분별하는 습속을 버
리고 있는 그대로를 받아들일 것임을 의지한다. "사랑의 전설"은 "행복도
불행도 꽃말도 태어나지 않은 골짜기, 너도 나도 울타리도 태어나지 않은
골짜기"(「춘삼월」)에서 최종적으로 완성될 것임을 아는 까닭이다.

　이렇듯 시인은 이번 시집에서 시인은 존재에 덧씌워진 사회 경제적 지
위나 여건과 같은 겉껍데기가 아닌, 본연의 존재를 드러내고자 분투하고
있다. 그의 시에서 '그들'의 삶은 더 이상 '그들'만의 삶에 머물지 않고 '우
리'의 삶 속에 깊이 자리하게 된다. 개인 차원의 숙명론이 아니라 다수의
삶 속에 녹아들어갈 수밖에 없는 보편론으로의 승화가 이번 시집의 주제
가 될 것이다. 요컨대 "당신을 통째로 삼킬 것"이라는 선언은 결국 높고
낮음, 많고 적음, 귀하고 천함의 분별이 없는 순수의 세계, '사랑의 전설'
이 전해질 수 있는 본연의 마음에 대한 시인의 간절한 염원이자 의지의
표명인 것이다.

인명, 작품 찾아보기

용어 찾아보기

현대시의 정신과 미학

송기한